SIMON ET L'ENFANT

Joseph Joffo est né en 1931 à Paris, dans le XVIIIe arrondissement, où son père exploitait un salon de coiffure. Lui-même devient coiffeur comme son père et ses frères, après avoir fréquenté l'école communale et obtenu en 1945 le certificat d'études — son seul diplôme, dit-il avec fierté et malice, car chacun sait que l'accumulation des « peaux d'âne » n'a jamais donné de talent à qui n'en a pas.
Celui qu'il possède, Joseph Joffo le découvre en 1971 lorsque, immobilisé par un accident de ski, il s'amuse à mettre sur le papier ses souvenirs d'enfance : ce sera Un sac de billes *paru en 1973, tout de suite best-seller traduit en dix-huit langues, dont des extraits figurent dans plusieurs manuels scolaires et dont un film s'inspirera.*
Joseph Joffo a notamment publié : Anna et son orchestre *(premier Prix RTL Grand Public);* Baby-foot; La Vieille Dame de Djerba; Tendre été; *et un conte pour enfants :* Le Fruit aux mille saveurs.

Paris, 1942. Franck, dix ans, vit à Montmartre avec sa mère, qu'il adore, et Simon, qu'il déteste.
Simon qui n'est pas son père, Simon qui, croit-il, lui vole l'affection de sa mère. Simon qui se cache, parce qu'il est juif.
Mais le destin va les contraindre à faire alliance. Et des champs de courses de Paris aux maquis de Savoie, d'un orphelinat au camp de Drancy, ils devront affronter, ensemble, une série d'aventures toujours pittoresques, parfois tragiques.
Entre Simon et l'enfant, entre l'adulte un peu voyou et le gamin trop vite grandi va naître d'abord une estime réciproque, puis une amitié plus forte que la guerre...
Un roman émouvant et malicieux, frais et enjoué, où l'on retrouve toute la verve et la sincérité qui firent le succès d'*Un sac de Billes*.

Paru dans Le Livre de Poche :

UN SAC DE BILLES.
ANNA ET SON ORCHESTRE.
BABY-FOOT.
LA VIEILLE DAME DE DJERBA.
TENDRE ÉTÉ.

UN SAC DE BILLES *(Série Jeunesse).*

JOSEPH JOFFO

Simon et l'enfant

ROMAN

J.-C. LATTÈS/ÉDITION N° 1

Ce livre est un roman. Toute ressemblance avec des personnages existant ou ayant existé ne serait que pure coïncidence.

I

Paris, mai 1942

L'ITALIEN a les yeux vairons : l'un vert, l'autre marron. Cette particularité met sur son visage une douceur inattendue, une cruauté placide qui fait frémir. Souriant toujours, il ne hausse jamais le ton, comme si les ignominies qu'il murmure avaient du mal à sortir de sa bouche.

Il est gros. Sa blouse noire le serre à la taille, des bourrelets épaississent ses flancs. Il dit de lui-même, avec son éternel sourire, redressant la mèche qui lui couvre la joue :

« Je ne suis pas gros. Je suis fort. Comme Mussolini. »

Les autres reculent d'un pas, le contemplent à distance respectueuse.

« C'est vrai. Il est pas gros. Il est fort. »

Il dépasse toute la classe d'une tête. On le craint. Lorsqu'ils le voient franchir les grilles de l'école, bon dernier comme d'habitude, traînant les pieds sans se presser et regardant, le nez en l'air, le vert des marronniers qui s'assombrit de jour en jour, les élèves courent vers lui, l'entourent, insistent pour lui serrer la main.

« Ça va, Luciano?

– Ça va. »

Il a sa cour, ses favoris, ses larbins, ses mouchards, ses flatteurs. Brançonnet, le petit rouquin aux dents de devant cassées, lui a chuchoté un jour, en plein milieu d'un cours d'histoire où il était question de protestants massacrés dans les rues de Paris et d'un amiral qu'on avait balancé dans le ruisseau après lui avoir fracassé le crâne :

« Je t'ai trouvé un surnom : Fantomas. Ça te plaît?

– C'est joli », a répondu Luciano avec, au coin des lèvres, le triste pli qui ne le quitte jamais.

Fantomas.

Même l'institutrice le ménage. D'autant qu'il ne fait jamais une seule faute d'orthographe et se comporte en classe comme un écolier modèle, déférent, poli, silencieux, attentif. Elle sait qu'il règne sur les autres élèves, leur impose dans la cour de récréation la variété de ses caprices, rançonne les uns, fait frapper les autres par ses « hommes de main ». Pourquoi s'en mêler? Elle ferme les yeux.

« Je n'ai rien à lui reprocher », dit-elle de lui.

Mais elle préfère Franck.

Franck Germain, avec ses cheveux raides aussi noirs que ses yeux, Franck Germain, le susceptible, le lunatique, prêt à cogner pour un oui pour un non mais qui passe sans transition de la colère à la gaieté, prend le bras de celui qu'il menaçait il y a trente secondes, le fait asseoir avec lui contre un arbre, sort ses osselets et se met à jouer.

Franck, qu'elle voit souvent quitter l'école la tête basse, les pouces coincés sous la lanière de son cartable qui lui cogne le dos.

Elle le rattrape, pose une main sur son épaule.

« Qu'est-ce qui ne va pas, Franck?

– Rien! » dit-il d'une voix furibarde avant de renifler un bon coup.

Dix heures.

Dix minutes de récréation avant la leçon de

choses. Le ciel est gris, il fait frais. Encore mouillé par la pluie du matin, l'asphalte de la cour dégage une bonne odeur qui se mêle au parfum des marronniers, aux relents de craie et d'encre violette que laisse sortir la porte ouverte des salles de classe, à la senteur moussue et âcre des pissotières cachées par le toit en pente du préau.

Les petits se bousculent, sautent à cloche-pied. Ils se chamaillent, discutent en rond, s'accroupissent, entassent leurs billes. Sûrs de perdre, les anxieux blêmissent. Avant même d'ajuster leur tir, les plus forts sourient. Déjà.

Ils pressent leur main gauche en équerre contre le sol, y appuient le dos de leur main droite en serrant leur bille entre le pouce et le majeur, grimacent et ferment un œil, en vrais professionnels.

Brusque détente du pouce. La bille file comme une balle de chassepot, comme un obus de 75. Touché. Une de plus.

Applaudissements, sarcasmes. Les cris s'élèvent, butent contre les murs de l'école. L'anxieux vaincu se frotte le nez. Il se redresse, essuie ses genoux, tourne le dos et s'en va, les bras ballants, rejoindre le groupe des grands qui, là-bas, à quelques mètres du préau, fait à Luciano, alias Fantomas, une sorte de garde d'honneur.

Comme tous les mardis, Luciano s'est lavé les cheveux. Il est propre, il est fort, il sent bon. Il est fier mais ne le montre pas. Un peu mou, toujours, le regard douceâtre, presque équivoque. Il ne la ramène pas. Il est là, simplement, la tête penchée sur l'épaule et le ventre en avant, entouré par tous les membres de sa bande qui s'agglutinent autour de lui, les coudes écartés et les poings contre les hanches, tels les généraux emplumés de Mussolini les jours de défilé.

Luciano soupire. Il baisse les paupières, hoche un

peu la tête. Il va parler. On se tait. Ses larbins se rapprochent, retiennent leur souffle. Une seconde, deux secondes, trois. Luciano ouvre les yeux. Il parle.

« Dis-moi, Franck. Je suis un peu fatigué, en ce moment. J'ai des trous de mémoire. Ton père, qu'est-ce qu'il fait, au juste? »

Franck est devenu tout pâle. Il aspire une grande goulée d'air, serre les poings au fond des poches de sa blouse. Il est seul face aux autres. Tous sont contre lui. Ils gloussent, se dandinent, encouragent Luciano de petites secousses du menton.

Des singes. Des babouins du zoo de Vincennes.

Ils piaillent, ils ricanent. Tous. Même ceux qui, d'ordinaire, lui témoignent de la sympathie. Même son copain Amstrong, le petit blond aux chaussettes bleues dont le grand-père anglais s'est fixé il y a cinquante ans dans le XVIIIe arrondissement de Paris pour épouser la fille d'un bougnat, Amstrong, qui ne rate pas une occasion, entre deux cours ou après la sortie, d'écrire au tableau des « Vive de Gaulle » grands comme l'Arc de Triomphe.

Même lui s'est laissé subjuguer par Fantomas. Traître. Collabo.

Seul face à la meute, Franck regarde Luciano droit dans les yeux. Il fait un pas en avant, se plante au milieu du cercle des babouins en blouse noire. Une autre goulée d'air. Et puis la réponse à l'arraché, criée comme un défi :

« J'ai pas de père! »

Silence. Au loin, le long des fenêtres du rez-de-chaussée, la maîtresse marche calmement. Elle a les bras croisés, un châle recouvre ses épaules. Ses semelles de bois frappent l'asphalte avec un bruit sec que la distance atténue et rend presque irréel, comme les sons qu'on perçoit les après-midi d'été, dans un demi-sommeil.

L'instituteur des huitièmes, un vieux monsieur à

la nuque plissée qu'on appelle « tonton Marius » parce qu'il vient de Marseille, déambule avec elle. Leurs lèvres remuent. Ils se parlent; mais nul n'entend ce qu'ils se disent.

D'autres cris éclatent : les petits se battent. Gêné par ces hurlements, Luciano penche un peu plus la tête. Dévisageant Franck par en dessous, il murmure tristement :

« Tu n'as pas de père?

– Non! j'ai pas de père!

– C'est malheureux... »

Mauvais signe. Quand Luciano, avec son sourire navré, murmure : « C'est malheureux », il faut s'attendre à tout. Franck le sait. Il bombe le torse et se griffe les paumes, prêt pour la seconde salve.

Luciano fronce les sourcils. On dirait qu'il réfléchit, que son esprit s'embrouille. Il passe une main dans ses cheveux propres, se gratte le haut du crâne.

« Mais avant que tu n'aies pas de père, il faisait bien quelque chose, ton père? »

Murmures, coups de coude. « Ça, c'est subtil », chuchote Brançonnet.

Un ramier, ce Brançonnet. Une serpillière.

Luciano le regarde avec indulgence, sans s'attarder. Brançonnet ne l'intéresse pas. Ce qu'il attend, c'est la réplique de Franck.

« J'ai jamais eu de père! Jamais!

– C'est affreux. »

Luciano a vraiment l'air de compatir. Avec ses joues lisses et les deux rides précoces qui les délimitent, il ressemble à une jeune matrone napolitaine attendrie par le spectacle d'un bambin famélique qui écrase une grappe de raisin contre sa bouche.

« Alors, tu vis seul avec ta mère...

– C'est ça, dit Franck.

– Non, répond Fantomas, ce n'est pas ça. »

Troisième salve. Les babouins se figent. Luciano sourit une dernière fois.

« Il y a quelqu'un d'autre. Pas vrai, Franck ? Un homme. Enfin, un homme... »

Il se tourne vers ses larbins, comme pour les prendre à témoin.

« Un homme ? Presque.

– Et encore... dit Brançonnet.

– Ça va comme ça ! »

Le remords et l'amitié ont fait leur œuvre. Rouge comme une pomme du Kent, Amstrong vient de quitter le groupe des singes ricaneurs. Il s'avance vers Franck et se place près de lui, épaule contre épaule.

« Laissez-le. Taisez-vous ou on cogne !

– J'aimerais voir ça, soupire Luciano.

– Tout de suite, dit Franck, revigoré par la défection du gaulliste de la classe.

– Minute, petit. J'ai pas fini. »

Nouveau silence. Les ennemis s'affrontent. La jambe gauche en avant, les deux poings dressés, dans la position d'un boxeur 1900 qui attend le coup de gong, Amstrong, les lèvres gonflées par la colère, se prépare à prêter main-forte à son ami qui, lui aussi, se met en garde.

Luciano les gratifie d'un sourire de dédain.

« Un Juif, hein, Franck... Un Chuif... »

Mollement, il fait un pas vers lui.

« Père inconnu, " beau-père " youpin... Joli mélange... Ta mère, c'est une drôle de cocotte. Une... »

Il n'a pas le temps d'achever. Sa bouche s'ouvre, ses yeux s'arrondissent. Il s'affaisse, plie les genoux. Ce n'est pas une bille qui vient de lui entrer dedans. Ce n'est pas une balle de chassepot, ce n'est pas un obus de 75. C'est la tête de Franck. En plein dans l'estomac.

Fantomas se liquéfie. Il s'effondre comme un vieux manteau, serre son ventre à deux mains. Tout va très vite. Un coup, deux coups, trois. Les poings de Franck s'abattent sur sa tempe, sur sa pommette, sur la chair flasque de sa joue.

« Répète! Répète un peu!

– Vas-y! crie Amstrong. Dérouille-le, ce Négus! Encore! »

Et Franck : « Elle est quoi, ma mère? Elle est quoi? »

Les babouins ont reculé. Pétrifiés, assommés par la surprise, ils laissent faire. Rendu invincible par la fureur, Franck frappe, frappe encore. Tout d'un coup, deux mains se plaquent contre ses genoux, le repoussent avec violence. Il chancelle, ses poings cognent dans le vide. Avec une agilité surprenante, Luciano s'est relevé. Gros, immense, congestionné, il saisit Franck par le col de sa blouse, le soulève, le presse contre lui. Ses paupières gigotent.

« Tu m'as frappé, Franck.

– Et alors? répond Franck en agitant les bras, dressé sur la pointe des pieds comme un rat d'opéra.

– Tu n'aurais pas dû... »

La voix de Fantomas est toujours aussi calme, son débit toujours aussi lent. On y sent pourtant comme un reproche, quelque chose qui ressemble à de la stupéfaction.

« Je ne peux pas laisser passer ça, tu comprends, Franck. Quant à toi, le Rosbif...

– Quand tu veux, dit Amstrong, pas trop rassuré tout de même. Mais lâche-le d'abord. »

A ce moment-là, la cloche sonne. Devant l'entrée principale des salles de cours, la maîtresse agite la chaîne avec un joli mouvement du bras. Les joueurs de billes empochent leur butin, courent vers le perron dans de grands cliquetis de verre. Leurs poches gonflées tressautent comme les seins de Ginette Leclerc. Les vaincus aux poches plates les suivent sans hâte, les mains derrière le dos, regardant le bout de leurs galoches avec l'attention soutenue des gens gênés qui cherchent à se donner une contenance.

Les babouins filent à leur tour, sans demander leur reste. Franck retombe sur ses pieds. Sous l'œil de Luciano, qui penche de nouveau la tête sur le côté, il rajuste sa blouse. Amstrong le tire par la manche.

« Viens vite. Ils sont déjà en rang.

– J'arrive.

– On se reverra, murmure Luciano.

– Sûr, dit Franck.

– Et tu lui feras des excuses, ajoute Amstrong en prenant ses jambes à son cou.

– Ben voyons... Je vais vous dorloter, tous les deux...

– On verra, dit Franck.

– C'est tout vu. »

La cour est vide. Deux par deux, ressemblant de loin, le béret en moins, à des orphelins, les écoliers disparaissent à l'intérieur du bâtiment. Essoufflé, Franck se colle au dernier rang, juste à côté d'Amstrong qui lui sourit d'une oreille à l'autre, découvrant ses dents qui se chevauchent.

« Qu'est-ce que tu lui as mis! »

Sans répondre, Franck se retourne. Bon dernier comme toujours, Luciano passe sous le grand marronnier, accentuant la lenteur de sa démarche, cette démarche chaloupée et lymphatique qui fait tout son prestige. On dirait qu'il sourit. Mais ce n'est peut-être qu'une impression. Peu importe. Seul compte en cet instant son regard double, à la fois féroce et mélancolique, qui fixe Franck avec insistance, comme s'il voulait graver à tout jamais au fond de sa mémoire l'expression de désespoir, de colère et de triomphe du petit brun aux yeux très noirs, du « beau-fils de Youtre ».

Paris grisaille. Gris des toits sous le ciel de pluie, gris des pigeons et des gouttières au-dessus des trottoirs, vert-de-gris des uniformes, noir des bottes allemandes et des pèlerines des agents de ville, grisaille du cœur et de l'âme. La tête basse, Franck marche sans s'en apercevoir. Il ne voit rien, il n'entend rien. Pas même le ronflement de la voiture à gazogène qui passe près de lui, pas même les exclamations des commerçants de la rue Letort qui l'interpellent, comme chaque fois qu'il longe leurs devantures.

« Ça va, Franck? »

Il s'éloigne sans répondre. Ils ne s'en offusquent pas. Ils le connaissent. Ils savent que lorsqu'il se mure ainsi dans son silence, fronçant les sourcils et laissant sa mèche lui tomber sur le nez, il vaut mieux ne pas le déranger. Rien ni personne ne le tirera de son mutisme. Mais ils savent aussi que d'une minute à l'autre, l'enfant, en lui, reprendra ses droits. Alors il relèvera la tête, chassera sa mèche, se mettra à sauter à cloche-pied ou à jouer machinalement à la marelle, visant les rainures du trottoir. Ce qu'il pense dans ces moments-là, ils s'en doutent.

« Si j'arrive à dépasser d'un seul bond cette

crotte de pigeon, Simon ne sera pas à la maison. »

Il baisse de nouveau la tête, coince ses pouces entre ses aisselles et les bretelles de son cartable, accélère le pas.

« S'il vous plaît, faites qu'il ne soit pas à la maison. Faites qu'il n'y soit pas. »

A qui s'adresse-t-il? Au père Fouettard? A Jeanne d'Arc, dont les yeux, paraît-il, ressemblaient à ceux du maréchal Pétain, ce vieillard au regard de madone? Il hausse les épaules, pousse un gros soupir. Pourquoi serait-il, encore une fois, dupe de ses souhaits? Ce qu'on imagine n'arrive jamais et les surprises dont on rêve, on peut les attendre longtemps. Alors à quoi bon?

Mais les enfants sont comme les autres. Ils s'obstinent.

« Faites qu'il ne soit pas à la maison. »

17 heures. Les pigeons volent bas. La grisaille des toits a pris une teinte mate, trop nette, trop propre : il va pleuvoir. Franck est presque arrivé. Il ralentit, son souffle s'apaise. Sa colère du matin s'estompe. Au diable Luciano et ses pupilles de buse, au diable sa voix de malfrat et ses joues de vieux bébé. Une minute encore et Franck sera chez lui. D'un saut de cabri sur la droite, il évite de justesse le ventre du père Catala, le patron du bistrot *Aux Amis du Béarn* qui, sanglé dans son tablier bleu serré à la taille par une lanière qui en fait trois fois le tour, respire sur le pas de sa porte les parfums de l'averse à venir.

« Salut, Franck.

– Salut, m'sieur Jean. »

Franck sourit. Il gamberge, il rêve. Dans quelques secondes, il tournera à gauche, s'appuiera pour l'ouvrir contre la porte du n° 21 de la rue Letort, fermera les yeux et respirera, lui aussi, des senteurs nouvelles. Le vestibule ne sentira plus le papier moisi et la pisse de chat, mais l'encaustique et le pain grillé. La concierge aux boucles blondes et aux jolies lèvres rouges lui fera un signe de la main, il y aura une lumière dorée dans la cage d'escalier dont il grimpera les marches quatre à quatre jusqu'au deuxième étage. Franck n'aura pas besoin de frapper. Il tournera doucement la poignée de la porte, entrera sur la pointe des pieds. Mireille aura allumé une lampe, à cause de la pluie. Franck la verra de dos, debout, en train de repasser. Il admirera ses cheveux châtains tombant sur ses épaules, sa silhouette fluide dont une robe à fleurs soulignera la finesse, il suivra le mouvement de son bras piqué de taches de rousseur guidant le fer sur la table. Ou bien elle sera assise et son pied fera basculer avec fermeté le pédalier de sa machine à coudre. Franck s'approchera d'elle à pas de loup. Elle fera semblant de ne pas l'avoir entendu et ne se retournera pas. Mais elle sentira sa respiration dans son cou. Et elle se renversera quand il posera ses deux mains sur ses paupières. Alors il se laissera aller. Il aura chaud aux joues. La douceur de Mireille l'envèloppera tout entier, les parfums de sa peau et ses cheveux le recouvriront comme un édredon. Elle rira et dira :

« C'est toi? »

Il sera heureux. Dans son cœur, la grisaille des nuages et de la rue disparaîtra et il se sentira submergé par quelque chose d'aussi léger, d'aussi doux que la lueur de la lune sur la mer qu'il n'a jamais vue.

Mireille et lui resteront ainsi longtemps, seuls tous les deux, éclairés par la lampe. Simon ne sera pas là. Il ne sera pas là parce qu'il n'aura jamais existé.

Franck sourit. Il gamberge. Il tourne à gauche, s'appuie pour l'ouvrir contre la porte du nº 21 de la rue Letort. Son sourire se fige. Le vestibule pue le papier moisi et la pisse de chat. La concierge est vieille. Ecartant d'un doigt le rideau de sa loge, elle presse son front contre la vitre, montre à Franck son visage creusé et ses lèvres dont la peau se craquelle.

Il la salue quand même parce qu'il est poli. Mais le cœur n'y est pas. Il pose une main sur la rampe d'escalier, monte avec précaution. On n'y voit rien. Il s'arrête un instant sur le palier du premier étage, renifle, rajuste d'un coup d'épaule les bretelles de son cartable. Dans l'appartement de M. Riboton, ancien adjudant de la Coloniale qui sait « comment il faut traiter les nègres » et qui a perdu un œil au Chemin des Dames, la radio crachote. Une voix nasillarde s'époumone.

« Les troupes allemandes ont encore remporté, hier, une éclatante victoire... »

L'adjudant Riboton tousse. Tintement contre un verre d'un goulot de bouteille, frottement de charentaises contre le plancher. La voix de fausset du speaker s'égosille toujours.

« Devant les scouts de France rassemblés à Limoges pour la bénédiction de leurs fanions par Mgr de Trissac, le maréchal Pétain, follement acclamé, a lancé un vibrant appel à la jeunesse française. « Grâce à vous, a-t-il déclaré en présence des chefs « de l'armée d'armistice et des autorités civiles et « religieuses, notre malheureux pays retrouvera « bientôt, dans l'Europe nouvelle, la place qui lui « revient... »

« Mon cul! » hurle Riboton.

Il a dû tourner le bouton. La radio crachote encore. On entend une mélodie guillerette, quelques notes de piano et les paroles d'une chanson :

Boum,
Quand notre cœur fait boum...

Franck ricane. Il respire un grand coup, se penche en avant, pose une nouvelle fois sa main sur la rampe qui vacille. « Allons-y », se dit-il. Il monte. Voici le palier du deuxième étage, voici le paillasson frangé de rouge. Franck frappe. Puis il entre en rabattant la porte contre le mur. Il tousse comme M. Riboton, cogne ses talons l'un contre l'autre, piétine le plancher.

« C'est moi », dit-il d'une voix forte.

Il se débarrasse de son cartable, le laisse tomber par terre. Et il s'avance.

L'appartement est petit : une pièce principale aux murs tapissés d'un papier peint reproduisant à des dizaines d'exemplaires une marquise du XVIIIe siècle sur une balançoire, un cagibi minuscule qui tient lieu de cuisine, deux chambres. Franck dort dans la première, Mireille dans la seconde. Avec Simon.

Le matin, chacun se lave à tour de rôle dans la cuisine. Franck applique plus ou moins régulièrement les prescriptions des cours d'hygiène qu'on lui donne à l'école : « Il faut se laver tous les soirs la figure, les mains, les dents, les oreilles et les pieds. Se nettoyer une fois par semaine l'ensemble du corps, dans une baignoire ou, si on n'en dispose pas, dans une bassine. »

Chez Mireille, il n'y a pas de baignoire. Placée devant le fourneau à bois, dans le cagibi, la bassine fait l'affaire. Franck ne raffole pas de ces séances hebdomadaires qui l'obligent au petit matin, nu comme un ver et les mollets serrés, à presser contre sa nuque, pour se rincer, une grosse éponge imbibée d'une eau froide qui lui glace le dos. D'autant que Simon en profite toujours, sous prétexte de faire chauffer la bouillasse infâme qui, depuis deux ans, remplace le café noir, pour entrer dans la cuisine et se planter devant l'enfant.

« Alors, petit con, on se caille les miches? »

Franck se dépêche de cacher son pubis à deux mains. La plupart du temps, il a du savon de Marseille plein les yeux. Mais sa dignité lui interdit de lever les bras pour s'essuyer les paupières. Il reste donc là, sans répondre, les genoux fléchis, les épaules rentrées, avec ces aiguilles minuscules qui percent ses pupilles, tout ce savon séché sur le corps et l'éponge qu'il a lâchée qui flotte contre ses tibias, jusqu'à ce que Simon, compatissant, murmure :

« Tu veux que je te rince, petit collabo?

– Non! »

Ce cri du cœur fait accourir Mireille, toujours prête à imaginer les pires catastrophes.

« Qu'est-ce qui se passe?

– Ton terroriste ne sait pas encore se laver tout seul.

– C'est pas vrai! »

Mireille rit. Elle s'agenouille devant la bassine, plonge sa main dans l'eau, rince prestement l'éponge en la pressant plusieurs fois entre ses doigts et délivre enfin son fils de la mousse qui le pique et qui colle à sa peau comme de la pâte dentifrice.

Ensuite, elle tend le bras, saisit la serviette kaki qui pend devant le fourneau, en enveloppe Franck des mâchoires jusqu'aux pieds et le frotte jusqu'à ce qu'il devienne bouillant.

Dans ces moments-là, Franck donnerait dix ans de sa vie pour pouvoir s'alanguir, presser ses cheveux mouillés contre les boucles de sa mère, nicher son visage dans son cou. Il n'ose pas. Car Simon est là, toujours, adossé à l'évier. Il boit à petites gorgées son jus de chaussettes à la saccharine et il fixe l'enfant qui, les lèvres encore bleutées, claque des dents.

Franck n'aime pas ce regard.

Il n'y a pas que le regard. Il y a aussi la bouche

gourmande, le nez busqué trop fin pour être honnête, les cheveux épais et sombres qui frisottent comme la tignasse d'un Bédouin (l'adjudant Rigoton *dixit*), les yeux noirs comme un tunnel, tantôt soumis, tantôt méchants, mais qui savent se faire, quand il le faut, enjôleurs et langoureux (« Ils vous emmèneraient au bout du monde », glousse la concierge en fourrageant dans sa boîte en fer-blanc toujours pleine de berlingots qu'elle doit se procurer au marché noir), la démarche d'un danseur de tango qui s'apprêterait à entrer en piste, les poches et l'estomac toujours vides, le pantalon qui se gondole sur les chevilles, la veste trop longue aux poignets retroussés, pour faire chic.

Et surtout il y a cette nonchalance, cette souplesse dans les gestes, ce sans-gêne de celui qui se sent partout chez lui, y compris ici, chez Mireille et chez Franck.

En plus, il est juif. Et planqué. Il a changé de nom, s'est procuré, Dieu sait comment, des faux papiers.

Il y a un an qu'il habite une partie du temps chez Mireille. « Un an de trop », grommelle Franck quand il parle tout seul. Mais que faire? Mireille l'a choisi. Elle l'a imposé. Elle le dorlote, elle le gâte, elle le nourrit, elle lui sourit, elle l'embrasse. Franck ne peut que serrer très fort les paupières en détournant la tête, cogner Luciano qui le traite de « beau-fils de Youtre » et, lorsqu'il marche sur le trottoir, chuchoter pour lui-même :

« Faites qu'il ne soit pas à la maison. »

Dernière tentative, dernière prière.

« Faites qu'il ne soit pas encore rentré. Faites que... »

« C'est toi, petit chimpanzé?

– « Sale Juif », chuchote Franck. Puis : Ça va, Simon ?

– Ça va.

– Mireille n'est pas là ?

– Non.

– Pourtant elle quitte le magasin plus tôt, le lundi...

– Elle n'est pas là.

– Mais toi tu es là.

– Oui, dit Simon. Je suis là. »

Il est assis dans l'unique fauteuil de la pièce. Face à la fenêtre, il fume en regardant la pluie qui glisse sur les vitres. Entre ses genoux, les pattes sur sa poitrine et le museau sur son ventre, Luma, la chienne de Franck, se laisse caresser. Elle ferme les yeux, remue sa queue recourbée. De temps à autre, elle gémit.

Le bonheur.

C'est une petite chienne beige au poil long et aux yeux jaunes. D'où elle sort, nul ne le sait. Franck l'a trouvée un jour sur le trottoir, le cou scié par la chaîne qu'elle avait brisée, la langue pendante, assise devant la porte de M. Véret, le charcutier. Il est passé devant elle et elle l'a suivi sans hésitation, comme si elle l'avait reconnu, comme si elle rentrait chez elle après un long voyage.

Depuis, ils ne se sont plus quittés. Franck a pris Luma sous son aile. C'est lui qui lui donne à manger, lui qui l'emmène, avant le couvre-feu, faire sa promenade du soir. Elle est devenue sa sœur, sa confidente : une confidente bien commode puisqu'elle ne répond jamais et semble toujours approuver ce qu'il dit. Il a essayé de lui apprendre des tours, de la faire sauter au-dessus d'un manche à balai tendu à l'horizontale ou se dresser sur ses pattes de derrière pour attraper au vol le bout de gras qu'il lui jetait. Mais ça n'a pas marché. Luma le regardait avec des yeux remplis de bonne volonté en tournant la tête à droite, puis à gauche. Plusieurs fois, elle a essayé de comprendre ce que lui voulait cet enfant qui frétillait devant elle en l'encourageant de la voix. Puis elle a renoncé et est allée se rouler en boule au pied du fauteuil.

« Tant pis, s'est dit Franck. Elle n'est pas très futée, mais c'est ma copine. »

Drôle de copine. Une vraie collabo, celle-là aussi. Elle cherche sur le ventre de Simon une place encore plus confortable pour son museau, étend ses pattes comme un chat qui se ferait les griffes sur un coussin à pompons, gémit. Sa queue remue de plus en plus.

« Luma! » hurle Franck.

Elle ouvre un œil. La main de Simon continue à lui gratter la tête et le dos.

« Luma!

– Mets une sourdine, dit Simon sans cesser de contempler la pluie.

– Alors lâche-la. Elle est à moi, cette chienne.

– Prouve-le.

– Luma, viens ici.

– Ecoute, Luma », dit Simon en approchant son visage de son museau.

Il lui secoue le bout du nez et murmure à son oreille quelques mots incompréhensibles. La chienne étire ses pattes de derrière, lèche les joues de Simon.

« Pourquoi est-ce que tu la caresses comme ça? demande Franck d'une voix furieuse.

– Parce que je n'ai jamais vu de chien antisémite.

– Elle ne te connaît pas encore. C'est tout.

– Peut-être. Mais les chiens ont du nez. Ils sentent chez nous quelque chose qui n'existe pas chez les autres.

– Quoi?

– L'humour », dit Simon.

Il se tourne vers Franck et lui sourit. Il y a dans

son sourire quelque chose de triste qui disparaît tout de suite pour faire place à cet air narquois, presque compatissant, qu'il affiche toujours en présence du fils de Mireille.

La pluie redouble, comme si on projetait contre les vitres du gravier par poignées. Au premier étage, la radio crachote encore.

« Evoquant la magnifique résistance opposée en Syrie, l'année dernière, par les troupes du général Dentz contre les agresseurs britanniques appuyés par une poignée de Français renégats, le... ouiiiiou... a exalté les valeurs de sacrifice et d'abnégation des... ouiiiou...

– Au poteau! beugle Riboton.

– Ote tes sales pattes de ma chienne, dit Franck.

– Demande-lui son avis.

– Luma, ici! Ic... »

A ce moment-là, la porte s'ouvre. Un pas de bois, mais si rapide, si léger que Franck le reconnaîtrait entre mille, claque sur le plancher. L'enfant se retourne. Et il reste immobile, la bouche ouverte, les bras le long du corps. Mireille est là, dans le couloir. La pluie a assombri ses cheveux qui collent à son front, deux petits filets d'eau coulent le long de ses tempes. Son imperméable au col relevé sent bon le caoutchouc, elle sourit.

A qui? A Simon qui ne s'est pas levé de son fauteuil mais qui, la tête appuyée contre le dossier, le visage de trois quarts, la détaille avec l'œil du connaisseur, à la fois goguenard et tendre, comme s'il avait choisi, entre mille, de se souvenir de cet instant-là et de l'image que lui offre cette jolie femme aux grands yeux verts? A Franck, dont le cœur cogne immodérément, Franck qui sent, comme chaque fois qu'il la voit, ses jambes se dérober sous lui et refuser d'obéir au désir fou qu'il a de s'avancer vers elle? A Luma qui, repentante, comme Amstrong ce matin, s'est décidée enfin à s'arracher aux caresses flatteuses de Simon et, la queue basse, tortillant des hanches en signe de soumission, vient s'asseoir, après avoir fait plusieurs tours sur elle-même, contre les tibias de l'enfant?

Ou aux trois à la fois?

Silence. Repliant le bras, Mireille fait glisser de son épaule l'anse de son sac. Elle dénoue sa martingale, enlève son imperméable, l'accroche au portemanteau. Plus prompte que Simon et Franck, Luma se redresse, trotte dans sa direction, s'arrête devant elle et renifle ses chaussures. Mireille se penche, ébouriffe les poils de sa nuque.

« Bonjour, Luma », dit-elle.

Elle a dû prendre froid. Sa voix est un peu rauque, un peu étouffée. Mais ce voile ne parvient à en altérer ni la fraîcheur, ni la gaieté, ni la vaillance.

Satisfaite, Luma s'en retourne et va se coucher sous la table. Elle a eu la primeur des attentions de Mireille : il ne lui en faut pas plus.

Franck et Simon n'ont toujours pas bougé. Ils regardent Mireille. Sa jupe droite, son chemisier blanc, son gilet gris aux boutons clairs et aux manches étroites donnent à sa silhouette un air pondéré et sage que dément la vivacité de ses mouvements.

« Vous en faites une tête, tous les deux. »

Elle dit ça tous les soirs. Et tous les soirs, elle rit en se rapprochant d'eux. Elle les dévisage tour à tour, très vite. Le dilemme est toujours le même. Lequel embrasser le premier? Simon, qui, calmement, écrase son mégot dans le cendrier en équilibre sur le bras du fauteuil, ou Franck qui sent, même s'il s'en défend, même s'il préférerait qu'on lui brûle les pieds plutôt que de l'avouer, la tristesse et la rancœur marteler sa poitrine?

Faux dilemme, que Simon, galant homme ou feignant de l'être, résout toujours à son avantage.

« Eh bien, petit macaque, tu n'embrasses pas ta mère ? »

Quoi de plus humiliant que cette phrase ? Quoi de plus mortifiant, pour Franck, que d'être rappelé à l'ordre, même ironiquement, surtout ironiquement, par cet homme qui lui vole Mireille et dont il n'a jamais pu accepter la présence ?

Mais quoi de plus agréable que cette bouche qui se pose sur sa joue et sur ses paupières, quoi de plus délectable que ces doigts fins, qui caressent son visage, son front, ses cheveux ?

Mireille s'est agenouillée. Elle serre Franck contre elle. Alors il passe ses bras autour de son cou et il l'embrasse. A n'en plus finir. Il hume le parfum de sa mère, savoure contre ses pommettes ses cheveux humides et la tendresse de son souffle. Il est heureux.

Ou presque. Car il lui suffit d'ouvrir les yeux pour croiser ceux de Simon. Simon, qui n'a toujours pas quitté son fauteuil et qui a allumé une autre cigarette, Simon, qui dit en soufflant la fumée vers le plafond :

« A moi, maintenant. Chacun son tour. »

Simon et son petit pli au coin des lèvres, Simon et son sourire, Simon et son regard.

Ce regard que Franck déteste.

JEUDI. Jour des enfants, même en temps de guerre. Pas d'école aujourd'hui. Franck ne verra ni Luciano, ni Brançonnet, ni tonton Marius faire les cent pas dans la cour en opinant du menton ni, accroché au-dessus du pupitre de la maîtresse, le portrait du maréchal Pétain avec son képi aux feuilles d'or et cette inscription qui le sanctifie : « Connaissez-vous plus Français que lui? » Tant mieux.

Pour les vendeuses de magasin, ce n'est pas encore dimanche. Mireille est partie. Mais Simon, lui, est là, comme d'habitude. Car pour le Juif qui se lèche les pouces, pour le Youpin en goguette qui fait ses tours de cartes sur la table, les vacances ne finissent jamais.

Il pleut toujours : une petite pluie qui fait ressembler Paris à cette ville maudite où s'épanouissent, comme des coquelicots sur du fumier, tous les péchés du monde, cette Sodome moderne peuplée, si on en croit ceux qui postillonnent dans les micros de la radio française, de Juifs obèses mâchant de gros cigares au fond de tavernes infâmes en compagnie de bolcheviks aux ongles sales, de Français traîtres à la patrie et d'Hindous aux yeux injectés de sang, cet enfer lointain et mystérieux où se trame un complot destiné à égarer et à réduire en esclavage les bons pères de famille fidèles au vainqueur de Verdun : Londres.

La fenêtre est ouverte. Simon porte un gros chandail à col roulé que lui a tricoté Mireille. Penché sur la table, il jongle avec les rois, les dames et les valets, avec les rouges, avec les noires, pour se faire la main. Puis il dit :

« Bon, on commence. »

Assis sur une chaise, Franck le regarde. Qu'est-ce qu'il va encore inventer?

Bien campé sur ses jambes, Simon se frotte les paumes, chauffe ses articulations. Il saisit trois cartes. Avec une habileté diabolique, il les fait glisser de la droite au centre, puis du centre vers la gauche. Et il crie :

« A moi de la cacher! A vous de la trouver! »

« Il est fêlé », se dit Franck.

Il observe Simon qui s'agite, s'empourpre et déplace les cartes de plus en plus vite en continuant à s'adresser à des gens qui n'existent pas.

« Non, pas vous, madame. Vous avez déjà gagné tout à l'heure. Place aux autres. Ce n'est pas comme au bal : il ne faut pas que ce soient toujours les mêmes qui dansent. N'est-ce pas que j'ai raison, monsieur? Approchez, approchez. C'est facile et ça peut rapporter gros. N'hésitez plus, laissez-vous tenter par la fortune! Regardez : c'est simple comme bonjour. Trouvez la noire et pour vous, ce sera Noël. Bravo! Vous avez gagné! Bonne année, mon prince! Que le Dieu des chrétiens vous bénisse! »

Simon grimace. Il se voûte, se recroqueville, recourbe les doigts et fait mine de ratisser la table, ramenant vers lui des billets imaginaires.

« Allons, messieurs, allons, mesdames! Videz vos poches pour les remplir au centuple! Une petite noire pour un grand clash. C'est du tout cuit! »

Franck a envie de rire. Alors Simon se dilue. Il se

transforme, il disparaît. Et une autre image passe devant les yeux de l'enfant : une affiche immense, bien dessinée, bien peinte, réaliste en diable; un vieillard lubrique au nez suintant et aux joues velues posant ses grosses pattes de loup-garou sur une jolie fille apeurée qui ressemble à Mireille. En travers, une énorme inscription : « Le Juif et la France. »

C'était dimanche dernier, sur les grands boulevards. Franck était parti avec des copains, dont Amstrong, vendre des pastilles Valda dans les couloirs du métro. Une bonne combine, ces pastilles. Là aussi, ça ne coûte pas cher et ça rapporte : pas grand-chose, bien sûr, mais c'est mieux que rien. Franck et Amstrong ont déniché un pharmacien qui les vend au compte-gouttes : par ces temps de disette, on ne jette pas les Valda par les fenêtres; une boîte par personne et tant pis pour les gorges fragiles. Le pharmacien, inflexible, n'a pas voulu en démordre. Mais comment aurait-il pu se douter qu'Amstrong avait hérité de ses ancêtres britanniques un sens des affaires aussi redoutable qu'une escadrille de Spitfire? Franck et lui ont envoyé une vingtaine de gamins acheter une boîte chacun. Le pharmacien n'en revenait pas : à croire que tout le quartier voulait sentir la menthe. D'un paquet, ils en ont fait deux; et, aux heures d'affluence, un jeudi, ils sont allés écouler leur marchandise à la porte Clignancourt, dans les couloirs du métro. Même les soldats allemands, sensibles aux courants d'air à cause de leur nuque rasée que ne protège pas leur calot, leur en ont acheté.

« Bastilles de Baris? pour le front russe! » clamait Amstrong qui n'en rate pas une.

Opération réussie. Franck, Amstrong et leurs associés ont recommencé, cette fois sur les grands boulevards, à Richelieu-Drouot et rue Montmartre. C'est en rentrant chez eux, les poches remplies de pièces, les mains rendues poisseuses par le sucre et suçant les pastilles qu'ils n'avaient pas pu vendre, qu'ils ont vu l'affiche. Il a même failli y avoir un incident. Le fils Catala, un petit gros aux fesses aussi rebondies que celles de sa mère, a donné un coup de coude dans l'estomac de Franck.

« T'as vu l' vieux? »

Puis, en salivant un peu :

« Il est verni, le Juif! Pas vrai, Franck? »

Franck l'a regardé droit dans les yeux. Après un long silence, il a répondu en articulant bien les syllabes :

« Allez, crache-la, ta Valda.

– On abrège », a dit Amstrong.

Le fils Catala s'est essuyé le nez en se dandinant sur un pied. Il s'est approché de Franck, a posé sa main sur son épaule.

« Je plaisantais.

– Tant mieux pour tes dents », a dit Franck.

Ils sont repartis en parlant d'autre chose.

« Allons, les grisettes! Laissez-vous enivrer! »

Les cartes valsent, se chevauchent, volent comme des feuilles, s'immobilisent sous les doigts de Simon. Franck s'efforce de se concentrer, de suivre le mouvement. Mais l'inscription qui barrait l'affiche, l'obsède encore : « Le Juif et la France. » « Pauvre France », entend-on partout. Même Simon le répète souvent, mais pour une autre raison. Il ajoute toujours :

« Le garde-manger de l'Allemagne. Voilà ce qu'elle est devenue, la France.

– La faute à qui? » a osé une fois lui demander Franck.

Simon a claqué les talons et s'est mis au garde-à-vous. Etirant la bouche, il a répondu d'une voix métallique :

« Aux Juifs, bien sûr! »

Qu'est-ce qu'ils ont, ces Juifs? Qu'est-ce qu'ils ont fait? Franck regarde Simon : il a des cheveux, un front, une bouche, des oreilles, un nez, des jambes, des mains. Comme tout le monde. Même s'il ne l'aime pas, l'enfant est obligé de l'admettre : Simon n'a rien à voir avec les banquiers en chapeau haut de forme de la juiverie internationale, ni avec les conspirateurs judéo-marxistes qui se sont abattus sur la France comme une nuée de chauves-souris et l'ont saignée à blanc avant de compter leur or et de l'expédier en Angleterre. Son or, Simon n'aurait même pas besoin d'un doigt pour le compter. Nul ne sait de quoi il vit. L'après-midi, il joue aux cartes au *Petit Barbès* avec des jobards dans son genre. Le soir, il met les pieds sous la table pendant que Mireille fait la cuisine et que Franck apprend ses leçons. De temps en temps, il disparaît. On ne le voit pas pendant trois jours. Le rêve. Mais l'extase ne dure jamais longtemps. Simon revient toujours.

« Pourquoi tu ne travailles pas? lui a un jour demandé Franck.

– Parce que dans ce pays de corbeaux et de chiffes molles, il n'y a pas de travail pour les Juifs.

– Ils sont vernis, les Juifs », a dit Franck.

Pour la première fois, Simon lui a doucement tapoté la joue. Et il a murmuré, avec ce sourire plein de mélancolie qui laisse parfois transparaître autre chose que sa fausse assurance :

« Oui, ils sont vernis. C'est pour cette raison qu'on a rédigé des lois spécialement pour eux et qu'ils portent une étoile sur la poitrine.

– Toi, tu n'en as pas, d'étoile...

– Si, j'en ai une. Au-dessus de ma tête, dans le ciel. Et j'y crois. »

Il s'est mis à rire.

« Elle est bonne, celle-là », a dit Franck.

Il a ri à son tour. Pour la première fois, il se sentait détendu en présence de Simon.

La trêve a été de courte durée. La porte de l'appartement s'est ouverte. Luma a aboyé et Mireille est entrée. Les sourcils froncés, Franck s'est à nouveau enfermé en lui-même.

« Allons, les gogos, glissez-vous dans ma gargote! Ouvrez grand vos yeux, venez voir la chance onduler comme un joli poisson! Deux rouges, une noire! Trouvez la noire, ne la lâchez plus et doublez la mise! La noire! Où est-elle?

– Là », dit Franck en posant son index sur la carte du milieu.

Simon se tait. Il regarde Franck du coin de l'œil, hausse les épaules.

« Enlève ton doigt, petit marlou.

– La noire est là », répète Franck.

D'un coup de pouce, il retourne la carte. Bouche bée, Simon se gratte le haut du crâne. C'est la noire.

« Comment tu as fait?

– J'ai l'œil.

– Mon œil, dit Simon. C'est la chance. »

Franck sourit. Bien sûr, que c'est la chance. Mais il ne va pas laisser passer cette occasion de rabattre le caquet de son « beau-père ».

« Enfantin, dit-il. Un bébé qui tète encore sa mère la trouverait, ta noire. C'est un jeu idiot.

– Ce n'est pas un jeu.

– Alors qu'est-ce que c'est?

– Mon nouveau travail.

– Epoustouflant, dit Franck. Si tu tombes sur des

clients dans mon genre, je n'ai plus qu'à aller accrocher mon cartable au mont-de-piété.

– Ne la ramène pas trop. Des marsouins dans ton genre, j'en lessive dix par jour.

– Je demande à voir.

– C'est tout vu.

– Eh bien, allons-y, dit Franck.

– Tu l'auras voulu. »

Simon inspire une grande goulée d'air. Il soulève le col de son chandail, étire ses manches en rabattant ses longs doigts sur la naissance de ses poignets, s'empare à nouveau des cartes qui se mettent à danser comme des souris sur un gril.

« C'est reparti! Allons, les bourgeois, allons, les vaillants combattants de la der des der! Toi, là, le poulbot! Approche et tente ta chance! Tu pourras offrir des milliers de roses à ta mère! Pas d'hésitation! Ce n'est pas tous les jours dimanche! Rouge, noire, rouge! Trouve la noire et tu auras des roses blanches! »

Les cartes ont repris leur manège. Elles s'entrechoquent, glissent les unes sur les autres, se chevauchent, se séparent comme les gerbes d'un feu d'artifice. Franck ne quitte pas la noire des yeux. Elle sursaute, rampe, se redresse, virevolte, s'aplatit, se découvre une seconde le temps d'une oscillade furtive, pivote encore et plonge pour de bon, dissimulant, comme la lune, sa face cachée aux regards des curieux.

Tout a été très vite. Pas assez, pourtant. Les mains de Simon ont eu des ratés. Est-ce l'envie de briller qui a freiné ses phalanges? Ou bien la fatigue, la crampe du prestidigitateur qui en fait trop? En tout cas, il est enroué. Il tousse, se tourne vers Franck.

« Alors, petit Gamelin? Avoue que je t'ai sonné.

– Presque.

– Tu rigoles. Accouche, si tu es un homme.

– Là », dit Franck en posant une deuxième fois son index sur la carte du milieu.

Il la retourne et pousse un cri de joie.

C'est la noire.

Cette fois, son triomphe ne doit rien au hasard. Il s'est concentré, il a tout suivi. Aucune escapade de la carte maudite ne lui a échappé.

« J'ai gagné, dit-il. Aboule la fraîche. »

Simon s'est assis. D'un geste dédaigneux, il fait glisser vers Franck des billets imaginaires. Les poings serrés, l'enfant les ramène vers lui entre ses coudes écartés.

« Joli paquet, dit-il. Il y a longtemps que tu t'entraînes?

– Deux mois, bougonne Simon qui est devenu tout rouge.

– Encore un effort », dit Franck.

Puis, regardant la pluie qui entre par la fenêtre et assombrit le plancher :

« Ce doit être l'humidité...

– Pourquoi?

– Elle donne des rhumatismes dans les articulations. Hein, pépé? »

Franck s'esclaffe. Soudain, il rentre la tête dans les épaules, recule sa chaise, fait un bond de côté. Trop tard : la gifle de Simon ne l'a pas raté. En plein sur la joue gauche.

« Je t'en foutrais, des rhumatismes, petit pintadeau. »

Franck renifle, se protège de son avant-bras, essuie contre son poignet droit les larmes provoquées d'abord par le rire, puis par la surprise et la colère.

« Ben quoi? On ne peut plus plaisanter?

– Non, dit Simon.

– Sale...

– Sale quoi?

– Rien, murmure Franck. Je croyais que vous aviez de l'humour, vous autres...

– Certains en ont plus que d'autres, répond Simon en tapotant les cartes.

– J'ai compris, dit Franck.

– J'espère bien. La séance est levée. Va jouer ailleurs.

– Je suis chez moi, ici!

– Tu en veux une autre? »

Franck hésite. Pas longtemps. Il se lève. La tête basse, il marche vers la sortie. Il s'en va, claque la porte derrière lui. Son cri, alors, résonne dans la cage d'escalier.

« Sale Juif! »

La porte s'ouvre. C'est Simon. Il s'avance vers la rampe, se penche. Sa voix essaie de rattraper l'enfant.

« Allons, reviens, petit perroquet. »

Mais Franck ne l'entend pas. Son pas déboule sur les marches, court sur le carrelage du vestibule.

« Sale type! Sale type! »

JEUDI encore, une semaine plus tard. Paris chaleur, Paris blancheur, Alger sur front de Seine. Il fait beau. Paris violettes, Paris des marronniers en fleur. Les voisins d'en face ont sorti leurs géraniums. Il doit y avoir des roses quelque part. Leur parfum flotte au ras des trottoirs, frôle les jambes des jeunes femmes en robe légère et aux cheveux dénoués. Les Allemands font des emplettes. Paris villégiature, Paris offerte aux guerriers qui sifflotent. Combien d'otages fusillés aujourd'hui? Combien d'hommes, combien d'adolescents ont fermé les yeux, ce matin, sur le premier rayon de soleil de ce beau jour de mai?

La guerre fauche les innocents. Mais elle ne peut rien contre le bleu du ciel, contre la lumière qui rebondit sur les façades et nimbe de sa gaieté la silhouette énorme du père Catala qui, debout sur le trottoir, chauffe ses moustaches de Béarnais au soleil de l'Ile-de-France. Même Véret, le charcutier, dont le marché noir, pourtant, n'a pas alimenté la boutique depuis des lustres, sourit.

Amstrong doit venir à deux heures. Franck l'attend, accoudé à la fenêtre. Au premier étage, la radio reste muette. L'adjudant Riboton est parti faire un tour. Il a mis son chapeau des dimanches et un bandeau propre sur son œil de verre. Franck le voit de haut : les rebords du chapeau, les chaussures noires qu'il portait jadis les jours de défilé, le dos de la main droite serré sur le pommeau de la canne qu'il projette en avant comme un vieux gentleman.

Le spectacle de la rue n'enchante guère l'adjudant. Un jeune soldat allemand le bouscule sans faire exprès et passe son chemin. Riboton le rattrape, le prend par la manche.

« Jeune homme, on s'excuse, quand on est poli! Je suis un ancien combattant, pas un épouvantail! Tu vois cette bille? dit-il en montrant son œil. Tu la vois? C'est peut-être ton père ou ton oncle de Poméranie qui me l'ont fait sauter. Au Chemin des Dames! Alors des égards pour une gueule cassée, blondinet de mes deux! »

Le soldat se dégage en riant, désigne d'un mouvement du menton la fleuriste qui arrange ses bouquets sur le trottoir.

« Cholie Tame. Choli Chemin... Très choli... »

Et il s'en va en se tenant les côtes.

Riboton, la canne dressée, le menace dans le dos.

« On vous les fera bouffer, vos ceinturons! »

Franck se retourne. Comme jeudi dernier, Simon triture ses cartes sur la table. Une ride verticale lui barre le front. Sérieux, le Simon : un nouveau métier, ça se peaufine. Soupir, murmure :

« Allons, mesdames, allons, messieurs, un pas de deux et c'est la gloire. »

Le cœur n'y est pas. Pourtant, c'est le grand jour. Cet après-midi, Simon connaîtra son heure de vérité, le jugement de Dieu. Bon. On recommence.

« Rouge, noir, rouge. Trouvez la noire! Qui l'emportera sous le bras, la jolie négresse? »

Nouveau soupir. Les mots ne sortent pas, ses mains moites s'alanguissent.

« Mais qu'est-ce qu'ils font? Ils devraient être là depuis un quart d'heure. »

Il relève la tête, regarde Franck qui fait très attention à ne pas laisser transparaître la moindre ironie. Prudence, se dit l'enfant : un homme qui joue sa peau sur un tour de cartes n'est pas à prendre avec des pincettes.

« Dans cinq minutes, tu verras, dit Simon. Je vais leur en mettre plein la vue.

– Sûr », dit Franck.

Il se mord les lèvres. Mais Simon ne relève pas l'insolence.

« Reste là et tu verras, petit vampire. Ils seront tellement estomaqués qu'ils se liquéfieront comme l'armée française devant un panzer en panne. »

Enfin, on sonne. Un geste de Simon. Franck va ouvrir.

« Simon le Bavard, c'est ici?

– Simon le quoi?

– Simon Fincelet. Le roi des piques et des trèfles à trois feuilles. On vient voir son numéro.

– Entrez, répond Franck en s'effaçant devant deux échalas aux cheveux graisseux et aux longs ongles noirs.

– Marcel », dit le premier en enlevant sa casquette et en tendant à l'enfant une main rouge au poignet de boucher.

Il est pâle. De petites veines courent sur ses joues. Sous sa tignasse rousse, ses pommettes s'empourprent quand il sourit. Il se tourne vers son acolyte qui, portant un index à sa tempe, murmure :

« Moi, c'est Jeannot. »

Jeannot se voûte à cause de sa haute taille, passe devant Marcel qui tourne sa casquette entre ses doigts, fait deux grands pas vers le salon.

« Vous voilà quand même », dit Simon.

Jeannot hoche la tête, déboutonne sa canadienne.

« Alors? Tu es prêt?
– Vous allez voir. Installez-vous. »
Franck leur tend deux chaises. Ils s'y assoient, croisent leurs genoux cagneux.
« Voyons ça, murmure Jeannot.
– Oui, surenchérit Marcel. Voyons un peu. »
Pour rien au monde Franck ne manquerait ce qui va suivre. Toute la semaine, Simon s'est perfectionné. Chaque fois qu'il rentrait de l'école, Franck le trouvait debout devant la table, échevelé, en sueur, beuglant ses boniments et manipulant les cartes. Des progrès, il y en a eu. C'est indubitable. Pourtant, Simon n'a plus jamais demandé à l'enfant de désigner la carte noire. Car à chaque tentative, l'œil de Franck luisait; cette carte infernale, que Simon espérait indécelable, l'enfant la repérait toujours. « Un sorcier, ce petit dindon. » Mais avec ceux-là, parés du titre pompeux d' « associés », la partie sera facile : ils ne reconnaîtraient pas un navet d'une affiche de cinéma. Et avec les gogos du champ de courses, se persuade Simon en préparant, comme un magicien tâtant les rebords du chapeau claque d'où vont surgir des lapins blancs, ses mains pour la grande démonstration, ce sera pareil.
« On y va, dit-il.
– On compte jusqu'à trois, dit Marcel.
– A vos marques, souffle Jeannot.
– Gare aux cactus! » ajoute Franck.
Simon lui jette un regard mauvais. Puis il secoue la tête, ferme les yeux, gonfle ses narines. Et il commence.
« Rouge et noir! Hussard et zouaves au départ, de la boue et du sang! Grenadine et rutabagas, que choisir? »
Ses mains entament leur valse. Est-ce le soleil qui joue sur la table? Les senteurs du mois de mai? L'air particulièrement stupide des deux échalas qui, les lèvres entrouvertes, ne les quittent pas du

regard? Elles se délient, s'ébrouent comme des canards mouillés, s'envolent avec des grâces de colombes, planent, piquent comme des rapaces sur un mulot pétrifié. Quant aux cartes, impossible de les suivre.

Franck n'en revient pas. C'est la première fois qu'il assiste à un numéro aussi vertigineux. Il arrondit la bouche, siffle en silence. Jeannot et Marcel, eux, ressemblent à deux chiens de chasse subitement arrêtés dans leur course par un sanglier géant. Leurs prunelles roulent de droite à gauche. Marcel fait des bulles avec sa salive, Jeannot se gratte jusqu'au sang le bouton qui fleurit sur son menton. Simon le serpent les hypnotise; l'hydre à dix têtes de ses mains les plonge dans une somnolence ébahie. Soudain, ils tressaillent.

« Quoi? dit Marcel.

– Hein? fait Jeannot.

– La noire? beugle Simon. Où est-elle? »

Jeannot avance le cou. Ses deux dents de devant cassées s'enfoncent dans sa lèvre inférieure. Marcel passe une main sous sa veste et se triture l'aisselle. Réponse unanime, chuchotée comme une déclaration d'amour.

« Tu es un fakir. »

Simon essuie son front trempé de sueur, sourit, se tourne vers Franck.

« Et toi, petit ramoneur? »

Franck plisse les yeux. Que dire? Il a sa petite idée. A l'inverse des deux « associés », il a de bons yeux. Si la dextérité de Simon l'a étourdi, il a quand même traqué la carte folâtre. Elle se trouve à sa gauche, c'est-à-dire à la droite de Simon.

Il tend l'index, le fait tourner au-dessus de la table avec une lenteur de sourcier. Une fois, deux fois, trois. Enfin, il le recroqueville. Magnanime, il répond :

« Tu veux la vérité? J'ai les pupilles qui s'entre-choquent. Je n'y ai vu que du feu. »

Simon bombe le torse, lève les bras.

« Eh bien voilà. Vous êtes convaincus?

– Pas de problème, dit Jeannot. Tu mérites bien ton surnom. Quand tu parles, tu nous soûles et c'est le brouillard. Pourtant on connaît la musique. On est des pros. Et des meilleurs, en plus. Hein, Marcel?

– Tu l'as dit, Jeannot. Un vrai Rommel, ce Simon. Blitzkrieg et compagnie. J'admire et je m'incline. »

Alors la magnanimité de Franck disparaît. Il a envie de rire, de s'avancer de nouveau vers la table et de dire aux deux échalas :

« Vous êtes aveugles, les amis. Elle est là, la noire. »

Mais l'impact de la gifle de la semaine précédente lui revient en mémoire. Il se tait et laisse Simon, qui s'est affalé dans le fauteuil, mettre au point son plan de bataille.

« Bon. Vous êtes venus, vous avez vu, j'ai vaincu. On y va quand vous voulez, mes gentilshommes. Point de chute : Longchamp. Nous sommes bien d'accord : on fera trois parts; chacun un tiers. Pas d'objections? Marcel?

– Ça me va.

– Jeannot?

– C'est réglo.

– Alors ne perdons pas de temps. Il faut toujours charger quand l'ennemi baye aux corneilles. C'est comme ça qu'on gagne les guerres. »

Marcel et Jeannot se lèvent. Jeannot souffle.

« J'ai chaud. Il faut que je passe chez moi déposer ma canadienne.

– Pas le temps, dit Simon. On part tout de suite. »

Il glisse les cartes dans sa poche, marche jusqu'à la porte, prend l'énorme parapluie noir appuyé contre le mur et qui doit être un des principaux instruments de l'opération.

« Dépêchons-nous. Quant à toi, petit tapir... »

Franck a un sursaut d'espoir. Il fait un pas en direction du couloir.

« Tu restes là, ajoute Simon.

– « Sale type », murmure Franck, si bas que personne n'entend. Bonne chance quand même, répond-il.

– Merci. »

Et les trois compères, d'une démarche décidée, s'en vont vers la fortune. La porte se referme. Franck reste seul avec Luma qui, couchée contre le fauteuil, se lèche les pattes.

A deux heures tapantes, avec une exactitude d'archevêque anglican, Amstrong sonne au deuxième étage du 21, rue Letort.

« Vite! lui dit Franck.

– Cinq minutes. J'ai couru. Et puis les acheteurs de Valda peuvent attendre. De toute façon, avec le temps qu'il fait, les Valda...

– Laisse tomber les pastilles. On a mieux à faire.

– Vendre de l'huile solaire?

– On va aux courses, dit Franck. A Longchamp. »

On ne propose pas impunément au descendant d'un bookmaker gallois d'aller faire un tour sur un hippodrome, même français. Amstrong applaudit. Soudain, il se ravise.

« C'est payant, ton truc.

– On s'arrangera.

– Mais qu'est-ce qu'on va faire, aux courses? Parier nos plumiers?

– Mieux que ça. »

Franck lui raconte tout : les rouges, la noire, le

parapluie, le numéro de camelot de Simon, la mine ahurie de Marcel et Jeannot.

« Ils n'ont pas voulu m'emmener. Ils ne l'emporteront pas au paradis. Je veux voir combien de pigeons ce crétin de Simon va réussir à plumer. Tu es d'accord?

– C'est parti, dit Amstrong. Et ta chienne?

– Elle vient avec nous. Elle aime bien le métro et n'a jamais vu un cheval de sa vie. C'est l'occasion ou jamais. »

Aussitôt dit, aussitôt fait. Franck siffle Luma, accroche sa laisse à son collier et se laisse tirer dans l'escalier. Au premier étage, la radio a recommencé à crachoter : l'adjudant Riboton est rentré de sa promenade. Au rez-de-chaussée, la concierge, qui veut, comme tout le monde, jouir des bruits et des parfums du printemps, a ouvert la porte et la fenêtre de sa loge. Assise au beau milieu d'un rayon de soleil, elle suce, d'un air rêveur, deux berlingots à la fois.

« Bonjour, madame Troupin. »

Elle porte précipitamment son poing à sa bouche, crache ses berlingots dans le creux de sa main. Car il y a une chose qu'elle adore encore plus que les bonbons : parler.

« Bonjour, mes petits. Je voulais vous dire : je viens juste de voir passer Simon avec deux...

– Au revoir, madame Troupin.

– Où allez-vous, les enfants?

– En Amérique, dit Amstrong.

– Hé, hé... Alors à ce soir. »

La langue pendante et la tête en avant, Luma tire de plus en plus. Franck et Amstrong la suivent jusqu'à la station Jules-Joffrin. Luma s'étrangle. La station est presque vide. Impossible de se faufiler. Franck place l'extrémité de la laisse de sa chienne dans la main d'Amstrong.

« J'ai un ticket, dit-il. Un pour trois, ça devrait

aller. Tu me suis avec Luma. Je m'occupe du poinçonneur. Dès que je crie, tu fonces. Compris?

– Pas besoin de dessin », répond Amstrong.

Ils descendent à pas lents l'escalier qui aboutit au quai. La casquette sur l'oreille, la joue dans la main, le poinçonneur regarde, sur le quai d'en face, un jeune homme couvrir de petits baisers le cou d'une jeune fille qui sourit. Lui aussi sourit. Il rêve.

Franck tousse, lui tend le billet tout chiffonné qu'il vient de sortir de sa poche.

« Euh... Pardon, m'sieur... »

Le poinçonneur lève sur lui ses yeux las : deux yeux à la terne lueur dans un visage que sa vie en sous-sol a rendu grisâtre. D'un geste machinal, il saisit sa poinçonneuse, l'approche du billet. La poinçonneuse hésite, oscille de droite à gauche : le poinçonneur est retourné à sa contemplation des deux amoureux.

Derrière Franck, quelques marches plus haut, Amstrong caresse la tête de Luma qui renifle paisiblement la délectable puanteur du métro.

« Euh... m'sieur, pour aller à Longchamp, s'il vous plaît? »

Sur la tempe du poinçonneur, deux petites rides s'accentuent : il rêve encore aux baisers et à la jeune fille.

« Direction Etoile, dit-il, sa poinçonneuse toujours en l'air. Jusqu'à Porte-Dauphine.

– Merci, euh, m'sieur... le billet.

– Oui, voilà. »

Cette fois, la poinçonneuse mord prestement le ticket jaune, y faisant un trou et détachant un rond de carton qui va rejoindre le tas de confetti que les courants d'air ont poussés vers les rails. Le poinçonneur tire la petite porte de bois qui sépare le quai des escaliers. Se plaçant face au préposé, Franck la bloque en faisant un pas de côté.

« Euh, m'sieur... Longchamp, c'est bien là où il y a les courses?
– Oui.
– Et, euh... C'est des courses de quoi?
– Mmmmm?
– Je dis : ce sont des courses de lévriers ou de... de... Comment on les appelle, ces animaux? Vous savez, m'sieur, avec des types qui montent dessus?
– Des chevaux.
– C'est ça. »

Mais qu'est-ce qu'il fait, ce métro? Franck remue les genoux, signe de nervosité. D'autant que des bruits de voix et des claquements de talons résonnent dans les escaliers. Dans dix secondes, si la rame n'arrive pas, Franck, Amstrong et Luma seront refaits.

« Oui. Mais c'est des chevaux comment? Je veux dire : c'est pas des percherons ou des boulonnais, hein m'sieur? »

Cette fois, le poinçonneur réagit. En dépit de l'au-delà teinté de rose dans lequel l'ont transporté les deux amoureux du quai d'en face, les questions de Franck sont arrivées jusqu'à son cerveau.

« Dis donc, petit... »

A ce moment-là, la rame verte émerge du tunnel. La première voiture s'arrête devant le poinçonneur, lui masquant peut-être pour toujours, si une autre rame arrive en sens inverse, le spectacle qui, pendant quelques minutes, a fait de lui un autre homme. Les portes s'ouvrent, des gens descendent. Quelques secondes. Quelques secondes encore et il sera temps.

« Là, m'sieur!
– Quoi?
– A vos pieds! Un rat. »

Instinctivement, le poinçonneur baisse la tête. Alors Franck hurle :

« On y va! »

Et il court. Une seconde plus tard, Luma et Amstrong le dépassent. Juste avant que les portes ne se referment, ils s'engouffrent tous les trois dans le wagon du milieu et se retrouvent nez à nez avec un sergent allemand qui, assis sur un strapontin, agite son majeur car il n'a plus d'index, et leur dit :

« Pétits Vrançais, pétits foyous... »

Amstrong le toise de la tête à la pointe des bottes et lui répond :

« Gros Allemand, gros cochon. »

Le sergent éclate de rire, se frappe les cuisses. Il avise une vieille dame menue au long nez méprisant adossée à la portière, se lève, s'incline.

« Kros cochon, mais kros cochon poli... »

Maintenant d'une main le strapontin baissé, il le désigne de l'autre à la vieille dame.

« S'il fous plaît... Fous, fous asseoir ici? »

Sans même tourner la tête, la vieille dame lui jette du coin de l'œil un regard sévère.

« Non, merci. Je ne suis pas encore impotente. Mais vous, vous le serez bientôt. »

L'Allemand grimace d'un air navré. Il se rassied, caresse du bout du pied le museau de Luma qui lui montre les dents.

« La Kerre, très triste.

– Pas pour tout le monde », murmure la vieille dame.

Sur les banquettes, les autres voyageurs lisent leur journal ou, le front contre la vitre et les yeux écarquillés, font mine de contempler le vide. Surtout ne se mêler de rien.

« Gonflée, la vieille », dit Amstrong.

La dame lui sourit. L'Allemand, à présent, parle pour lui-même en balançant le buste. Mais son commentaire se perd dans le fracas des roues de fer.

« Avenue du Bois. » Deux enfants, l'un brun et l'autre roux, gambadent en compagnie d'une petite chienne beige.

Les enfants s'extasient. Les oiseaux chantent en dépit des coups de corne, les fenêtres des immeubles de pierre s'ouvrent sur des salons odorants remplis d'objets sans importance : vases chinois, pianos à queue où se déposent comme des hippocampes des grains de poussière flottant dans le soleil, bibelots d'argent qu'astiquent avec respect des messieurs en gilet rayé. C'est la guerre dans les beaux quartiers, l'occupation dorée, la défaite en gants de soie. Chez les rupins, pas de rafles, ou si peu : les petits chiens blancs portent des manteaux rouges, les dames ont de grands chapeaux et les Allemands sont officiers. Joli mois de mai, mois de Marie, saison des rires graciles. Les fusillés sont loin. Pas de mouches, pas de fosses creusées, pas de cercueils de bois. Les salves des pelotons d'exécution ne dépassent pas l'Arc de Triomphe, les étoiles jaunes se fanent au fond des commodes Louis XV.

Tout ce vert! Que c'est beau! Que c'est frais! Les enfants planent. Ils admirent les fiacres tirés par des chevaux au poil lustré, les vélos-taxis ployant sous le poids de bourgeois en cravate et au ventre aussi rond qu'une mappemonde, les voitures à gazogène où des grand-mères aux lèvres pincées se mettent de la poudre. Au milieu de la chaussée, un agent de ville joue les automates. Bras plié, la main levée et l'autre bras tendu, un sifflet à la bouche, il veille sur les préséances. Priorité à droite; un fiacre passe d'abord, au grand dam d'un chauffeur de vélo-taxi qui pose un pied par terre.

Au risque de se faire renverser, Amstrong, se

faufilant entre les jambes des chevaux et les roues des vélos, s'approche de l'agent de ville :

« S'il vous plaît, monsieur, pour aller à Longchamp ? »

L'agent lève le menton, arrache son sifflet d'entre ses dents. Garde-à-vous, pirouette, demi-tour droite.

« Tu vas jusqu'au lac, tu tournes à droite au pavillon royal. Tu tomberas sur une route plus grande que les autres. Tout droit jusqu'à la grande cascade. Là, tu n'auras qu'à suivre la foule.

– Merci. »

Les deux enfants repartent. Sur le lac voguent des canards de couleurs variées. Les uns ont une crête rouge sur le front et il est étonnant que les autorités d'occupation ne les aient pas débaptisés : on les appelle des « canards de Moscou ». D'autres sont rayés comme des chats de gouttière, d'autres sont blancs, tout simplement. Amstrong leur jette des petits cailloux. Croyant voir tomber dans l'eau des miettes de pain, les canards se précipitent, laissant derrière eux un sillon qui se déploie en corolle et va mourir contre les rochers miniatures. Amstrong rigole.

« Il faudra que je revienne un soir avec mon père. Ça va être leur fête. On a des invités la semaine prochaine. »

Devant la « grande cascade », des officiers allemands posent pour la photo. Des jeunes femmes aux cheveux légers, qui ne savent pas qu'on les leur rasera un jour comme on rase à présent ceux des morts-vivants qu'on emmène, très loin d'ici, vers les chambres à gaz, se pendent à leurs bras. Ne bougeons plus. Une jambe en avant, une main sur la hanche. Souriez, mon colonel, le petit oiseau va sortir. Le colonel sourit, le petit oiseau sort. Les jeunes femmes retrouvent leur naturel, les deux enfants s'en vont.

Les voici à l'entrée de l'hippodrome. Il y a du monde. La guerre n'a jamais empêché les chevaux de courir, surtout quand le terrain est sec. Et puis que faire quand il fait beau et que le monde flambe, sinon aller aux courses pour voir, sous l'œil de connaisseurs des maîtres du « Gross Paris », s'affronter sur l'herbe verte des pur-sang anglais élevés par des Normands? Les amateurs descendent des autobus, se pressent devant les guichets. Les deux enfants se concertent. Ils ont pris le métro sans payer grand-chose, ils ne vont pas en rester là. D'autant qu'il est fort possible que les titis parisiens et les chiennes sans pedigree ne soient pas admis dans l'enceinte sacrée. Tout d'un coup, Franck donne du coude dans l'estomac d'Amstrong et se fait deux œillères avec les mains pour qu'on ne les reconnaisse pas.

« Là, au milieu de la file. Regarde sans te faire voir. »

Amstrong se retourne.

« Ce sont eux », dit-il.

Eux, les trois futurs rafleurs de magots, les rois de l'embrouille, les princes du cafouillage : Simon, Marcel et Jeannot. Simon a accroché son parapluie à son bras et s'avance avec la solennité d'un membre du Jockey-Club. Jeannot, stoïque, transpire sous sa canadienne. Avec sa casquette sur les sourcils, Marcel ressemble à un Irlandais en vacances. Serrés les uns contre les autres, jaugeant déjà les visages de ceux dont ils espèrent bientôt ratisser les poches, ils suivent le mouvement à petits pas distraits. Arrivés devant le guichet, ils paient leur entrée comme tout le monde et disparaissent.

« A nous », dit Franck.

Tirant la chienne derrière eux, les deux enfants s'incrustent dans la file. Luma renifle de gros godillots, des souliers de ville maculés de terre séchée et de brins d'herbe, des chaussures de femmes, des mollets nus. Amstrong et Franck se font tout petits : ils plient les jarrets, progressent comme des nains. Le front contre la croupe d'une grande dame un peu maigre au tailleur serré à la taille par une martingale de velours noir, Amstrong fait dans sa poche le V de la victoire. Car la file avance; le guichet se rapproche. Là où il se trouve, poussé par des genoux recouverts d'un pantalon bleu à rayures blanches, les voix lui parviennent assourdies, étouffées, comme s'il s'était tout d'un coup immergé en se pinçant le nez dans l'eau d'une baignoire.

Surtout ne pas lever la tête. Ne pas tousser, résister à l'envie de se redresser pour soulager ses chevilles endolories. Franck attire Luma à lui, lui caresse furtivement la tête. On dirait qu'elle comprend, pour une fois. Les oreilles couchées, elle aussi semble s'accroupir. Doucement, la queue entre les pattes, elle passe. Le guichetier n'a rien vu. Amstrong et Franck suivent. La dame un peu maigre à la croupe quand même confortable baisse la tête.

« Pardon », chuchote Amstrong.

La dame sourit.

« Une personne », dit-elle au guichetier.

Ensuite, on respire. Luma secoue les oreilles, Franck et Amstrong esquissent sur l'herbe un pas de danse. Ils ont réussi. C'est bon signe. L'après-midi s'annonce bien.

Les chevaux, eux aussi, dansent, avec des grâces de girafes piquées au vif. Des messieurs en jaquette et en chapeau haut de forme gris clair leur flattent l'encolure, se tournent vers des élégantes au cou serré par de légers foulards couleur barbe à papa.

« Oh! là, mon beau... C'est mon jour, aujourd'hui. Dans dix minutes, nous serons riches. »

Leur selle sur le bras, les jockeys aux jambes d'enfants malingres marchent en faisant crisser leurs bottes. Dans les tribunes, des officiers en culotte verdâtre coincent leur casquette sous leur aisselle, claquent des talons, se cassent en deux, baisent des mains faussement dédaigneuses. Des papillons blancs se promènent au milieu de la piste, un vendeur de journaux joue des coudes en criant les nouvelles.

« Cinq navires britanniques coulés au large de la Norvège! Des centaines de morts! Demandez l'édition spéciale! »

Tout le monde s'en fout. Une odeur de crottin frais se mêle aux senteurs de l'herbe piétinée et au parfum des femmes à la silhouette aussi fine que le chanfrein des pur-sang qui, roulant des yeux d'aliénés, salivent sur leurs mors. Qui, dans cette foule, remarquerait deux enfants rieurs et une chienne prolétaire?

« Trouvons les zèbres », dit Franck.

Le nez en l'air mais l'œil agile, ils se promènent. Rien du côté des guichets où le service d'ordre veille; rien non plus près de la piste.

« Là! » crie Franck.

Un peu à l'écart de la foule qui se presse à présent contre les barrières, un petit groupe de badauds entoure un gros parapluie noir ouvert au manche enfoncé dans la terre. Une voix que Franck reconnaîtrait entre mille hurle à qui veut l'entendre :

« Ici pas d'incertitude! Le hasard reste à la porte et la déveine aux oubliettes! Deux rouges, une noire! Deux contre une! N'hésitez plus! »

Simon a retrouvé sa verve des grands jours. Il gesticule à l'air libre, postillonne sur son parapluie. A tour de rôle, ses deux associés protestent.

« Non, monsieur! J'étais là avant vous! » beugle Jeannot.

Et Marcel :

« S'il vous plaît! S'il vous plaît!

– Pas tous à la fois! surenchérit Simon. Allons, les souris grises, venez renifler mon gruyère! *Ladies first.* Approchez, *fraulein,* la noire vous clignera de l'œil! »

Il interpelle un homme en imperméable, le prend à témoin :

« Vous, monsieur! Soyez galant! Laissez ces dames avoir le beau rôle!

– Police », dit l'homme en faisant passer, d'un coup de langue, son mégot papier maïs d'une commissure à l'autre.

Dans les tribunes, tout le monde s'est levé. Les jumelles se tendent; les bouches s'ouvrent, les clameurs éclatent. Là-bas, tout au bout de la piste, le départ de la première course vient d'être donné. Courbés sur l'encolure de leurs bêtes, les jockeys allongent et replient les bras à une allure vertigineuse, comme des lavandières brossant des draps au bord de l'eau. Dans les tribunes, les poings se serrent. Les officiers allemands foulent aux pieds leur casquette, les dames aux seins fragiles jurent comme des bidasses.

« Vas-y, vas-y! Mais vas-y, nom de Dieu! »

Camelot du Roi a pris la tête. Il amorce le virage, s'engage dans la ligne droite. Tout d'un coup, Croisade, suivi de Dardanelles et de Douar d'Afrique, déboule à un train d'enfer et, cravaché par son jockey, casaque blanche à pois rouges, dépasse son concurrent.

« Bousille-le! » hurlent les dames du monde.

Et Jeannot : « Taillons-nous! »

Et Simon : « Chacun pour soi! »

Il a à peine eu le temps de replier son parapluie, de fourrer dans ses poches les billets de banque abandonnés par les derniers malchanceux et de prendre ses jambes à son cou en laissant tomber ses cartes. Renversé par Marcel, le policier en civil le montre du doigt aux badauds qui se dispersent.

« Rattrapez-le! Rattrapez-le! »

Deux autres policiers accourent. Marcel et Jeannot ont disparu. Cerné, Simon s'immobilise et braque son parapluie sur ses assaillants. Il est pris. Une seconde encore et les deux policiers, aidés de l'homme au mégot papier maïs qui vient de se relever, lui mettront la main dessus.

Son compte est bon : organisation de jeux illicites, faux papiers, non-port de l'étoile jaune, infraction à la loi sur le recensement obligatoire de la population juive. C'est la taule à coup sûr. Pire, peut-être.

Il fait front. Il ne se laissera pas capturer sans se battre.

Alors Luma aboie.

Franck et Amstrong n'ont pas bougé depuis le début de la scène. Pour ne pas se faire remarquer et pouvoir observer en toute tranquillité le déroulement des opérations, ils étaient restés à une bonne distance des trois « associés ». A présent, Simon, qui s'est mis en garde, et les trois représentants de l'ordre sont tout près d'eux. Simon n'a pas vu les enfants. Mais eux le voient. Ils voient son visage crispé à la moue agressive, ils voient ses longs cheveux de zazou gifler ses tempes puis sa nuque, tandis qu'il tourne fébrilement la tête de droite à gauche, comme une chouette éblouie par un projecteur.

Vacarme, cacophonie, interjections rapides.

« Poursuivez les deux autres!

– Tu es fait! Ne bouge plus!

– Venez me chercher! »

Des clameurs montent des tribunes. En bas, près des barrières, on trépigne. Le marchand de journaux lui-même s'est mis de la partie.

« Désastre britannique au... Allez Dardanelles!... Cercle polaire... Allez! Allez! »

Camelot du Roi vient de craquer. Il secoue la tête,

ralentit l'allure, renonce au dernier moment. Douar d'Afrique talonne Dardanelles. Côte à côte, les deux chevaux n'ont plus qu'une encolure d'écart. Les sabots grondent, les femmes du monde arrachent leur foulard, les officiers allemands, oubliant toute dignité, écartent les jambes et, le buste en avant, emportés par le rythme de la course, singent les jockeys. Deux des trois policiers ont mis chacun une main sur l'épaule de Simon.

« Lâchez-moi, bande de pétainistes! »

C'en est trop pour Luma. Tout ce chahut lui fait perdre la tête. Elle tire brutalement sur sa laisse, dont Franck, surpris, laisse filer la poignée entre ses doigts. Et elle fonce, droit vers la piste. Mais avant la piste, il y a Simon et les trois policiers. Luma s'en moque. Elle court en aboyant de toutes ses forces, file entre les jambes d'un des policiers qui perd l'équilibre. D'un coup sec, Simon se dégage. Pris au dépourvu, les deux autres policiers, eux aussi, l'ont lâché. Deux coups d'épaule : Simon les repousse. Ils se reprennent vite, allongent de nouveau les bras. A ce moment-là, le second représentant de l'ordre pousse un gémissement, se baisse avec une grimace de douleur et porte ses deux mains à son tibia : Franck, qui s'est lancé à la poursuite de Luma, l'a heurté comme un boulet et s'est affalé de tout son long. Ahuri, Simon le regarde se relever et repartir à toute allure.

« Luma, ici! Luma! »

Simon ne perd pas de temps : l'heure n'est pas aux interrogatoires. Il donne un grand coup de parapluie à la naissance du cou du troisième policier, se dégage, cette fois pour de bon, court, court, et se perd dans la foule.

Quant à Amstrong, il y a longtemps que, dépassé par les événements, il a filé à l'anglaise.

Luma, elle, n'entend plus rien. Elle ne voit qu'une chose : ces animaux énormes lancés au grand galop et montés par de tout petits hommes dont les casaques l'éblouissent. La peur la rend téméraire. Elle passe sans s'arrêter sous la barrière et, comme un loup traquant un troupeau de rennes, se précipite sur les chevaux.

Le poteau d'arrivée n'est plus qu'à 10 mètres de Dardanelles et à 10,50 mètres de Douar d'Afrique.

« Luma! Luma! »

Franck a lui aussi franchi la barrière. Lui aussi, inconscient du danger, court sur la piste.

Dans les tribunes, ceux qui n'ont pas parié rient. Les autres se déchaînent. Car Dardanelles, voyant la petite chienne et l'enfant hors d'haleine arriver droit sur lui, vient de faire un écart. Son jockey le reprend, le relance en avant. Trop tard. L'écart a été fatal : c'est Douar d'Afrique qui dépasse en triomphe le poteau d'arrivée.

Franck, lui, a plongé. Il agrippe la peau du dos de Luma, la tire à lui, enroule en l'étranglant presque sa laisse autour de sa main droite, serre la chienne contre lui avec son bras gauche, se remet sur ses pieds et repart, toujours à toute allure, en direction des tribunes, en évitant de justesse les sabots des autres chevaux qui, menés par un outsider à la robe grise, se disputent la troisième place.

Après avoir franchi la barrière en sens inverse, il cherche à reprendre son souffle. C'est difficile. Luma s'agite dans ses bras, essaie de se libérer de son étreinte. Et c'est court; une main de fer le saisit soudain par le col, le soulève du sol. La nuque enfoncée dans les épaules, Franck lève un œil misérable vers celui qui vient de s'emparer de lui et reconnaît l'homme au mégot papier maïs. Le policier lui dit d'une voix glaciale :

« Toi, petit, tu vas passer une très mauvaise nuit. »

C'était compter sans Luma. La chienne n'a pas retrouvé son calme. Furieuse de ne pas avoir pu mordre les jarrets si fins des pur-sang, elle se rattrape sur la main du représentant de l'ordre. D'un seul coup de mâchoire, elle y fait quatre petits trous de fourchette : deux sous les phalanges, deux dans le gras de la paume.

Le policier ouvre si grand la bouche que son mégot tombe à ses pieds. Il lâche le col de Franck, presse sa main blessée en poussant une longue plainte.

Alors c'est la débandade, la grande, la vraie. Aucun soldat français évadé n'a jamais couru aussi vite que Franck en cette fin d'après-midi de mai 1942. Gêné par le poids de Luma, il a le sentiment que de la boue colle à ses chaussures, qu'une sorte de brouillard, comme dans un mauvais rêve, freine son élan. Il peine, bande ses muscles. Et il galope, galope, passe devant le guichet, retrouve le macadam puis les allées du bois aux bonnes odeurs de feuilles et d'herbe qu'on a dû faucher quelque part, galope, galope encore, sans se retourner, croyant entendre derrière lui les grosses chaussures et le cri de l'homme au mégot.

« Arrêtez-le! »

Il n'y a personne. Pourtant Franck court toujours. Ce n'est que devant le lac aux canards placides qu'il s'effondre à bout de souffle et se laisse lentement glisser contre le tronc d'un arbre. Serrant Luma contre sa poitrine, les yeux fixes, regardant sans le voir un canard de Moscou qui course une femelle d'une autre espèce, il murmure alors, interminablement :

« Eh ben, mon colon, eh ben, mon colon... »

21, rue Letort, 19 h 30. Le printemps s'obstine. Le jour bascule, le ciel vire au vert, puis au mauve. La nuit s'avance doucement, soulève des senteurs de pierre chaude et le parfum des fleurs ouvertes par le soleil qui s'en va. Il y a dans l'air des relents de fête foraine et de promenades à la campagne. Dans la rue, deux petites filles rient.

Toutes ces odeurs, tous ces bruits qui s'enchevêtrent entrent dans l'appartement. Mais, autour de la table, l'ambiance n'est pas à la fête. Gêné, froissant entre ses doigts un pan de sa chemise, Amstrong esquisse un pauvre sourire.

« Peut-être que j'aurais dû rester avec lui, murmure-t-il en évitant le regard de Mireille assise en face de lui. Mais j'ai pensé que... Je me suis dit que... Enfin j'ai eu la trouille, quoi... »

Pas fier, le petit gaulliste. Pris de remords, il est venu aux nouvelles. Il a sonné d'un doigt tremblant, Mireille lui a ouvert. Pâle, les traits tirés, les lèvres blanches, serrant frileusement ses bras contre sa poitrine, elle lui a dit simplement d'une voix déçue :

« Ah! c'est toi, William...

– Oui... Euh... Franck n'est pas là?

– Non. Je croyais qu'il était avec toi... Je me demandais ce que vous faisiez...

– Ben...

– Il n'était pas avec toi?

– Oui. On était ensemble. Enfin, c'est-à-dire... On l'a été et puis on l'a plus été... Enfin on est rentrés chacun de notre côté... Alors je venais voir si tout s'était bien passé...

– Tout quoi, William?

– Eh ben, je ne sais pas, moi, euh... le retour...

– Qu'est-ce qu'il y a, William? »

Il a reniflé un bon coup, s'est limé les dents avec son index. Et puis, très vite, après s'être assis et s'être affalé, les coudes sur la table, il a tout raconté : les courses, Simon et ses associés, la bousculade, les policiers, le coup de folie de Luma et sa propre fuite, à reculons, une fuite discrète, circonspecte, aussi honteuse, à ses yeux, que l'exode de 40.

Depuis, ils attendent. Mireille, comme toujours, imagine le pire : Simon derrière des barbelés, Luma écrasée sur la piste par les sabots des chevaux emballés, Franck blessé, Franck seul sur un lit d'hôpital ou bien dans un commissariat, interrogé sans relâche par des hommes en chapeau mou et ciré noir.

Elle se lève, marche de long en large, va jusqu'à la fenêtre. L'angoisse la rend irritable. Elle tape du pied sur le plancher, peste contre l'adjudant Riboton qui vient d'allumer sa radio et a poussé le son au maximum.

« L'idéologie nouvelle régénérera notre vieille nation blessée au plus profond d'elle-même...

– Ça suffit! » crie Mireille.

Riboton l'a entendue : la voix du speaker s'atténue, comme emportée par un coup de vent. Mireille revient vers la table.

« Faut pas vous inquiéter, dit Amstrong. Ils ne vont pas tarder. D'ailleurs, la nuit tombe. Bientôt, ce sera le couvre-feu. Alors...

– Alors quoi?

– Alors ils vont rentrer, c'est sûr... Ne vous faites pas de souci pour Franck. Il est malin et il court vite. Y a qu'à voir comment on a... »

Il se mord les lèvres, contemple ses ongles. Il n'en rate pas une. Un peu plus et il racontait à Mireille l'histoire du poinçonneur amoureux de la jeune fille d'en face. Mais Mireille se moque bien de leurs petits tours de passe-passe.

« Mon Dieu, dit-elle. Mon Dieu... » Puis, d'une voix tout d'un coup décidée : « Il faut faire quelque chose. Il faut!

– Je ne vois pas ce que...

– Allons-y!

– Où ça, madame Germain?

– Je ne sais pas! A la police, dans les hôpitaux, aux... »

Soudain, elle se fige, intime à Amstrong, qui ne demande pas mieux, l'ordre de se taire. Un pas lent monte l'escalier; un pas pesant, fatigué, précédé par un petit bruit rapide et net : des griffes contre les marches. Au fur et à mesure que les pas se rapprochent, le souffle de celui qui pose péniblement un pied devant l'autre s'accélère. Entre deux inspirations, il parle :

« Eh ben, mon colon, eh ben, mon colon... »

Souriant d'une oreille à l'autre, Amstrong se lève et, dépassant Mireille, se précipite vers la porte.

« Hein, madame Germain! Qu'est-ce que je vous disais? »

Il ouvre. Guillerette, Luma se dresse sur ses pattes de derrière, le salue poliment, puis, en aboyant, trotte vers Mireille. Debout sur le pas de la porte, la laisse à la main, Franck reprend haleine.

« Ben, mon colon... Tiens, voilà le vaillant pilote de la R.A.F. Ça va, la bravoure? Qu'est-ce que tu fais là?

– On t'attendait, répond Amstrong de plus en plus gêné. Même qu'on commençait à se faire du souci, pas vrai, madame Germain? Bon. Eh bien... »

Franck n'a pas fait un pas. Immobile, il regarde Mireille qui, elle non plus, n'a pas bougé. Elle a de nouveau croisé les bras. Et elle sourit, en secouant la tête. Rien de plus. Mais c'est suffisant : Franck sait qu'il est pardonné, que tout va bien.

« Tu as l'air fatigué, lui dit Amstrong.

– Je suis rentré à pied.

– A pied de Longchamp jusqu'ici? Pourquoi? Le métro était en panne?

– J'avais pas de billet. »

La mâchoire tombante, Amstrong le dévisage d'un air stupéfait.

« T'es rentré à pied uniquement parce que t'avais pas de billet? Mon pauvre vieux... Ça ne devait pas aller fort. Bon. Il faut que je m'en aille. Tu me raconteras tout ça demain à l'école, hein, Franck?

– Sûr, dit Franck. Et toi, tu me diras où tu t'étais planqué.

– Oui... Enfin... Ben voilà. Allez, au revoir, madame Germain. »

Le petit gaulliste à la tignasse rousse s'en va. Franck, alors, marche lentement vers sa mère. Sans un mot, elle s'accroupit, le prend dans ses bras, le serre contre elle. Il ferme les yeux, laisse tomber la laisse de Luma sur le tapis. Et il s'abandonne. Mireille le berce, respire son odeur, cette odeur sucrée des enfants qui ont beaucoup transpiré.

« Bandit, chuchote-t-elle, bandit... »

Il a un petit rire, frotte sa joue contre celle de sa mère.

« Pétits Vrançais, pétits foyous...

– Qu'est-ce que tu dis?

– Rien. »

Elle l'embrasse encore. Puis elle le repousse gentiment, le regarde droit dans les yeux en caressant ses cheveux. Et la question que Franck redoutait, la question qu'il ne voulait pas entendre, la question inévitable qui, d'ailleurs, ne s'adresse pas à lui, résonne à ses oreilles :

« Où est Simon? »

Ils n'ont pas eu à attendre longtemps. Une demi-heure plus tard, Simon est arrivé, en sueur, épuisé, tremblant encore. Il a posé le gros parapluie noir contre la cloison, a arrêté d'un geste Mireille qui se précipitait vers lui, s'est effondré dans le fauteuil et, serrant les poings, n'a pas cessé de grommeler :

« Le petit cochon... Le petit cochon... »

Mireille avait expédié Franck dans la cuisine avec

mission de se laver dans la bassine. Franck avait protesté avec la plus extrême vigueur.

« Mais ce n'est pas le jour! »

Il n'avait obéi qu'à moitié et laissé la bassine où elle était. Se laver la figure, le cou, les bras et le thorax, passe encore. Pour le reste, on verrait une autre fois.

« Où est-il? a soudain crié Simon.

– Pourquoi? a demandé Mireille. Qu'est-ce qu'il t'a fait? William et lui m'ont tout raconté. Après tout, si Franck n'avait pas été là, ton idée stupide aurait pu te coûter cher.

– Idée stupide? Idée stupide? Tout marchait comme sur des roulettes. Tiens, regarde! a-t-il ajouté en sortant de ses poches les billets qu'il avait pu sauver du désastre. Mais regarde! Tu n'en gagnes pas la moitié en une semaine!

– Je n'aime pas ça, a chuchoté Mireille. Pas du tout... »

Franck a tout entendu. Torse nu, une main dans le gant de toilette, il est sorti de la cuisine en se nettoyant l'intérieur de l'oreille droite.

« Ça va, Simon?

– Toi... »

Simon s'est levé. Il fallait qu'il passe sa colère et son humiliation sur quelqu'un. Franck était le bouc émissaire idéal. N'avait-il pas assisté à sa déconfiture? Pis encore : ne l'avait-il pas involontairement aidé à s'enfuir?

« Je t'avais dit de rester ici! Qui t'a permis de me suivre? A cause de toi, tout a raté.

– A cause de moi?

– Parfaitement!

– Tu plaisantes ou quoi? Si je ne t'avais pas suivi, toi et tes deux tocards, vous seriez en prison.

– Non mais tu l'entends? Mireille, tu l'entends, ce petit gauleiter?

– Elle m'entend très bien! Et si ça n'avait pas été pour elle, eh bien...
– Eh bien, quoi? Vas-y, dis-le!
– Je n'aurais rien fait! J'aurais laissé les flics te coffrer! Et bon débarras!
– Parce que tu es intervenu exprès?
– Parfaitement!
– Non mais tu l'entends, ce petit menteur? Hypocrite! Je ne sais pas ce qui me retient de...
– Vas-y! Qu'est-ce que tu attends? Tu es plus brave devant moi qu'au champ de courses. Trouillard! »
Franck était tout rouge. Simon a bondi vers lui. Mireille a crié.
« Ça suffit! »
Franck, cette fois, a esquivé le coup. Il a couru vers la porte, l'a ouverte après avoir jeté par terre son gant de toilette sur lequel Simon a glissé comme sur une peau de banane, est sorti sur le palier, s'est penché contre la rampe d'escalier et a hurlé :
« Au secours! Il y a un Juif qui veut m'assassiner! »
Mireille est sortie à son tour. Elle a attrapé son fils par les cheveux, l'a tiré sans ménagements à l'intérieur. Franck continuait à hurler :
« A l'aide! Le Juif veut m'égorger!
– Tais-toi! Mais tais-toi! »
Simon s'était relevé et massait son genou. Tirant toujours Franck par les cheveux, Mireille s'est plantée devant lui.
« J'en ai assez, tu entends? Assez de toutes ces disputes, de toutes ces... »
Elle a lâché Franck, est allée s'asseoir dans le fauteuil. Tête basse, elle répétait :
« Assez... assez... »
Simon a ramassé le gant de toilette, l'a tendu à Franck.

« Tiens...
– Il est tout sale, a dit Franck.
– La faute à qui?
– A personne.
– C'est bien, a dit Simon. Allez, viens... »

Il a passé un bras autour des épaules de l'enfant, l'a entraîné vers le fauteuil. Les yeux dans le vague, Mireille ne parlait plus. Simon s'est penché à l'oreille de Franck. Il a chuchoté :

« Tu prends la main gauche, je prends la droite. D'accord? »

Franck a hésité une seconde. Puis il a répondu tout bas :

« D'accord. »

Ils se sont approchés de Mireille. Avec un ensemble parfait, ils se sont agenouillés de chaque côté du fauteuil.

« Mais qu'est-ce que vous faites? a dit Mireille.
– Un... a dit Simon.
– Deux... a répondu Franck.
– Trois. »

Simon a pris dans ses mains la main droite de la jeune femme, l'enfant a pris la gauche. Et tous les deux, les yeux fermés, ils ont déposé sur les ongles de Mireille, sur ses doigts, sur ses jointures, sur ses poignets, sur ses avant-bras, de tout petits baisers qui couraient de droite à gauche comme des araignées affolées.

« Mais qu'est-ce que vous faites? »

Mireille a regardé Simon, puis Franck, puis Simon, et encore Franck. Avec un petit rire de gorge, elle s'est penchée vers eux. Son front touchant leurs deux têtes, elle n'a plus bougé.

Ils sont restés ainsi longtemps, tous les trois. Il faisait nuit, tout était calme. Un calme limpide, irréel. Enfin, Mireille s'est redressée. Des larmes minuscules brillaient dans le coin de ses yeux.

« Mes chéris, mes chéris... »

Elle leur a souri. Un sourire étrange, inquiet, tout chiffonné. Au premier étage, la radio de l'adjudant Riboton crachotait faiblement; à travers le plancher passait une musique légère et vive, avec des accords de piano et la danse d'un violon. Alors, Franck, Mireille et Simon ont senti leur cœur se serrer. Un sentiment bizarre s'est insinué en eux : un sentiment fait de tendresse, de nostalgie, mais aussi de crainte.

Ils ont eu peur, tout d'un coup. Comme s'ils avaient eu l'intuition que le sursis que leur avait accordé le destin touchait à sa fin, comme s'ils avaient compris qu'ils avaient, en dépit de la guerre, des jalousies et des rancœurs, vécu leurs derniers beaux jours, comme s'ils avaient mangé leur pain blanc avant d'être à leur tour emportés par la tourmente. Comme si le malheur, avec son mufle de hyène, venait de pousser furtivement la porte.

II

Juillet-septembre 1942

JUILLET, mois des moissons. A la campagne, il doit faire bon. Les coquelicots tombent avec les épis de blé. Dans les cours de ferme, les taons doivent agresser les bœufs qui somnolent, piquer les chevaux lents que la guerre n'a pas réquisitionnés et que les enfants en blouse montent en amazone pour partir à l'aventure entre des haies assaillies par les guêpes. Là-bas, à l'ouest, sur les plages, la mer se retire sur des coquillages que les soldats chargés de défendre la « forteresse Europe » vont ramasser au petit matin après avoir laissé dans leurs bunkers leurs fusils et leurs bottes. Tout est calme. Mais la guerre n'en finit pas. A Madagascar, des soldats anglais tuent des soldats français. Dans le désert de Libye, d'autres Français se battent côte à côte avec les Britanniques. A qui se fier? L'adjudant Riboton lui-même en perd presque la foi.

Paris dort, comme pour rassembler ses forces. Ville hébétée, couchée comme une lionne qui rêve. Les empreintes de pas imprègnent le goudron. De grosses péniches noires passent sous les arches où s'inscrivent, souvenir d'une gloire poussiéreuse, des « N » entourés de couronnes de laurier. Sur leur pont flotte du linge blanc. Les Allemands transpirent, comme tout le monde. La vareuse sur l'épaule, ils se penchent vers le fleuve, crachent sur les taches d'huile où le soleil fait des arcs-en-ciel.

Sur le front russe, l'été doit être froid. Ici, les fenêtres sont ouvertes. Il y a de jolies filles aux balcons et du crottin sur les pavés. Le long de la Seine, en face des devantures des oiseleurs, les animaux en cage ont les paupières lourdes.

Juillet. Mois bleu et blanc; c'est le temps des baisers sous les porches et des concierges assises à l'ombre sur des chaises de paille. Aux Tuileries, les enfants accroupis autour du bassin poussent des bateaux dont les voiles miniatures s'affaissent aussitôt. Certains, parmi ces enfants, ont de grands yeux sombres. Ils pestent contre l'absence de vent ou bien, le menton dans la main et le béret sur les oreilles, regardent d'un air mélancolique leur voilier qui chavire au milieu des papiers et des feuilles.

Où seront-ils demain, ces enfants-là, où seront-ils quand le vent se sera levé?

Le ciel est trop pur. Il fait trop chaud. Pas un nuage, pas un souffle sur les toits. A la préfecture de Police, tout près de Notre-Dame, des tractions noires freinent dans la cour. Des portières claquent.

« Les Français parlent aux Français », dit Radio-Londres. Qui pourrait se douter aujourd'hui, mercredi 15 juillet 1942, alors que midi sonne, que, demain, des Français livreront à l'ennemi des femmes surprises dans leur sommeil, que des enfants confiants se laisseront prendre par la main et monteront sans résistance dans des autobus vert et blanc pour entamer ce grand voyage dont personne ne revient?

Midi sonne. Un homme à la démarche souple traverse le Pont-Neuf. Il musarde, se retourne sur les filles qui clignent des yeux. Il se sent gai.

Pourquoi ne le serait-il pas? La gaieté, chez lui, est une seconde nature.

Autrefois, il s'appelait Simon Falkenstein. Nom maudit, qui évoque les plaines de l'Est et des maisons en flammes, des femmes en pleurs, des enfants empalés. Mais que sait-il, lui, des plaines de l'Est ou des bords de la mer Noire, que sait-il d'Odessa où ses ancêtres ont tremblé pendant des siècles jusqu'à ce que ses parents quittent la Russie au moment des pogroms de 1905 et viennent se réfugier en France? Il n'a jamais connu que les boulevards de Paris, l'odeur du bitume et les petites combines. Il est né juif par accident; le sort de son peuple, même s'il y pense de temps en temps en serrant les poings, n'a jamais été pour lui un sujet de préoccupation majeure. « Judaïsme », « peuple élu », « peuple errant » : autant de mots creux pour celui qui s'appelait jadis Simon Falkenstein.

Ses parents, eux, ont tout fait pour oublier. Installés dans un petit deux-pièces qui leur servait à la fois d'atelier et de logement, ils ont passé leur seconde existence courbés sous une lampe, à tailler, rapiécer, prendre des mesures, coudre des nuits entières. « Abraham Falkenstein, tailleur. » Le père de Simon est fier de cette plaque clouée sur sa porte. Il a toujours été fier, aussi, de sa nouvelle patrie, cette « grande nation » dont les citoyens ont gravé sur tous les frontons trois mots qui ont changé le cours de l'histoire : « Liberté, Egalité, Fraternité. »

France terre d'asile; Marianne, belle comme une icône, accueille tous les malheureux, tous les exclus de la planète. Pendant des années, Anna et Abraham Falkenstein ont remercié le Ciel d'avoir fait partie de ces malheureux-là. Pourtant, ils n'ont jamais réussi à assimiler complètement la langue de leur pays d'adoption. Ils butent encore sur certains mots, noient leurs phrases dans un accent à la fois chuintant et rogue. Quelle importance? Pas un voisin ne se moque d'eux. Quant à eux, ils n'ont jamais envié personne. Ils sont heureux. Le pire, ils l'ont connu là-bas, en Russie. Depuis, la divinité qu'ils vénèrent ne s'est plus acharnée sur eux. Mieux encore : elle les a comblés; après plus de vingt ans de mariage, elle leur a donné le fils qu'ils n'espéraient plus.

Simon était leur orgueil. Simon, leur héritier, pour qui ils ont tout fait, pour qui ils ont rêvé d'un avenir radieux dans le pays « le plus généreux et le plus puissant du monde », la chair de leur chair qui s'appelait jadis Simon Falkenstein et qui s'appelle aujourd'hui, si on en croit les faux papiers cachés au fond de sa poche, Simon Fincelet.

Gai, bavard et menteur. Ainsi est-il. Anna et Abraham ont eu rapidement l'occasion de s'en apercevoir. Anna connut même à cause de lui, il y a des années, la pire humiliation de sa vie. Un jour, en rentrant de l'école communale, Simon, penaud, lui tendit un bulletin encore plus catastrophique que d'habitude : pas une seule note au-dessus de trois.

« Mais ça n'est pas possi-ple, Simon!

– C'est pas moi! C'est lui!

– Qui, mon petit?

– Le maître! Il est... Il est... antisémite! »

Anna porta la main à son front avant de s'effondrer sur une chaise, devant sa machine à coudre.

« Ici, en France, à l'école laïque? Un maître antisémite? C'est affreux, affreux! »

Elle secoua plusieurs fois la tête. Enfin, elle se leva. Les poings sur les hanches, elle cria :

« Il fa m'ententre, cet antisémite! »

Le lendemain matin, elle accompagna son fils à l'école. Le nez baissé, Simon se laissait traîner. De temps à autre, il freinait carrément.

« Allons, fiens! disait sa mère.

– Ecoute, ce n'est pas la peine, vraiment...

– Je te dis qu'il fa m'ententre, ce personnage! »

Elle entra dans la cour de l'école comme une walkyrie, exigea de voir le directeur de toute urgence. Il la reçut fort courtoisement, lui demanda l'objet de sa visite.

« Le maître des huitièmes persécute mon fils! Des primates, rien que des primates! C'est une honte! »

Ratatiné contre le mur, Simon regardait le plafond. Le directeur fit appeler l'instituteur des huitièmes. Un petit homme aux yeux tombants et aux épaules étroites sous sa blouse entra après avoir timidement frappé à la porte.

« Je vous présente le maître de votre fils, dit le directeur : M. Lévy. »

Simon passe devant la tour Saint-Jacques, remonte le boulevard Sébastopol. Il sourit en se remémorant la scène. La gifle qu'il a reçue ce jour-là lui brûle encore la joue. Mais la leçon a été salutaire. Il ne faut jamais mentir sans avoir assuré ses arrières : cet axiome, depuis, lui a évité bien des ennuis.

Après plusieurs incidents de cet ordre, Anna et Abraham baissèrent les bras. Ils retournèrent à leurs machines à coudre, laissant leur fils grandir comme il voulait.

« On ne peut pas le tuer pour si peu », gémissait Anna chaque fois qu'il faisait une bêtise.

Abraham haussait les épaules. Il enlevait ses besicles, regardait Anna d'un air résigné et répondait :

« Non, on ne peut pas. »

Simon en a profité. Il s'en est remis au hasard, sans se soucier de rien. Apprenti tailleur chez son père (un désastre), vendeur dans une charcuterie orientale où il débitait à longueur de journée des loukoums et des cornichons aigres-doux, et d'où il a été renvoyé pour avoir serré un peu trop souvent la patronne derrière le comptoir, champion de belote, vendeur de bibles pour veuves inconsolables, il a tout été. Même militant du parti communiste.

Provoquée par un ami rencontré sur les champs de courses et qu'on appelait « Henri l'Intello », sa solidarité avec le prolétariat n'a pas duré longtemps.

« Le travail est pire qu'une malédiction : c'est un crime, lui disait Henri. On ne doit pas enlever le pain de la bouche des ouvriers. L'argent, il faut le prendre où il est : dans les coffres des riches. Grâce au Parti, on arrivera. »

Fort de cette certitude, Henri vendait des tuyaux à Auteuil ou à Longchamp. Le soir, réunion de cellule. Simon le suivait. Bouche bée, il écoutait d'interminables soliloques sur la révolution mondiale et la juste répartition des richesses, dont 90 p. 100 étaient détenus, lui affirmait-on, par 10 p. 100 de la population. Il n'en revenait pas. « On leur raconte n'importe quoi, au Parti. » Mais les textes étaient là : précis, irréfutables. Dès lors, Simon se découvrit un désir lancinant de changer le monde. Le dimanche matin, il allait même vendre *L'Humanité* au Quartier latin. En compagnie d'Henri l'Intello, il faisait le coup de poing contre les Camelots du roi et les membres de l'Action française.

« La France aux Français, criaient ces jeunes gens de bonne famille. Les Juifs et les étrangers dehors! »

Ces slogans excitaient Simon. Il ne se lassait pas de les répéter. Il prenait un Camelot du roi, le coinçait contre un mur. Et il commençait :

« La France... (un coup de poing sur la pommette)... aux Français (un coup de pied dans l'estomac)! Les Juifs et les étrangers... (une manchette dans le cou)... dehors (un coup de genou dans le ventre)! »

Cette conception du militantisme lui plaisait. Mais l'engagement politique a aussi ses devoirs. Un jour, un de ses camarades de cellule, appuyé par Henri l'Intello, l'interpella.

« Simon, il faut que tu passes à l'action. Tu dois maintenant militer à la base, parmi tes camarades ouvriers.

– Sûr, dit Simon.

– Je savais que tu accepterais. On embauche à Sevran, à l'usine de freins « Westinghouse ». Tu vas devenir un travailleur. Un vrai.

– Sûr », dit Simon d'une voix mal assurée.

Le lendemain, il se présenta à l'usine. Le soleil se levait à peine lorsqu'il se retrouva devant une machine qui sentait l'huile et la ferraille, au milieu d'un vacarme infernal. Il connut le rythme épuisant du travail à la chaîne, le regard inquisiteur du contremaître, les hurlements qu'il fallait pousser pour se faire entendre de l'ouvrier qui s'affairait à côté de lui, la pause de midi dans la cour, la reprise du travail à peine avalée la dernière bouchée du déjeuner, l'épuisement qui vous tombe dessus en fin de journée, quand le silence est revenu, mais qu'on entend encore dans sa tête le chahut de l'atelier. Le soir, sa décision était prise : il ne serait jamais un « travailleur ».

Pourtant il voulut laisser une chance au Parti et tenta d'en discuter avec Henri. Curieux dialogue qui fut le leur : « Il faut absolument que tu me tires de là... Je vais mourir si j'y retourne. » L'autre qui ne manquait pas de cynisme lui répondit sans sourire : « Les jeunes travailleurs sont l'avenir de notre pays. Il y a ceux de la base dont tu devrais t'honorer de faire partie, et qui n'ont pas eu comme toi la chance de trouver du travail! Et... il y a les autres, ceux qui pensent, ceux qui réfléchissent. Alors cesse de te plaindre. Tu devrais être heureux de travailler pour le Parti. Car en travaillant pour nous, c'est, ne l'oublie pas, pour notre combat que tu œuvres! » Simon n'en croyait pas ses oreilles. L'autre se moquait de lui. Ce tartuffe qui n'avait jamais travaillé de sa vie voulait sans vergogne l'envoyer aux galères. Il n'avait qu'à y aller, lui; on verrait s'il les garderait aussi blanches, ses mains de penseur. Henri avait mal interprété Marx. Celui-là n'avait jamais écrit que lui, Simon, devait travailler à l'usine comme un esclave, tandis qu'Henri pourrait, en toute quiétude, refaire le monde en écumant les champs de courses. Voilà ce que Simon avait eu envie de lui dire. Voilà ce qu'il aurait dû lui dire, mais ce jour-là, Simon ne trouva pas ses mots. Son estomac s'était noué. Sans rien dire, il avait pris la porte.

A la cellule du XVIIIe arrondissement, personne n'entendit plus jamais parler de lui.

Il y eut une autre malédiction à laquelle il ne coupa pas : la mobilisation générale. En septembre 1939, il partit à son corps défendant défendre la patrie des droits de l'homme contre les hordes teutonnes. Il se souviendra longtemps du fracas que faisaient dans son dos sa gamelle et son fusil. Et, toujours, il entendra la voix fluette du soldat souffreteux qui lui dit, la veille de l'attaque allemande :

« Tu t'appelles Simon? Moi aussi.

– Marrant. Simon comment?

– Simon Fincelet.

– C'est un joli nom.

– C'est le mien », répondit l'autre avec un sourire triste.

Le lendemain, à l'aube, une rafale de mitrailleuse le coupa en deux devant une haie. Simon se pencha sur le cadavre, ouvrit d'un coup sec la vareuse imbibée de sang, plongea sa main dans la poche intérieure, en retira un portefeuille noir qu'il fourra entre sa chemise et sa peau, arracha la gourmette qui pendouillait autour du poignet du mort et murmura en tapotant la joue de Fincelet.

« Salut, vieux. Et merci. »

Abandonnant le soldat désormais inconnu, il se mit à ramper dans le champ que délimitait la haie. Il s'attendait à tout moment à être enterré par un obus. Mais la mort ne vint pas. Alors, lâchant fusil, casque et gamelle, il courut.

Vers le sud. Vers Paris.

Paris ville ouverte. Après avoir demandé à Notre-Dame la protection de la Vierge, les membres du gouvernement avaient détalé. La Vierge se débrouillerait bien toute seule.

Paris ville occupée, Paris ville sombre. Les bottes sur les trottoirs, les chants guerriers beuglés sur les Champs-Elysées; et la nuit, encore, de plus en plus noire. Les réfugiés allemands livrés à Hitler, les lois raciales, l'étoile jaune obligatoire, le recensement des éternels parias : les Juifs.

Anna et Abraham Falkenstein prirent tout cela avec philosophie :

« Ils n'ont pas pu faire autrement, dit le vieux tailleur. Mais nous avons confiance. La France ne trahira jamais sa parole.

– Liperté, ékalité, fraternité », répéta Anna.

Et Simon, hurlant :

« C'est fini! Fini! Réveillez-vous! La France, votre belle France a changé de devise. « Travail, Famille, Patrie. » Ils vous chasseront de votre travail, ils briseront votre famille. Quant à la patrie, elle n'est pas pour vous. Aujourd'hui, il ne nous reste qu'une chose à faire : sauver notre peau.

– Tais-toi! criait Anna en secouant sous son nez le document officiel attestant que le soldat Falkenstein Simon, du 22e régiment d'infanterie, était porté disparu. Tésserteur! Traître! »

Les lèvres tremblaient.

« Traître, répétait-elle. Traître. »

Simon insista, tempêta. Puis il renonça. Respectueux de la loi, Anna et Abraham allèrent se faire recenser. En citant le nom de son fils, Anna renifla. Sous l'œil indifférent de l'employé de mairie, elle chuchota :

« Tisparu au champ d'honneur. »

Abraham ne broncha pas.

Mercredi 15 juillet 1942. Ce que redoutait Simon ne s'est pas produit. Pas encore. Porté par le soleil, Paris s'alanguit. Simon Falkenstein a disparu, mais Simon Fincelet, lui, est bien vivant. Il siffle, poursuit sa promenade sans but. Il longe la gare du Nord, tourne dans le boulevard Magenta.

« Il ne faut pas que j'oublie d'acheter des fleurs, se dit-il. Aujourd'hui, Mireille a trente-deux ans. » Simon respire un grand coup. C'est décidé : ce soir, ce sera la fête.

« Mireille, murmure-t-il. Mireille... »

Alors quelque chose lui tord l'estomac; quelque chose qui ressemble à de l'angoisse.

18 h 30. Une jeune femme fatiguée marche sur le trottoir. Au lieu de colorer ses joues, le soleil accentue sa pâleur. Elle avance d'un pas lent. Le claquement de ses semelles sur le trottoir n'a plus ce mélange de gaieté et de calme qui, il y a deux mois encore, faisait tressaillir de joie, lorsqu'ils le reconnaissaient dans l'escalier du 21, rue Letort, le jeune homme et l'enfant qu'elle retrouve tous les soirs. C'est un bruit sourd, traînant, comme accablé.

La jeune femme a les jambes lourdes. Sa lassitude coule en elle au rythme de son sang. En dépit de la chaleur, elle frissonne. Elle porte la main à son front, ralentit encore son pas. Ses yeux brillent : leur éclat a quelque chose de fixe, d'anormalement profond.

Les jours ressemblent aux jours. Mais chaque matin, l'épuisement de Mireille s'accentue. « Rien de plus normal », se dit-elle. Ne passe-t-elle pas des heures debout dans la mercerie où elle a trouvé, il y a bientôt trois ans, une place de vendeuse? Ne se nourrit-elle pas, comme tout le monde depuis l'invasion allemande, des miettes que l'ennemi laisse à ceux qu'il a vaincus et dont il pille le pays? Même si elle déploie des trésors d'ingéniosité pour préparer, avec les rations auxquelles elle a droit, des repas presque mangeables, même si Simon rentre au moins une fois par semaine en riant aux éclats et serrant contre lui un panier bourré de victuailles, il lui arrive, comme lui et comme Franck, de se coucher avec la faim au ventre.

Elle a maigri. Des ombres grises s'allongent sur ses traits. Parfois, elle tousse. Elle s'arrête sur le trottoir, se voûte subitement. Des soubresauts incontrôlables agitent sa poitrine. Les gens ralentissent; ils tournent la tête, regardent cette jeune femme frêle qui rassemble ses forces. Elle se redresse et reprend sa marche, l'air absent, les bras ballants, laissant la lanière de son sac pendre au bout de ses doigts. Mais elle sourit, pourtant, et murmure pour elle-même, d'une voix heureuse :

« J'ai trente-deux ans aujourd'hui. Et ils sont là. Ils m'attendent. »

Ils la voient. Ils ont entendu résonner les marches et la porte s'ouvrir. A présent, elle est là, devant eux. Ils la dévisagent, ils la contemplent sans un mot. Simon tient à la main un bouquet de roses. Franck, lui, exhibe un bouquet plus petit, où des fleurs sauvages se mêlent à des brins d'herbe et de menthe qu'il est allé, en compagnie d'Amstrong car c'est les vacances et ils n'ont rien à faire, cueillir très loin, là-bas, au bois de Boulogne. Elle les dévisage à son tour, lâche son sac qui s'affaisse sur le plancher avec un léger soupir.

Franck se dandine sur un pied. Il jette des coups d'œil furtifs aux roses de Simon. Il hausse brièvement les épaules, détourne les yeux. Sa main droite serre les tiges de ses fleurs dont l'odeur de la campagne doit imprégner sa paume.

« Joyeux anniversaire, dit-il.

– *Happy birthday* », dit Simon en étirant la bouche comme un vieux gentleman anglais.

Il ajoute aussitôt en levant le bras :

« *Ich liebe dich.*

– Moi aussi », dit Franck.

Il est sept heures du soir. Dehors, le ciel est vert.

« EDDY » au piano, Sarane Ferret à la guitare, « Macaque » à la basse : c'est le trio du « Swing Club », la sainte trinité du jazz clandestin. Eddy attaque le premier. Il arrondit les épaules, étire et recroqueville les doigts comme s'il ajustait des gants à ses jointures.

« Un... deux... »

Trois. Une note isolée, aiguë, plus chétive que le tintement d'un ongle contre un verre de cristal, monte avec les volutes. Dans la salle, les voix s'estompent; des allumettes craquent. On entend le souffle des fumeurs, des raclements de pieds autour du béton de la piste de danse. Eddy se penche. Son nez touche presque le clavier. L'écho de la première note tremble encore. Deux autres notes l'amplifient, le prolongent jusqu'à ce que l'instrument de Sarane Ferret entre en action, suivi de très près par la basse dont le tempo déclenche un nouvel accord, aussitôt ponctué par le rire bref de la guitare.

Eddy grogne, Sarane Ferret ferme les yeux.

« C'est parti », dit Macaque.

Alors, c'est le feu d'artifice. Guitare, basse et piano éclatent, se provoquent, se répondent comme des oiseaux nocturnes réveillés par un coup de canon. Sur les tables, la flamme des bougies vacille. Sous le plafond bas, les nuages de fumée se subdivisent avec lenteur. Dehors, la nuit ouate les derniers bruits de la ville. Paris sommeille dans l'ombre. Dans les rues désertes, les patrouilles allemandes chargées de faire respecter le couvre-feu croisent des agents de ville courbés sur le guidon de leur vélo. Mais au « Swing Club », dans la cave d'un hôtel particulier de la cité Malesherbes, rue des Martyrs, la fête commence. Elle va durer jusqu'à l'aube.

Seuls quelques privilégiés connaissent l'existence de cette boîte de nuit minuscule où se produisent tous les soirs après vingt et une heures des musiciens possédés par cette « cacophonie infâme », ce pur produit de la décadence et du métissage que combattent avec acharnement les défenseurs de l'« ordre nouveau » : le jazz.

A eux trois, Eddy, Sarane Ferret et Macaque font autant de vacarme qu'un orchestre de trente-cinq personnes, un chahut tel qu'il arrive à couvrir les roulements de tambour des semelles et des talons, les claquements de mains, les exclamations, les piaillements et les cris. La sueur d'Eddy coule sur les touches comme la cire des bougies dans les soucoupes. Le trio improvise : la musique rebondit, les rythmes se chevauchent. Le jazz pur laisse la place à des airs de papa remis à ce qui n'est pas encore le goût du jour : ragtime, fox-trot, charleston.

Sur la piste, les danseurs suivent. Les jupes tournoient, les jambes se dénudent. Les cheveux volent, les pieds s'ouvrent et se croisent.

Simon est un bon danseur. Il n'y a dans ses gestes aucune maladresse, aucune hésitation. D'une main sûre, sans faiblesse ni temps morts, il guide Mireille qui se laisse mener. Mais elle n'est pas passive; elle harmonise sans effort ses mouvements avec la frénésie de la musique. Parfois elle renverse la tête;

et elle rit. Sa fatigue est oubliée. Le peu d'alcool qu'elle a bu y est sans doute pour quelque chose.

Tout va bien. Elle est loin des guinguettes de sa jeunesse où, assise timidement devant un jus de fruits, elle regardait les midinettes endimanchées s'abandonner dans les bras de séducteurs tatoués et robustes, loin du *Bal Cadet*, du *Bal du Petit Journal*, comme on l'appelait à l'époque, où elle aussi, un jour, a succombé aux audaces mièvres d'un danseur de charme.

« Cavaliers, serrez vos cavalières! clamait l'animateur. Tout le monde en piste! Voici Armandino! Le roi du tango, le tango des rois! »

Oui, c'est loin. Simon ne lui a jamais posé de questions sur ce « Ramon » (Raymond pour l'état civil) qui, il y a bientôt douze ans, l'a séduite au son d'une complainte déchirante où il était question d'une femme fatale tuée par l'amour, a partagé son existence pendant trois mois et l'a quittée sans un mot le jour où elle lui a annoncé qu'elle attendait un enfant de lui.

Elle lui a raconté cette histoire par bribes, au gré de ses souvenirs. Chaque fois, il l'écoutait en silence. Puis il se penchait doucement vers elle, caressait sa joue et lui disait :

« Ce n'est pas grave. »

Il avait raison. Ramon n'a-t-il pas offert à Mireille, sans le vouloir, le plus beau des cadeaux? Ne lui a-t-il pas laissé Franck, cet enfant au teint aussi mat que le sien est clair, mais dont tout le monde dit qu'il lui ressemble, qu'il a son regard et sa bouche?

Cela n'a pas été facile tous les jours. Le dimanche, quand elle l'emmenait se promener au Luxembourg, elle savait bien, lorsqu'elle se retournait et qu'elle le voyait marcher la tête basse, l'air sombre et buté, ce qu'il pensait. Quel âge avait-il? Six ans?

Sept ans? Une seule fois, il l'a retenue par la main. Il l'a regardée droit dans les yeux et lui a dit :

« Mon père, je ne le verrai jamais? »

Que répondre? Fallait-il mentir, lui donner un espoir dont elle savait qu'il ne se réaliserait pas? Ou bien devait-elle au contraire crever l'abcès tout de suite, aider Franck, en étant nette et franche, à assumer le drame qu'il vivait?

Elle s'est accroupie devant lui comme elle le fait toujours, sa jupe lui tombant alors jusqu'aux pieds. Elle a dévisagé son fils avec gravité et a simplement murmuré :

« Non. »

Ils n'en ont plus jamais reparlé.

Pour l'heure, Franck dort. Simon et Mireille ont attendu qu'il décide de lui-même d'aller se coucher, assommé par le demi-verre de champagne que Simon avait acheté au prix fort au *shamès*, le bedeau de la synagogue. Ils sont ensuite partis sur la pointe des pieds. La nuit était chaude, les étoiles clignotaient au-dessus de Paris. Mireille, alanguie, s'appuyait contre Simon. Elle ne savait pas où il l'emmenait. « Surprise », avait-il dit. Elle a chuchoté :

« C'est mon plus beau jour.

– Il y en aura d'autres. Beaucoup d'autres. »

Maintenant, elle danse.

Eddy se liquéfie sur place. On le croirait perdu sur un nuage rose ou au bord d'un large fleuve où des lavandières à la peau noire et aux énormes seins, leur foulard noué autour de la tête par un papillon gigantesque qui s'épanouit au-dessus de leur front, saluent en riant un grand bateau à aubes qui brasse de l'écume. Sarane Ferret sourit de toutes ses dents et rêve aux bas-fonds de New York. Il marche au lever du jour sur le pont de Brooklyn sous lequel glissent des paquebots remplis d'immigrants extasiés. Serrant sa basse contre sa poitrine,

Macaque rêve qu'il joue sa musique sur les rives d'un lac où se reflètent des montagnes couvertes de neige.

Et Mireille danse.

Tout d'un coup, elle porte les mains à son front. Ses yeux se ferment à demi, ses jambes se dérobent. Elle vacille comme la flamme des bougies, le silence se fait dans sa tête. Eddy et les danseurs s'agitent dans le vide. Simon l'entoure de ses bras, la retient de justesse avant qu'elle ne s'effondre.

Les danseurs ne se sont aperçus de rien. Mireille claque des dents. Elle ouvre les yeux : des yeux glauques, presque vitreux. Simon tremble. Elle a posé sa joue sur son épaule. Ils continuent à tourner, lentement, de plus en plus lentement. Trois pas toutes les dix secondes, puis deux et puis un seul. Mireille transpire. Un pas, un demi.

« Je t'aime », dit-elle.

Elle pleure.

« Moi aussi », dit Simon.

Elle ne répond pas. Elle est devenue très lourde. Simon ne tourne plus. Il reste là, immobile, bousculé par les danseurs dont les cheveux volent toujours, courbé sur la piste, entraîné vers le bas par le poids de Mireille évanouie.

Eddy s'esclaffe, Sarane Ferret et Macaque roulent des prunelles comme des aveugles pris de fou rire.

« Silence! » beugle Simon.

Eddy continue à secouer les épaules au rythme de ses doigts. Les danseurs frappent dans leurs mains. Simon cambre les reins. Il soulève Mireille, approche sa bouche de ses lèvres. Il crie :

« Un médecin! Vite! »

« Bien sûr, dit le jeune homme aux petites lunettes rondes en tirant sur son nœud papillon bordeaux, ce n'est qu'une hypothèse. Mais j'ai bien peur qu'en l'occurrence elle se vérifie rapidement. Les symptômes sont là, comprenez-vous? »

Simon s'est agenouillé près de Mireille qui, enroulée dans une couverture et couchée sur un canapé dans le vestibule de l'hôtel particulier de la cité Malesherbes, semble dormir. Le propriétaire de l'hôtel, fondateur du « Swing Club », est allé téléphoner dans le salon. Sa voix passe à travers les battants de la porte.

« Allô? Oui, s'il vous plaît. C'est très urgent.

– Quels symptômes? » demande Simon.

Le jeune médecin se tait, tend l'oreille. Sans doute regrette-t-il l'ambiance de la cave dont le vacarme assourdi traverse le plancher, la chaleur des bougies, le piano d'Eddy et le parfum de sa petite amie, qui doit s'impatienter. Il lâche son nœud papillon, se racle la gorge.

« Où en étions-nous? Ah! oui... Comme vous le savez, le germe tuberculeux, s'il arrive à éliminer les premières défenses de l'organisme, se heurte au système lymphatique dont vous connaissez, bien entendu, le rôle éminent dans la lutte contre toute infection...

– Sûr, dit Simon.

– Les globules blancs absorbent alors le germe. Mais il suffit d'une raison quelconque, défaillance de l'organisme, par exemple, pour que l'infection ne soit pas arrêtée par... Cigarette? Si, si, prenez... ne soit pas arrêtée, dis-je, par la réaction ganglionnaire. Elle gagne donc directement le courant sanguin. Dans ce cas, il y a trois possibilités : ou bien l'organisme résiste. Les émonctoires naturels, c'est-à-dire... Zut, je n'ai pas de feu. Vous en avez? Merci. Oui... Qu'est-ce que je disais?

– Je ne sais pas. Simplement, je voudrais...

– J'y suis. Les émonctoires naturels, foie, intestin, reins, éliminent le bacille et le malade guérit.

– Et vous croyez que...

– Minute. Le plus souvent, l'infection va plus loin. Mais elle se localise à un organe : poumons, reins, organes génitaux, péritoine, intestin...

– Ecoutez, je ne suis pas là pour entendre un...

– Excusez-moi. J'abrège. Il existe une troisième possibilité. La plus rare. Comment dire? Euh... l'invasion sanguine est telle que... Ne vous inquiétez pas, vieux. Votre amie sera bientôt en de bonnes mains. L'ambulance ne va pas tarder. »

Simon se lève. Il s'approche du jeune homme aux joues lisses, le fixe avec insistance.

« L'invasion sanguine est telle que?...

– Eh bien...

– Accouche ou je t'enfonce tes lunettes dans les orbites. »

Le jeune homme laisse tomber son mégot sur le parquet ciré, l'écrase du bout du pied. Un petit sourire gêné plisse sa joue droite. Il tapote le bras de Simon et répond :

« Courage, vieux. Courage. »

« Vite, dit Simon, vite. »

Il fait jour; mais le soleil ne s'est pas encore levé. Le ciel hésite entre le gris et le bleu. Assis sur un strapontin, près de la civière où les infirmiers ont allongé Mireille, Simon grelotte.

« Vite, répète-t-il.

– On fait ce qu'on peut », dit le chauffeur.

L'ambulance roule dans les rues désertes. C'est une vieille voiture blanche à gazogène, un véhicule poussif qui peine dans les côtes.

« Où est-ce, Lariboisière? demande Simon en relevant le col de sa veste.

– On y sera bientôt », répond l'ambulancier assis à côté du chauffeur.

Mireille respire faiblement. Des mèches de cheveux assombries par la sueur collent à ses joues.

Simon lui a pris la main. La chaleur à la fois brûlante et moite qu'il sent dans sa paume accentue le froid qui le gagne.

« Normalement, dit le chauffeur, c'est Police-Secours qui aurait dû venir vous chercher. Vous seriez déjà à l'hôpital. Mais j'ai l'impression que les flics sont occupés, ce matin. Pas vrai, Maurice?

– Ouais, fait l'autre. Il doit y avoir un coup de filet quelque part. »

Jeudi 16 juillet 1942. Simon frissonne devant Mireille qui agonise doucement. Et la France, ce matin-là, se déshonore.

L'ambulance ralentit, le chauffeur change de vitesse.

« Qu'est-ce que je te disais? Vise un peu, Maurice. »

La voiture venait de s'engager dans le boulevard Rochechouart. Simon regarda sa montre, une Rolex qu'il avait, un jour de faiblesse – ou d'audace –, décrochée subrepticement du poignet d'un officier allemand qui se laissait bercer par le chant des roues du métro. Sept heures. La grisaille avait basculé. Le ciel était d'un bleu très tendre. Les premiers rayons du soleil, brisés par les vitres, formaient contre les immeubles de grandes étoiles rouges. L'ambulance s'arrêta.

« Qu'est-ce qui se passe? dit Simon.

– Encombrement, répondit le chauffeur.

– Qu'est-ce que vous racontez?

– Ils vont en colonie de vacances, on dirait. Pas vrai, Maurice?

– Ouais. Les veinards. »

Simon se pencha et fit coulisser le rideau qui obturait la vitre de l'ambulance.

« Je rêve. »

Près de lui, Mireille gémissait.

« C'est un cauchemar, dit-il.

– En tout cas, c'est pas un film, répondit le chauffeur en ricanant.

– La ferme! » cria Simon, le nez collé contre la vitre.

Une longue file de femmes, d'enfants et de vieillards traversait le boulevard. Ils étaient curieusement vêtus, pour un matin d'été. Sombres, tous, avec des manteaux noirs et d'autres vêtements sur le bras, comme s'ils partaient pour un long exil. Les étoiles de lumière qui embrasaient les vitres de la partie ouest du boulevard éclairaient d'autres étoiles : d'ignobles dessins de tissu jaune cousus sur la poitrine de ceux qu'on emmenait, à la place du cœur.

« Ils se sont quand même décidés à les foutre dehors, dit Maurice.

– Qui, " ils "? » murmura Simon.

Des hommes en uniforme encadraient les femmes, les vieillards et les enfants juifs. Certains portaient des bottes, un casque noir et une vareuse de la même couleur cintrée par un baudrier de cuir. Sur leur casque se détachait en relief le dessin d'une grenade. D'autres avaient des képis et des souliers de ville. Mais tous étaient armés. Et tous étaient français.

Des Français sans histoires, ni cruels ni haineux; placides, au contraire, calmes, polis, parfois. Simon vit l'un deux soutenir par le coude une vieille femme qui venait de trébucher : les hommes ne sont pas de bois. A quoi pensaient-ils, ces bons époux, ces bons pères, en conduisant à l'abattoir, via le Vélodrome d'hiver et le camp de Drancy, des êtres sans défense que leur pays avait accueillis et qui avaient travaillé, comme les autres, plus, même, que les autres, à sa prospérité et à sa grandeur? Un seul, parmi ces hommes en uniforme, démissionna le soir même. L'histoire a oublié son nom. Mais les autres? Est-ce pour se racheter que certains d'entre eux participèrent deux ans plus tard à la libération de Paris et se firent tuer aux coins des rues où, aujourd'hui encore, sous les plaques commémorant leur mort, se fanent chaque année de petits bouquets de fleurs?

Pour l'heure, ils avaient simplement l'air de régler la circulation ou d'aider des personnes inquiètes à traverser la rue. Les vieillards les regardaient sans colère; mais il y avait dans leurs yeux une tristesse infinie. Les femmes entouraient leurs enfants, consolaient ceux qui pleuraient. Un petit garçon serrait contre lui un bateau à voile à la quille peinte en rouge. Le pouce dans la bouche, une petite fille parlait à sa poupée.

C'était un beau matin de juillet, limpide et serein. Un matin comme les autres.

« C'est long », dit le chauffeur.

Simon sentit quelque chose de chaud couler sur ses joues. Il les essuya du bout des doigts. La file devenait de plus en plus compacte. Certains Juifs avaient des nattes. Ils hochaient la tête, marchaient les mains derrière le dos.

« On n'est pas sortis de l'auberge, dit Maurice.

– Eux, oui », répondit le chauffeur.

Il se mit à rire.

« Cigarette?

– Du foin, ces saloperies.

– On fume ce qu'on a. »

Mireille ne bougeait plus. Sa respiration se faisait plus profonde, plus régulière. Plus bruyante, aussi. Le chauffeur, les mains à plat, donna de petits coups à son volant.

« *J'ai du bon tabac, dans ma tabatière... J'ai du bon tabac, tu n'en auras pas...* »

Le nez toujours collé à la vitre, Simon cria :

« Imbéciles! Vous ne voyez pas ce qui se passe? Et si c'étaient vos femmes et vos gosses, qu'on emmenait? »

Silence. Le chauffeur recracha la fumée par le nez. Maurice, lui, projetait des volutes contre le pare-brise. Il se retourna, fixa Simon qui s'était écarté de la vitre et répondit :

« Pourquoi veux-tu qu'on embarque nos femmes et nos gosses? On n'est pas juifs. »

Simon le dévisagea en serrant les mâchoires.

« Moi, je le suis », dit-il.

Maurice ferma un œil : la fumée le gênait. Mais son autre œil examinait Simon. C'était un œil bleu au blanc jauni et strié de petites veines : un œil de bon vivant ou d'homme fatigué. Sa pupille se rétracta, sa paupière tressauta. Maurice arrondit la bouche; ses lèvres se refermèrent sur un dernier rond de fumée :

« T'as pas le type », dit-il.

Le chauffeur lui donna un coup de coude.

« Y a du grabuge. »

Simon posa de nouveau son front contre la vitre. Dehors, la colonne s'était disloquée. Profitant d'un moment d'inattention des policiers et des gardes mobiles, deux vieillards au grand chapeau rond avaient cherché à fuir. Ils avaient lâché leur sac et couraient à petits pas au milieu du boulevard. Les policiers français n'avaient pas bougé. Deux d'entre eux avaient porté la main à leur pistolet. Mais leurs doigts étaient restés ouverts à quelques centimètres de la crosse. Plus prompt, ou plus féroce, un garde mobile pointa son fusil, vers les fuyards.

« Halte ou je tire! »

Les vieillards couraient toujours. On entendit, dans la quiétude du matin, le claquement sec d'une culasse. Et puis un coup de feu; et des cris.

Le petit garçon laissa tomber son voilier. Instinctivement, comme pour la protéger des menaces du monde, la petite fille serra sa poupée contre son cœur.

La colonne s'éparpillait. Mêlés aux Juifs, des

policiers agrippaient des enfants et des femmes, tentaient de reformer le rang.

« Il a tiré en l'air, dit Maurice.

– Il a eu raison, répondit le chauffeur. On est des Français. Pas des brutes. »

Les vieillards s'étaient arrêtés. Les mains levées, ils pivotèrent. Le garde mobile arma une nouvelle fois son fusil et leur fit signe de revenir. Sans baisser les bras, ils s'avancèrent très lentement, la tête basse.

« Dommage pour eux, dit Maurice. Ils avaient du cran. »

Soudain, il sursauta. Trois coups venaient d'ébranler la porte arrière de l'ambulance. Simon ouvrit un des battants.

« Faites vite », dit le chauffeur.

Une femme regardait Simon. Elle avait de grands yeux cernés et noirs, des joues creuses, le teint pâle. Aucun son ne sortait de sa bouche. Mais ses lèvres remuaient.

« S'il vous plaît, put y lire Simon. S'il vous plaît... »

Il prit la jeune femme par le poignet, la hissa à l'intérieur de l'ambulance, lui ordonna de se baisser et de s'allonger sous la banquette où était couchée Mireille et referma la porte.

« J'ai l'impression que nous avons un passager de plus », dit Maurice.

Le chauffeur se retourna.

« Je ne vois personne.

– Alors mes oreilles doivent me jouer des tours.

– Merci, chuchota Simon.

– Pas de quoi », répondit le chauffeur.

Les policiers français avaient réussi à reformer la colonne. Un garde mobile avait ramassé le voilier du petit garçon et le lui avait rendu. Les derniers membres de la file avaient dépassé le milieu du boulevard. Deux vieillards fermaient la marche. Un agent de ville les observait d'un air intrigué : ils s'étaient recouvert la tête de leur *taled,* leur châle de prière. Les yeux fermés, ils priaient.

« La voie est libre, dit Maurice.

– Pas trop tôt », souffla le chauffeur.

Il passa la première. L'ambulance démarra. Le chauffeur salua d'un signe de la main l'agent qui leur indiquait de bifurquer sur la gauche pour éviter la queue de la colonne. Machinalement, l'homme porta la main à la visière de son képi.

L'ambulance fila enfin, toujours aussi poussive. Simon se pencha vers la banquette.

« Il n'y a plus de danger. Vous pouvez sortir. »

La jeune femme s'extirpa hors de sa cachette. Elle avait un visage d'enfant, un nez légèrement busqué au-dessus d'une bouche très fine.

« J'ai une chambre de bonne rue Rachel, lui dit Simon. Vous y serez en sécurité. »

La jeune femme sourit à peine. Elle s'agenouilla subitement devant Mireille, posa une main sur ses yeux. Elle resta ainsi un instant, sans rien dire. Puis elle releva la tête, regarda Simon.

Simon soutint son regard. La jeune femme accentua la pression de sa main sur les yeux de Mireille.

Alors Simon hurla.

La concierge pleure. Entre deux sanglots, elle gémit, se lamente, se mouche avec un mouchoir trempé.

« C'est affreux, monsieur Falkenstein. Abominable! Qui aurait pu croire une chose pareille? »

Elle est encore jeune. Ses gros seins tressaillent au rythme de ses pleurs. Hagard, silencieux, Simon lui tapote la main. Ses oreilles bourdonnent. Tout est allé si vite! La soirée au Swing Club, la mort de Mireille, la rafle, le regard de la jeune Juive qu'il a recueillie et que les ambulanciers ont accepté de conduire jusqu'à la rue Rachel où elle se trouve à présent en sécurité, tout cela l'a brisé, anéanti. En quelques heures, toute son existence a chaviré. Son insouciance d'autrefois n'est plus qu'un souvenir; sa gaieté est morte. A leur place règnent l'angoisse, le désespoir et la colère.

« Vos pauvres parents! dit la concierge. Si gentils, si serviables, si souriants. Les voir traînés de cette façon, comme des criminels... Par des policiers français! »

Simon respire une grande goulée d'air. Il retrouve un peu de force.

« Quand les a-t-on emmenés?

– A huit heures. On leur a laissé prendre une valise. On leur a promis qu'on allait les loger ailleurs, dans un endroit où ils ne manqueraient de rien... C'est horrible, horrible! En fait, les policiers sont d'abord passés à sept heures. Ils ont dit à vos parents de se préparer, qu'ils reviendraient plus tard.

– Mais pourquoi ne se sont-ils pas enfuis?

– Vous les connaissez mieux que moi. Confiants, si confiants... Quelle honte... »

La concierge se mouche pour la septième fois. Elle essuie ses larmes à deux doigts. Puis, sur le ton de la confidence :

« Il ne faut pas que vous restiez là, monsieur Falkenstein.

– Fincelet, souffle Simon. Je m'appelle Fincelet...

– Oui. Si jamais ils revenaient... Partez vite. Votre pauvre mère, en passant devant ma loge, a prétexté un besoin urgent. Et elle m'a remis cette lettre pour vous. »

Elle allonge le bras, prend sur la table couverte d'une nappe à carreaux une enveloppe froissée.

« Elle m'a dit : « Remettez-la-lui en main propre. « Sans faute. » J'ai promis.

– Merci, madame Grogneul.

– Ce n'est rien. Si j'avais pu faire plus, vous

pensez... Mon Dieu, mon Dieu! Comment ont-ils pu commettre un tel crime?

– Ne pleurez plus, madame Grogneul. Vous avez fait ce que vous aviez à faire. Je monte à l'appartement.

– N'y allez pas! Ils ont mis les scellés.

– Les scellés, ça se brise, madame Grogneul. S'ils reviennent, vous direz que des cambrioleurs ont profité de la rafle.

– Dépêchez-vous, chuchote la concierge. Dépêchez-vous... »

D'un pas accablé, Simon monte les escaliers jusqu'au cinquième étage. Il ne voit rien, il n'entend rien. Il lit la lettre de sa mère. Chaque mot lui transperce le cœur.

Mon cher petit

Je n'ai pas le temps de m'attarder. Sache simplement que nous avons dû quitter notre logement pour une destination encore inconnue. Mais nous avons confiance. Je suis sûre que nous nous reverrons bientôt tous les trois. Ne t'inquiète pas pour nous. Ton père et moi avons caché à l'intérieur de la cheminée un petit paquet qui t'aidera. Fais-en bon usage. Et tâche de racheter la faute que tu as commise il y a deux ans. C'est notre vœu le plus cher.

Courage, mon cher petit. Pense à nous de temps en temps. Ta mère qui t'aime.

Il y a un post-scriptum, tracé d'une écriture hésitante : *Souviens-toi que tu t'appelles Falkenstein. Ton père.*

Simon plie la lettre, la fourre dans sa poche. Il s'arrête un instant devant la porte de ses parents. D'un coup sec, il brise les scellés. Et il entre.

Tout est en ordre, comme si Anna et Abraham étaient simplement partis faire leur marché. Les deux machines à coudre sont sur la table. Le lit est fait, la vaisselle rangée au-dessus de l'évier. La photo d'Anna et d'Abraham en jeunes mariés, la pipe qu'Abraham a oubliée sur son établi, la blouse grise qu'il mettait pour travailler, rien ne manque.

Simon arrache la photographie de son cadre, la met dans la poche intérieure de sa veste. Il marche ensuite vers la cheminée, se baisse, glisse une main dans le conduit, cherche à tâtons une brique qu'il connaît bien et qu'il fait pivoter sans mal, sort de la cachette une liasse de billets de 5 000 francs roulés comme une tranche de jambon.

Il se relève. Il regarde l'argent, le soupèse machinalement. Voilà ce qu'il reste de deux destins anonymes, voilà le prix de toute une vie de travail et de peine. Quelques billets de banque.

Et un appartement vide.

Un appartement que d'autres gens occuperont, où des inconnus seront heureux sans savoir qu'entre ces murs ont vécu pendant des années deux êtres naïfs et bons qui faisaient confiance au pays qui les a trahis.

Simon regarde encore les billets. Il ouvre les doigts, laisse la liasse tomber sur le sol. Il s'agenouille lentement pour la ramasser. Mais il ne la touche pas. Pas encore. Il prend sa tête entre ses mains. Il reste ainsi quelques instants, sans bouger, assommé par le bruit de métronome épuisé du réveil dont les saccades ralentissent de seconde en seconde.

Il s'effondre enfin, les coudes contre le plancher. Et il crie :

« Je les tuerai! Je les tuerai tous! »

L'ENFANT est seul. Près de lui brûlent deux grands cierges dont la lueur s'affadit à la lumière du jour. Devant les grilles de la fenêtre, on a tiré les rideaux. Maïs le soleil s'insinue entre leurs plis et laisse errer sur le lit où repose la morte la poussière de la pièce.

Dehors éclatent des bribes de voix. On entend des frottements de pantoufles, des martèlements de talons. Les roues des chariots grincent sur le gravier : on apporte leur déjeuner aux malades. Mais ici, dans cette pièce où Mireille est couchée, seul le grésillement des cierges vient rompre le silence.

Franck ne bouge pas. Il a l'impression que son souffle appartient à un autre. Simon et une dame en blanc qui chuchotait se sont écartés pour le laisser entrer et ont refermé la porte derrière lui. Il est seul. Les mains croisées sur le ventre, il regarde sa mère.

Il ressent quelque chose de bizarre : un vide immense, un calme pire que toutes les tempêtes, une sorte de paix plus affreuse que l'angoisse.

Mireille est blanche. On a glissé d'office un chapelet entre ses doigts joints. On dirait que ses traits se sont amincis, qu'ils sont plus frêles encore qu'ils ne l'étaient. La forme de son nez s'est légèrement modifiée, et il y a dans les plis de sa bouche une sévérité qui ne lui ressemble pas.

Est-ce Mireille qui est couchée là?

Est-ce Mireille qui, hier encore, acceptait en souriant les fleurs sauvages que lui tendait son fils?

Franck ne sait plus. Il voudrait que la douleur explose et que les larmes montent, il voudrait que son corps se brise. Mais rien ne vient. Rien hormis ce froid qui le submerge et ces pas qui, dans le couloir, claquent entre les murs.

La flamme des cierges s'affine de plus en plus. Tout d'un coup elle se fige, très droite, comme une flamme peinte.

Les yeux grands ouverts, l'enfant est seul face à la mort de sa mère.

L'Italien a les yeux vairons : l'un vert, l'autre marron. Quoi qu'il dise, il est gros. Les jours de semaine, en période scolaire, la largeur de sa blouse peut faire illusion, masquer la mollesse et l'épaisseur de son buste. Mais aujourd'hui, l'illusion n'est plus de mise. Luciano, alias Fantomas, porte ses vêtements du dimanche : chemise blanche, cravate élastique, culottes courtes au-dessus d'une paire de brodequins qu'on croirait sortis des surplus d'une armée en déroute. Un pan de sa chemise flotte sur ses reins, sa ceinture comprime ses bourrelets. Ses genoux joufflus ressemblent à deux petits amours.

Oui, il est gros, Luciano. Et gêné. La tête penchée sur l'épaule, il regarde tous ces gens qu'il ne connaît pas, ces grandes personnes recueillies, ce prêtre qui marmonne. Près de lui, suant sous un chapeau de toile, un vieil homme tousse. Il ferme le poing devant sa bouche, remue sa canne de l'autre main, dévisage Luciano de son œil unique :

« Triste jour, dit-il.

– Oui, monsieur », répond Fantomas.

Pourquoi se sent-il si mal à l'aise? Parce qu'il n'a jamais mis les pieds dans un cimetière? Est-ce le remords qui le perturbe, la honte d'avoir insulté, pour jouer, pour avoir l'air d'un fier-à-bras, la femme qu'on enterre aujourd'hui? Est-ce l'impassibilité de Franck qui le déroute? Ou bien la présence, près de la fosse, de ce Juif au visage ravagé et aux yeux mangés qu'il a lui aussi insulté sans le vouloir, sans se rendre compte de ce qu'il disait? Ou tout simplement l'envie de s'avancer vers la fosse où descend le cercueil, de tendre la main à Franck et de lui dire : « Pardonne-moi »?

« Triste jour, répète l'adjudant Riboton.

– Oui, monsieur. »

Il est tôt. Mais il fait déjà chaud. Le soleil joue sur les tombes, éclaire des inscriptions rongées par une mousse desséchée, des statues d'angelots et des vases où s'effilochent des fleurs fanées. Un employé des pompes funèbres enlève sa casquette, s'essuie le front avec un mouchoir roulé en boule. La soutane du prêtre luit comme une vieille redingote. Il n'a pas mis sa chasuble. Tout en noir, les yeux fermés, il prie. Dans les arbres, des oiseaux chantent. Posté sur une tombe, ramassé sur lui-même, un chat les guette sans les voir. Centimètre après centimètre, les cordes qui soutiennent le cercueil de Mireille glissent entre les mains des deux employés des pompes funèbres.

« Attention, dit l'un d'eux. Doucement. Dou... cement. »

Franck se tient très droit. Simon a passé un bras autour de son épaule. Trois pas en arrière, ceux qui ont tenu à rendre un dernier hommage à Mireille forment un cercle autour de la fosse. Le père Catala, sa femme et son fils, Véret le charcutier, la fleuriste, ils sont tous venus : même Mme Troupin, la concierge du 21, rue Letort, qui a osé délaisser sa loge et fait un effort de volonté gigantesque pour ne pas saisir subrepticement un des berlingots qui gonflent la petite bourse bleue qu'elle tient entre ses doigts. Amstrong est là aussi, bien sûr, entre ses deux parents. Lui, il pleure, sans retenue, reniflant avec bruit.

Si les assistants se retournaient, ils pourraient voir, très en retrait, une personne que nul ne connaît : une dame étrange, discrète, ratatinée malgré la chaleur sous un imperméable beige dont elle a relevé le col. Elle a les cheveux gris et sales, une verrue sur la joue. Son nez busqué s'allonge au-dessus de sa bouche, ses lèvres closes remuent en permanence. De temps en temps, elle enlève ses petites lunettes, souffle sur les verres, les frotte contre son imperméable avant de les remettre.

Personne ne fait attention à elle, personne n'a tressailli en entendant son pas. Son regard n'exprime qu'une contrariété latente, un agacement qui doit lui être coutumier. La cérémonie ne semble pas l'émouvoir. On dirait simplement qu'elle attend quelque chose.

Ou quelqu'un.

D'en bas monte la rumeur de Paris. Le cercueil est descendu, les employés des pompes funèbres ont retiré les cordes. Le prêtre lève son goupillon et fait un rapide signe de croix. Alors Franck sort de sa poche le petit bouquet de fleurs sauvages qu'il a offert à sa mère deux jours plus tôt et le laisse tomber dans la fosse.

« *Requiescas in pace* », murmure le prêtre.

Tous se signent, sauf Simon. Et la terre, avec un bruit d'averse, engloutit petit à petit les planches du cercueil.

Puisque nul n'a remarqué sa présence, aucun assistant n'a noté que la dame à l'imperméable beige et aux lunettes rondes est venue à l'enterrement de Mireille en tenant à la main une petite valise en carton.

Cette valise, Franck, en pivotant pour s'éloigner d'un pas lent de la tombe de sa mère, l'a tout de suite reconnue : c'est la sienne.

Quant à la dame, il l'a déjà vue : elle était hier à l'hôpital. Elle a même pénétré dans la chapelle ardente où reposait Mireille. Elle a fait mine de se recueillir un instant, sans réussir à réprimer cette exaspération qui ne quitte jamais son regard et lui fait serrer les mâchoires en toute circonstance. Elle a ensuite quitté la pièce, a rejoint Franck et Simon qui attendaient dans le couloir. Les mains dans les poches, le col de son imperméable toujours relevé, elle s'est plantée devant eux. Elle a regardé Simon droit dans les yeux.

« Etes-vous le père, l'oncle, le frère ou le cousin de cet enfant?

– Non.

– Bien », a dit la dame.

Puis, se penchant vers Franck :

« Tu t'appelles Franck Germain, je crois. Réponds.

– Oui, madame.

– Bien. Je suis navrée de ce qui t'arrive. Pour toi, une nouvelle vie commence.

– Je ne sais pas, a dit Franck en fixant le mur blanc du couloir.

– Moi, je le sais. Demain, après la cérémonie, tu viendras avec moi.

– Je ne sais pas, a répété Franck.

– Si, a dit la dame. C'est la loi. »

Simon s'était assis sur une chaise. Il respirait lourdement, pétrissait de temps en temps ses paupières qui blanchissaient. Il s'est levé. Dominant la dame de tout son mètre quatre-vingts, il a murmuré :

« Qui êtes-vous?

– Je m'appelle Marguerite Biluard. Je suis assistante sociale. Cet enfant n'a plus de famille. La France le prend en charge.

– La France? Quelle France? »

Marguerite Biluard a fait claquer sa langue, signe chez elle d'une intense nervosité.

« La France éternelle, monsieur. Celle qui accueille dans son sein tous les enfants perdus. »

Simon est parti d'un énorme fou rire. Franck, à son tour, s'est assis sur la chaise.

« Je vous en prie, a dit la dame. Soyez digne. »

Simon ne l'écoutait pas. Les larmes aux yeux, riant toujours, il hoquetait :

« Travail... Famille... Patrie... »

A chaque mot, son hilarité s'accentuait. La dame a haussé les épaules.

« Mireille Germain était locataire d'un logement meublé.

« Cet appartement et les meubles qu'il contient seront restitués à leur propriétaire. Je ne pense pas que vous souhaitiez pour la défunte un enterrement de première ou de seconde classe. Autre chose : avez-vous de quoi payer? »

Simon a cessé de rire. Il s'est essuyé les joues du revers de la main.

« Nous autres, c'est tout ce que nous pouvons offrir : des funérailles.

– De qui parlez-vous, monsieur?

– De personne, a dit Simon.

– Bien. Alors à demain, monsieur Fincelet. »

Elle a prononcé ce nom de façon singulière, en insistant sur chaque syllabe, comme si elle avait su quelque chose qu'elle ne dévoilerait qu'en dernier recours. D'un geste las, Simon a levé la main.

« A demain. »

La dame a tourné les talons. Elle a fait quelques pas, s'est arrêtée. Elle s'est retournée.

« Au revoir, Franck. »

Les mains entre les genoux, Franck contemplait toujours le mur blanc du couloir. Il n'a rien répondu.

« Il faudra lui apprendre la politesse », a dit la dame.

Franck, alors, s'est redressé. Il a fixé la dame droit dans les yeux. Et il a murmuré :

« Au revoir, madame. »

Marguerite Biluard a souri pour la première fois.

« Parfait. Ce ne sera peut-être pas aussi long que je le pensais. A demain, donc. »

Elle a tenu parole. Il ne lui est rien arrivé pendant la nuit. Aucun « terroriste » ne l'a abattue par mégarde, aucune voiture à gazogène ne lui est passée sur le corps. Elle est là, et bien là. Elle observe la fin de la cérémonie, comme si elle détaillait un tableau dans un musée. Franck serre des mains, embrasse des joues. Le père Catala le presse quelques secondes contre lui, Mme Troupin glisse dans sa poche quatre gros berlingots. Le charcutier lui tapote tristement la tête. Amstrong ne sait rien faire d'autre que pleurer. Pour un peu, ce serait Franck qui le consolerait.

C'est alors que, dominant sa gêne, Luciano s'avance vers lui. Pas fier, Fantomas. Il tire sur sa cravate élastique, se dandine sur un pied.

« Euh, Franck, euh... Je voulais te dire... Pour l'autre fois... Enfin... Bonne chance. J'espère qu'on se reverra.

– Bonne chance, Fantomas. Et sans rancune. »

Le visage de Luciano s'illumine. Ses yeux se plissent, ses joues se soulèvent. C'est une chose qu'on n'avait jamais vue, que personne n'aurait jamais cru voir : Luciano la terreur, alias Fantomas, sourit de toutes ses dents. Son regard double se trouble, ses pupilles brillent à travers ses larmes.

« Excuse-moi, dit-il. Excuse-moi pour tout. »

Franck lui rend son sourire. Puis il se détourne, s'arrête devant l'adjudant Riboton qui saisit sa main.

« Passe me voir après la victoire, petit.

« Le plus tôt sera le mieux. Et ne t'inquiète pas pour ta chienne. Chez le père Catala, elle ne manquera de rien. De toute façon, j'y veillerai.

– Merci, monsieur.

– Pas de quoi. Je ne suis plus bon à grand-chose, maintenant. Alors... »

C'est l'heure. Marguerite Biluard s'impatiente, tend à Franck sa valise de carton.

« Pressons, dit-elle. Je ne voudrais pas rater le train. Monsieur Fincelet, vous avez l'adresse de l'orphelinat. Si vous tenez un peu à cet enfant, écrivez-lui de temps en temps. »

Simon a les joues creuses. Ses lèvres sont blêmes. Il se penche, prend la valise des mains de Franck.

« Je vous accompagne à la gare.

– Ce n'est pas utile, monsieur Fincelet. Jusqu'à la grille du cimetière, si vous voulez. »

Toujours ce « monsieur Fincelet » chuchoté comme une menace. Simon hoche la tête.

« Plus tôt vous le quitterez, mieux cela sera, dit Mme Biluard.

– Allez, murmure Franck en reprenant sa valise, au revoir.

– Au revoir, petit macaque. »

Simon se penche à nouveau. Pour la première fois, Franck sent contre sa joue la joue de celui qu'il a tant détesté. Et le baiser que Simon pose sur sa tempe est un baiser de détresse et de paix.

« Pressons », dit Marguerite Biluard.

Simon se redresse. Il tremble.

« Faut pas pleurer, chuchote Franck.

– Non.

– C'est bien. »

Franck se détourne, cette fois pour de bon.

Simon, le père Catala, sa femme et son fils, l'adjudant Riboton, Amstrong et ses parents, Mme Troupin, la fleuriste, Véret le charcutier et Luciano la terreur; tous restent là, immobiles au milieu de l'allée, regardant l'enfant s'éloigner la tête basse, sa valise à la main, accompagné par Marguerite Biluard qui marche comme elle parle, de façon saccadée et brutale, comme s'il y avait au fond d'elle-même quelque chose qu'elle ne pouvait pas supporter.

« De Gaulle, c'est un déserteur, s'écrie le vieil homme en crachant dans ses paumes. Quand il y a la guerre, on n'abandonne pas son poste pour aller boire du thé chez les Rosbifs. Je le dis comme je le pense. Et je pense ce que je dis.

– Tu penses trop », dit Franck.

Le vieil homme frotte ses mains l'une contre l'autre pour étaler sa salive. Il s'appuie sur sa pelle, le menton posé d'un air songeur à l'extrémité du manche, et répond :

« Qu'est-ce que tu y connais, toi, à tout ça?

– Rien. Mais j'ai mon idée là-dessus. »

Le potager sent bon la terre sèche, les tomates et la menthe. Le soleil cogne. Deux gouttes de sueur se fraient un chemin entre les rides du vieux jardinier. Franck est accroupi. Il ramasse un peu de terre, la laisse couler entre ses doigts.

« C'est vrai, ça, grommelle le vieil homme. Qu'est-ce qu'un petit Parigot comme toi peut connaître à tout ça?

– Tout quoi?

– Tout ça », dit le vieil homme.

Il se redresse. D'un geste du bras, il montre les bâtiments de l'orphelinat, avec leurs gros murs ocre et leur toit de tuiles, le parc qui descend en pente douce vers la Loire et, très loin, là-bas, la ville de Tours qui paresse le long du fleuve.

« Ça, petit. La terre. La campagne. La sueur des hommes. »

Franck arrache une tomate, l'essuie comme une pomme contre sa blouse noire d'orphelin, y donne un grand coup de dent. Le jus gicle dans sa bouche, rougit le pourtour de ses lèvres.

« Hein? dit le vieil homme. S'il n'y avait pas des grands-pères comme moi pour planter des tomates, qui c'est qui les nourrirait, les gens des villes?

– Et s'il n'y avait pas des ouvriers pour fabriquer tes outils, tu les planterais comment, tes tomates?

– On les a pas attendus, les ouvriers. D'ailleurs, c'est eux qui ont détalé devant les Boches. Communistes et compagnie. C'est le Maréchal qui l'a dit.

– Nous y voilà, dit Franck.

– Parfaitement, petit anarchiste. C'est ça, la France : des coteaux, des labours, des chevaux. D'ailleurs, avant, pendant la guerre, la vraie, celle que j'ai faite, c'étaient les bourrins qui tiraient les pièces d'artillerie. On se battait dans la boue. Et on a tenu le coup. De toute façon, on les aura, les Boches.

– Quand?

– La prochaine fois. Je sucrerai les fraises, mais on les aura quand même. Et on n'aura pas besoin des Amerloques ou des Popov pour leur foutre une raclée.

– Sûr, dit Franck.

– C'est tout vu », murmure le vieil homme.

La cloche de la chapelle sonne. Ses coups se diluent dans l'air immobile, se mêlent au bourdonnement des guêpes et des mouches qui tournent autour d'Onésime le jardinier et atterrissent en se léchant les pattes sur son chapeau de paille. Onésime fourre sa main dans son gilet gris sombre, en sort sa montre à gousset.

« Bientôt midi. Tu n'as pas fait grand-chose, aujourd'hui.

– Je te l'ai dit : l'agriculture, c'est pas mon tabac.

– Ça se voit. Regarde tes mains. Tu les as vues, tes mains ?

– Je les vois tous les jours.

– Et les miennes, tu les as vues ?

– Je n'arrête pas, dit Franck.

– Alors tu peux faire la différence. Les tiennes, on dirait des mains de demoiselle. Les ampoules mises à part, bien sûr. Mais ça, c'est le métier qui rentre. Bientôt, tes mains ressembleront aux miennes. Alors, tu pourras affirmer que tu es devenu quelqu'un. »

Onésime lâche sa pelle, s'accroupit en gémissant et en tirant sur son pantalon. Les paumes vers le ciel, il tend ses bras en direction de Franck.

« Ça, tu vois, ce sont des mains d'honnête homme : noueuses, caleuses, protégées par de la corne comme les pieds des nègres. Personne ne peut rien contre ces mains-là. Ce sont des mains de travailleur. Des mains de vrai Français. »

Franck regarde les gros doigts aux ongles recourbés, les paumes charnues et dures où courent des lignes noircies par la terre et la crasse.

« Tu vivras vieux, dit-il en riant.

– C'est déjà fait », répond Onésime.

Un petit sourire fataliste fait gigoter le coin de ses paupières. Il se relève, reprend sa pelle. Mâchant le dernier morceau de sa tomate, Franck se lève à son tour.

« Dis-moi, Onésime, il y a quelque chose que je ne comprends pas.

– Je suis là pour t'éclairer, petit. Pour t'apprendre le métier, puisque tu as été affecté au potager en attendant d'être envoyé dans une ferme, comme les autres orphelins de Saint-Pierre-des-Corps, mais aussi pour t'expliquer ce que tu ne comprends pas. Alors vas-y.

– Le père Pascal...

– Un saint homme...

– Sûr, dit Franck. Mais ni honnête, ni travailleur.

– C'est pas Dieu possible de parler comme ça! Pourquoi il serait ni honnête ni travailleur, le père Pascal? Un prêtre qui dirige un orphelinat de cent marmots de ton acabit, aussi sournois les uns que les autres, toujours la morve au nez et les cheveux pleins de poux.

– Oui, répète Franck. Mais il n'est ni honnête ni travailleur.

– Pourquoi?

– Lui aussi a des mains de demoiselle! Hein, Onésime? »

Onésime fronce les sourcils, effleure du bout de son pouce les poils blancs de sa narine gauche. Profonde réflexion. Une mouche trotte sur son soulier. Il relève son chapeau d'un coup d'index, regarde le soleil.

« C'est pas pareil, dit-il enfin.

– Explique.

– C'est complexe. Très complexe. Le Maréchal le sait. Je le connais, le Maréchal. Il m'a même embrassé. Là, précise Onésime en montrant sa joue droite. Le jour où j'ai reçu la croix de guerre. Je l'ai vu comme je te vois, avec ses grands yeux bleus. Il m'a dit : « Onésime, vous êtes un bon Français. » Parce qu'il y a les bons Français et les mauvais Français. Les bons travaillent et suivent le Maréchal. Le moment venu, ils sauront faire la différence.

– Entre quoi?

– Entre les voyous et les autres. Les mains ne font rien à l'affaire. Ce qui compte, c'est ce qu'on a dans la tête.

– Tu en as, toi, dans la tête.

– Oui, monsieur. J'en ai. Et la vérité, je la connais. D'un côté il y a les bons, de l'autre les méchants. Les méchants ne sont pas faciles à repérer : mielleux, souriants, déguisés, hypocrites. Il faut avoir l'œil. Car ce sont toujours les bons qui paient pour les autres. Tu comprends?

– C'est clair comme la soupe du réfectoire. Toi, tu es un bon.

– Parfaitement.

– Et pour qui tu as payé? »

Silence. Onésime renifle. Il plonge la main dans l'autre poche de son gilet, en sort son tabac, un paquet de papier à cigarette. Il étale une feuille sur sa main, y dépose une petite poignée de tabac à laquelle il donne la forme d'une tige, roule le papier entre ses pouces, porte horizontalement la cigarette à ses lèvres. Un coup de langue précautionneux, un autre coup de pouce. Il allume son clope avec un briquet à mèche qui dégage une affreuse fumée noire, aspire une première bouffée. Aussitôt, son clope s'éteint. Onésime le garde quand même entre ses lèvres et fait mine de tirer dessus.

« Moi, dit-il enfin, j'ai payé pour les riches. Comme mes parents et les parents de mes parents. Je suis né à l'office, dans une maison de maîtres. Les riches, je les ai toujours servis. Jusqu'à ce que je prenne ma retraite ici, à l'orphelinat.

– C'est ça, la France du Maréchal?

– C'est la vie.

– Cette vie-là, je n'en veux pas, murmure Franck.

– Personne ne te demande ton avis.

– Je le donne quand même.

– Il faudra bien que tu t'y fasses. Chacun à sa place. C'est la loi.

– La loi de qui?

– La loi de Dieu. »

Le pied sur sa pelle, Onésime retourne la terre poussiéreuse. Franck passe une main dans ses cheveux rasés. Il regarde de nouveau les bâtiments de l'orphelinat dont il est, pour l'instant, le seul pensionnaire, le clocher effilé de la chapelle, la statue bleu et blanc de la Vierge qui ouvre les bras au milieu de la cour.

« Sa loi, il peut la garder.

– Qu'est-ce que tu dis?

– Rien. »

Dernier silence. Franck ferme les yeux. Le soleil lui brûle les joues. Il revoit la rue Letort, la devanture de la fleuriste, le ventre énorme du père Catala. Mireille monte les escaliers. Elle ouvre la porte. Elle s'accroupit, serre son fils contre elle, pose de tout petits baisers sur ses paupières. Alors une douce chaleur le submerge et les étoiles du ciel scintillent dans sa tête.

Il ouvre les yeux, respire l'odeur de l'orangerie toute proche où se mêlent le parfum des sacs de jute et celui du sol en terre battue. Puis il chuchote :

« Je ne suis pas d'ici.

– Si, dit Onésime. Désormais, tu es un petit paysan tourangeau.

– Non, répète Franck à voix basse. Je ne suis pas d'ici. »

Il se tourne et se retourne dans son lit. Les draps sont rêches, le matelas est dur et le lit est petit. Il y en a trente autres semblables dans le dortoir, alignés à la perfection; trente lits vides aux couvertures pliées au carré. Entre chacun d'eux, une armoire de fer triste et nue. Le règlement de l'orphelinat est formel : chaque pensionnaire reçoit, le jour de son arrivée, une brosse à dents, un morceau de savon de Marseille, un caleçon et un tricot de corps qui seront changés, ainsi que la paire de chaussettes de laine, une fois par semaine. Tout effet personnel est proscrit. Pas d'images découpées dans les revues et collées sur les portes, pas de portraits, pas de photographies. Des photographies de qui, d'ailleurs? Serrés dans leur blouse, tous les orphelins se ressemblent et marchent du même pas. « C'est la loi de Dieu », dirait Onésime.

Le jour se lève. Franck n'a pas réussi à dormir. Ses mains lui font mal. Il a passé la nuit à triturer ses ampoules jusqu'à ce que les cloques crèvent en laissant couler un liquide transparent. Chaque fois qu'il remue les doigts, sa chair à vif s'étire et se déchire.

Sarcler, biner, creuser, planter, arracher. Depuis combien de temps consacre-t-il, sur ordre du père Pascal, ses journées à ces activités bucoliques et cauchemardesques? Bientôt un mois.

Un mois de solitude, d'ennui, un mois de conversations avec Onésime qui semble obsédé par la rancune qu'il voue à un certain de Gaulle ou sa dévotion pour le Maréchal Pétain.

Un mois.

Un rayon de soleil rampe sur le carrelage du dortoir. Franck se gratte jusqu'au sang : des aoûtats martyrisent sa peau. C'est beau, la campagne!

Il pense à son lit de la rue Letort, au petit appartement qui, le matin, s'éveillait doucement quand résonnaient dans la cuisine les pas discrets de Mireille. Ici, c'est le grand silence. Il y a partout le tumulte des oiseaux dans le parc, les aboiements des chiens qui, dans les cours de ferme, tirent sur leur chaîne lorsque passent les vagabonds, l'écho de talons cloutés au rez-de-chaussée. Mais c'est quand même le silence.

Le père Pascal s'est levé. On l'entend chantonner dans l'escalier. Une minute encore et il ouvrira la porte, s'avancera vers le lit de Franck, le secouera et dira :

« Debout, mon enfant. »

Il faudra alors rejeter la couverture, se dresser d'un bond, murmurer, comme le veut le règlement : « Seigneur, bénissez cette journée qui commence. » Une journée comme les autres, sans surprises, sans coups de théâtre. Une journée solitaire peuplée d'images du passé et où flottera, comme d'habitude, le sourire perdu de Mireille.

La porte grince doucement. La silhouette massive du père Pascal se profile soudain dans le rayon de soleil qui s'épanouit de seconde en seconde. Franck tourne la tête vers lui. Il aperçoit le bas de la soutane qui frôle comme un rideau les brodequins noirs, les poignets épais du prêtre, son visage rouge aux joues couperosées et ses grands yeux gris-bleu.

« Debout, jeune homme. »

Franck s'étire. Il bâille en agrippant à deux mains les barreaux de fer de son lit. Il plie tout d'un coup les genoux, repousse le drap.

C'est décidé. Aujourd'hui, ce sera l'émeute. Le ciel pourra lui tomber sur la tête, on pourra l'enfermer au cachot, le mettre au pain et à l'eau, rien n'y fera.

L'émeute, les barricades. La révolte.

Il est debout au pied du lit, tassé dans sa chemise aussi rêche que son matelas et qui lui descend jusqu'à mi-mollet.

« Seigneur, bénissez cette journée qui commence.

– C'est bien, dit le père Pascal. Je t'attends en bas. Ta solitude ne durera plus bien longtemps. Nos pensionnaires, avec les pères qui les encadrent, seront bientôt rentrés de leur pèlerinage à Lourdes. Tu feras connaissance alors avec tes nouveaux camarades. Et puis nous aviserons. Nous te placerons chez des gens honnêtes et bons.

– Sûr », dit Franck.

Il respire un grand coup, tousse. Puis :

« Euh, m'sieur...

– Je t'ai dit plusieurs fois de m'appeler « mon père ».

– Oui, mon père. Je voulais vous demander quelque chose.

– Je t'écoute.

– Vous avez entendu parler de 1936? »

Le père Pascal sourit. Il s'approche de Franck, lui montre du doigt ses vêtements posés en tas sur un tabouret, devant son lit.

« Habille-toi.

– Tout de suite. Mais avant, je veux savoir si vous avez entendu parler de 1936.

– Explique-toi.

– Ben... Tout ce qu'il y a eu : les ouvriers occupant les usines, les grèves, le Front populaire. Tout, quoi... »

Le père Pascal soupire.

« Une époque douloureuse, mon enfant. Et qui a apporté à la France bien des malheurs.

– Ça dépend pour qui, hein, m'sieur. Parce que je voudrais vous dire une chose. Le Front populaire... »

Franck hésite dix secondes en retenant son souffle. Puis il se donne une grande claque au-dessus des yeux, sur le front et s'exclame :

« Le Front populaire, aujourd'hui, il est là! Vous voyez ce que je veux dire?

– Pas très bien, mon enfant.

– Je veux plus travailler au potager! J'en ai assez des ampoules, des râteaux, de la terre et des légumes. C'est terminé! Je fais grève!

– Ah...

– Vive la Commune! beugle Franck en faisant passer sa chemise de nuit par-dessus sa tête. Vive la Sociale! A bas la calotte! »

Le père Pascal ne répond pas. Il marche jusqu'à la

fenêtre en contournant le poêle qui trône au milieu de l'allée, écarte les rideaux. Le soleil pénètre à grands jets dans le dortoir. Franck cligne des yeux, enfile sa culotte courte. Le père Pascal se retourne.

« Mon cher enfant, en dépit de l'effarante outrecuidance de tes propos, que je mets sur le compte de l'émotion et de l'inconscience, je comprends ton point de vue. Sans l'excuser, bien entendu. Mais il y a une chose que tu as oubliée.

– Quoi? m's... mon père?

– Même les révolutionnaires les plus endurcis n'ont pas à faire grève le dimanche. Si tu étais un enfant raisonnable et attentif, tu saurais que nous étions samedi hier. Aujourd'hui, nous sommes donc dimanche. Jour sacré, couronnement de la Création. Dieu lui-même, ce jour-là, s'est reposé. Franck Germain, comme nous tous, fera donc la même chose.

– Chic!

– Mais ce repos se mérite. Nous devons rendre grâce au Seigneur de la beauté du monde qui nous entoure et de tout ce qu'il nous donne.

– D'accord, dit Franck. Il ne l'a pas volé. »

Il joint les mains, ferme les yeux en prenant un air recueilli. Pour les prières, il ne craint personne. Il les connaît toutes : les catholiques, les juives et même les psaumes que chantent les protestants. Jusqu'en 1940, avec Amstrong et un autre copain qui s'appelait Isaac Blumenstein, il allait tous les vendredis au patronage juif de la rue Sainte-Isaure. Une bonne affaire : on y distribuait des bonbons, des gâteaux et toutes sortes de friandises. Ces gâteries valaient bien un effort de mémoire et quelques prières par-ci par-là. Franck avait déjà l'esprit large; Isaac et Amstrong aussi. Des patronages, dans le quartier, il y en avait; de toutes confessions. Tenus par des rabbins, des curés, des pasteurs, tous aussi gentils les uns que les autres. Bonbons, caramels, et les prières en prime, pour leur faire plaisir. C'était la belle vie.

Franck commence :

« Notre Père, qui êtes-z-aux cieux, que Votre Nom soit sanct... »

Le père Pascal l'arrête d'un geste.

« Franck, il ne s'agit pas, pour rendre grâce à Dieu, de débiter machinalement des paroles dont on ne comprend pas le sens.

– M'sieur, je vous jure que je comprends tout.

– Il faut aussi ressentir ce sentiment d'humilité qui, seul, nous permet d'accéder à...

– Ça, pour le ressentir, je le ressens, répond Franck en grattant ses mollets mangés par les aoûtats.

– Bien sûr; mais pour s'en imprégner vraiment, il faut entrer en communion avec Notre Seigneur. Et ce n'est qu'au cours du sacrifice de la messe que... »

Franck ouvre des yeux ronds, relève la tête.

« Ah! non, m'sieur, pas ça. S'il vous plaît...

– Si, mon enfant. Rejoins-moi à la sacristie.

– S'il vous plaît... Vous savez bien que je ne serai jamais un enfant de chœur. Je me trompe tout le temps en vous tendant les burettes ou en sonnant la cloche. Et je m'agenouille toujours quand il faut pas.

– Tu finiras par apprendre, Franck. Et, à propos de ton mouvement d'humeur de tout à l'heure, souviens-toi d'une chose : ce n'est qu'en se noircissant les mains qu'on gagne son pain blanc.

– Ouais. Mais en attendant, mains blanches ou pas, le pain, ici, il est quand même noir. »

Cette fois, le père Pascal lui jette un regard sans complaisance.

« Il y a des limites à tout, mon petit. Ce que je déteste le plus chez les enfants, c'est l'insolence.

Dépêche-toi et va te laver la figure au puits. La messe commence dans cinq minutes.
– Oui, m'sieur.
– Oui qui?
– Oui, mon père.
– Bien. »

Le prêtre s'en va, laissant la porte ouverte. Franck achève de s'habiller en marmonnant, comme les vieux. « S'il n'aime pas l'insolence, il va être servi. Non mais sans blagues... »

Et soudain, comme d'habitude, son humeur change du tout au tout. Il boutonne sa blouse, ébouriffe ce qui lui reste de cheveux. Il esquisse un pas de marelle, quitte le dortoir, saisit la rampe d'escalier et descend les marches à cloche-pied, fredonnant comme une comptine les premières paroles qui lui viennent à l'esprit : « Je vous salue Marie pleine de grâces, le Seigneur est avec vous, vous êtes bénie entre toutes les femmes, et le fruit de vos entrailles est béni. »

L'après-midi n'en finit pas. Le soleil s'est faufilé derrière les arbres, les ombres s'allongent. Franck a encore dans la bouche le goût des topinambours qui, à midi, flottaient dans la soupe et du morceau de plâtre qui tenait lieu de fromage. Il a faim, pourtant. Il donnerait tous les orphelinats du monde pour un morceau de chocolat bien dur et un quignon croustillant.

Il marche dans le parc, livré à lui-même, sans but, comme un lutin perdu dans le désert. L'odeur de l'herbe, des buis où tournoient des moucherons et du massif de bambous qui protège la remise le laisse froid. Il tape dans les cailloux, entend des bruits bizarres : un grondement qui ressemble à celui du métro, le son d'un accordéon, des rires d'enfants dressés sur des chevaux de bois. Mais ces bruits n'existent que dans sa tête. A Paris, le dimanche, c'était la fête. Ici, c'est morne.

Que faire? Onésime dort dans sa chambre, couché sur un édredon rouge, bercé dans son sommeil par l'agonie des mouches qui grésillent, collées au serpentin poisseux pendu au plafond et où elles sont allées s'agglutiner. Il doit ronfler la bouche ouverte et gémir de temps à autre, hanté par des images grises, des visions de soldats mal rasés pataugeant dans la boue en entendant siffler les obus qui les tueront.

Silence. Lourd silence des dimanches d'été, où rien ne bouge hormis les chats qui glissent entre les herbes. Il fait trop chaud. Franck ouvre la porte du perron, pénètre dans le vestibule. Là, il fait frais. Et sombre. Le père Anselme Gaillard de Saint-Estève, fondateur de l'orphelinat de Saint-Pierre-des-Corps, fixe Franck d'un œil morose. Accroché dans son cadre à l'entrée de l'ancien salon qui sert aujourd'hui de salle de réunion aux prêtres et aux éducateurs, blême sur fond noir, figé pour toujours dans son immobilité ecclésiastique, il croise sur son estomac de longues mains couleur de cire. Franck lui fait un pied de nez en pliant un genou comme pour une révérence et s'engage dans le couloir de droite.

Où va-t-il? Il n'en sait rien. Il traîne simplement son ennui le long du papier peint moisi. Normalement, aucun enfant n'a le droit de s'aventurer dans cette partie de l'orphelinat. Cette aile est réservée aux pères, qui disposent chacun d'une chambre minuscule ornée d'un crucifix et d'un brin de rameau. Les mains dans les poches de sa blouse, Franck s'avance dans l'obscurité. Soudain il se fige, retient son souffle. Il vient d'entendre quelque chose de très étrange : une voix nasillarde, lointaine, qui semble venir du bout du monde : « Ici Londres. Les Français parlent aux Français. »

Est-ce dans sa tête qu'il entend cela?

« Voici quelques messages personnels : le canard sauvage s'est envolé; les aubergines sont rentrées au port; le lapin blanc est sorti de sa cage... »

Franck sourit. Il se souvient de ce que clamait à longueur de journée le speaker de Radio-Paris : « Radio-Londres, une radio juive, faite par des Juifs, pour des Juifs. »

« Elle est bonne, celle-là », murmure-t-il.

Car il sait à présent que la voix coupée par le brouillage vient de la porte du fond, de la chambre du père Pascal. Il s'avance doucement, se baisse, colle son oreille contre le bois.

Un pas lourd fait vibrer le plancher de la chambre. Une allumette craque.

« Cigarette?

– Merci, répond une voix à la fois juvénile et autoritaire.

– Il nous faut être prudent, enchaîne le père Pascal en tirant une bouffée. A l'heure qu'il est, vos amis doivent être en zone libre. Mais rien n'est joué... En tout cas, ce pèlerinage à Lourdes a du bon. Personne ne s'apercevra qu'il y avait quinze personnes à l'aller et qu'il n'y en aura plus que douze au retour.

– Je ne serai pas rassuré tant que je n'aurai pas eu confirmation de tout cela. Chut! »

« Les feuilles verdissent en été », reprend la voix lointaine de Radio-Londres.

Silence. Puis :

« L'enfant de troupe a retrouvé sa mère. »

« Ouf... dit le père Pascal. Vous voyez qu'il est parfois bon d'aider les miracles à s'accomplir.

– Opération réussie, répond l'inconnu. Je pense que nous pourrons la renouveler.

– Ça alors... » chuchote Franck.

Il se redresse, s'éloigne de la porte à reculons. Il sent dans son dos un objet qui le heurte et vacille. Il pivote brutalement, tend les bras. Trop tard. La potiche qui, posée sur un guéridon triangulaire, décorait l'extrémité austère du couloir s'effondre et se brise sur les dalles.

« Zut! » crie Franck avant de plaquer sa main contre sa bouche.

Trop tard. La porte s'est ouverte. Et le père Pascal est là, sur le seuil, gigantesque, menaçant.

Derrière lui se tient l'inconnu : un jeune homme aux cheveux clairs et au visage régulier.

« Qui est-ce? dit-il.

– Notre nouveau pensionnaire. Une tête de mule. »

Franck tremble de tous ses membres.

« Qu'est-ce que tu fais là? lui demande le père Pascal.

– Je me promenais, m'sieur. Je visitais. Mais on n'y voit rien, dans ce couloir. J'ai pas fait exprès, pour la potiche.

– Dis plutôt que tu écoutais aux portes.

– Ah! non. Vous me connaissez, m'sieur.

– Justement. »

Le jeune homme a l'air ennuyé. Très ennuyé. Il se penche vers Franck, le prend par les épaules.

« Ne mens pas, petit. C'est très important. Je te promets que tu ne seras pas puni.

– Je ne mens pas, m'sieur. Je sais que c'est défendu, de venir ici. Mais je voulais visiter. J'avais rien d'autre à faire.

– Jure-nous que tu n'as rien entendu. Jure-le sur ce que tu as de plus sacré. »

Franck regarde le père Pascal droit dans les yeux. Il lève la main droite et répond :

« Je le jure.

– Sur ce que tu as de plus sacré.

– Sur ce que j'ai de plus sacré.

– C'est bon. Fiche le camp. Va voir ailleurs si j'y suis.

– Oui, m'sieur. Tout de suite. »

Deux pas en arrière, demi-tour droite. Franck gratifie le père Pascal et le jeune homme d'un léger signe de tête. Puis il détale à toute vitesse, freine pile au bout du couloir, se laisse glisser sur un mètre, s'accroche à l'angle du mur, poursuit sa course dans le vestibule et se précipite dehors. Il s'assied sur les marches du perron, reprend son souffle. Et il fredonne :

« – L'enfant de troupe a retrouvé sa mère. L'enfant de troupe a retrouvé sa mère. »

Son cœur bat à grands coups. Mais il sourit, en dépit de la tristesse qui, tout d'un coup, le fait frissonner.

SIMON erre dans Paris. Il fait si chaud que l'asphalte, en certains endroits, se ramollit. Simon ne s'en aperçoit pas. Le col de sa veste relevé, il marche au hasard. La sueur coule dans son cou et le long de ses tempes, imprègne sa barbe de huit jours, imbibe sa chemise sale. L'œil fixe, les mâchoires serrées, il heurte parfois les passants. L'un d'eux s'est retourné, l'a pris par le bras.

« Ça n'a pas l'air d'aller. Vous avez besoin de quelque chose? »

Simon a tressailli. Il a regardé l'inconnu, lui a souri sans desserrer les lèvres.

« Tout va bien, merci.

– Vous êtes sûr?

– Certain. »

Le passant n'a pas insisté. Simon a repris son errance. Il ne voyait qu'une chose : l'uniforme vert-de-gris des soldats allemands. Il n'entendait que la voix paisible de ces hommes, leurs exclamations égrillardes et enjouées. Et il grommelait :

« Je les tuerai. Je les tuerai tous. »

Comment? Que peut faire contre la plus puissante armée du monde un Juif sans racines et dépouillé de tout? Il sait qu'on se bat partout, sur tous les continents. Mais il sait aussi qu'on se bat ici, tout près de lui, dans l'ombre, sans bruit, sans gloire, sans ostentation. Là, peut-être, dans la cave de cet immeuble du boulevard Bonne-Nouvelle qu'il vient de dépasser, ou un peu plus loin, dans l'arrière-boutique de ce coiffeur pour dames. Sombre lutte chargée de terreur et d'angoisse, combat anonyme et désespéré qui rachète la veulerie d'un pays à genoux.

Ces hommes silencieux qui ont refusé d'accepter l'inacceptable, ces hommes que la Gestapo et les traîtres qui lui prêtent main-forte traquent, torturent et tuent, où sont-ils? Comment les contacter? Comment gagner leur confiance? Que peut un homme isolé qui ne s'est jamais soucié d'honneur et qui, tout d'un coup, prend conscience du déshonneur?

Les Allemands rient. Deux par deux, ils se promènent d'un pas lourd en se dandinant, les jambes raides, la nuque plissée au-dessus de leur vareuse. Ils s'arrêtent devant les vitrines, contemplent les sacs à main, les foulards et les chapeaux de toile. Très joli, mais cher. Ils ont conquis la ville la plus civilisée du monde, ils y flânent en maîtres.

Même si Simon n'en tue qu'un, ce sera déjà quelque chose. Lequel? Ce jeune homme poupin aux yeux mélancoliques que la chaleur accable mais qui trempe à peine ses lèvres dans la mousse de sa bière? Ou le gros, là-bas, qui appuyé contre un réverbère, à l'entrée du métro Richelieu-Drouot, tient son ceinturon à deux mains?

Pourquoi tuer ceux-là? Qui sont-ils? Du moins, que sont-ils? Des exécutants, de mornes bidasses qui tremblent comme les squelettes d'une danse macabre à l'idée d'être envoyés sur le front de l'Est, des sous-fifres. De la chair à canons, comme tous les soldats du monde.

Ce n'est pas eux qu'il faut détruire. Ce sont les chefs, les têtes, les monstres froids qui programment la mort des enfants et des femmes en buvant du champagne de France. Ceux dont les bottes brillent sous les nappes des restaurants de luxe, ceux qui regardent en suçant leur cigare, assis aux tables des cabarets réservés, des femmes aux seins nus tourner sur elles-mêmes avec des grâces empruntées.

Simon marche, marche encore. Sans savoir ce qu'il fait, il s'engouffre dans le métro. Par rapport à la canicule qui, là-haut, fige le monde extérieur, les couloirs sont presque frais. Il s'assied sur un banc, croise les jambes. Un clochard rescapé des descentes de police ou qui n'a pas cru bon d'aller se mettre au vert à la campagne lui tend en rotant un litron de rouge à moitié plein où surnagent des bulles rosâtres.

« Un p'tit coup et tu verras la Chine, matelot. »

Simon hésite quelques secondes. Puis il tend la main, saisit la bouteille, porte le goulot à sa bouche, avale une grande lampée de l'infâme vinasse.

La tiédeur du liquide lui donne la nausée. Il grimace, ferme les yeux, se penche pour cracher.

« A jeun, c'est dur, dit le clodo. Mais après la première gorgée, on voit des goélands. Bois. »

Simon boit encore. Une fois, deux fois. Ses yeux se mouillent, une chaleur brutale enserre ses tempes. Le sang coule dans ses jambes gonflées par la fatigue, des douleurs subites poignardent les muscles de son torse. Oui, ce sont les chefs qu'il faut tuer : ceux qu'il a vus se pavaner dans les établissements de luxe des Champs-Elysées, au Colisée ou au Marignan, où il est allé rôder un soir à l'heure de l'apéritif. Ils étaient là, détendus et mondains; tandis qu'il les imaginait déchiquetés par les balles qu'il rêvait de leur tirer dans le ventre, ils se renversaient en riant sur leur chaise, monocle sur l'œil, les mains prises, en dépit de la chaleur, dans de beaux gants de cuir, avec leur dague de parade et leur bouche de junker. Les assassins, les pillards, ce sont eux.

« Une arme, murmure Simon. Donnez-moi une arme.

– Pour quoi faire, mon mignon? demande le clodo en reprenant sa bouteille.

– Pour les flinguer.

– Qui ça, mon beau? Qui c'est qu' tu veux flinguer?

– Tous. Je les tuerai tous. »

Le clochard lui donne un coup d'épaule, lui repasse la bouteille.

« Alors toi aussi t'en es un?

– Un quoi?

– Un exalté de la mitraille?

– Tu l'as dit.

– T'as tort. Faut s' laisser vivre. La pétarade, c'est pour les cons. »

Il montre la station déserte, la faïence blanche au liséré bleu plaquée contre les murs.

« Le soleil et les p'tits oiseaux, qu'est-ce que tu veux de plus?

– Qu'ils crèvent! » crie Simon.

Le clochard hausse les épaules, reprend son litron, le fourre dans sa poche d'où le goulot dépasse en se penchant, comme celui d'une bouteille à la mer.

« Ces jeunes... Tous des têtes brûlées. S'il n'y avait que des vieux soûlots comme moi sur terre, y a longtemps qu'on l'aurait enterrée, la hache de guerre, et que tout le monde serait content. Ch' te l' dis, pauvre pomme. Tout ça c'est un coup à finir contre un mur avec douze balles dans le buffet. Alors? Eh ben? Tu parles plus? »

Simon ne répond pas. Les yeux fixes et les jambes allongées, le menton sur la poitrine, il balance doucement la tête.

Surprise, la jeune femme se retourne. La porte de l'atelier d'habillage s'est ouverte sans bruit, mais elle a entendu des pas faire craquer le petit escalier de bois et la toux d'un homme las.

« Ça par exemple! Un revenant. »

Le revenant ne s'est pas rasé depuis longtemps. Il pue la sueur et le vin. Il frotte ses yeux rougis, sourit d'un air gêné.

« Bonsoir, Magda.

– Bonsoir, Simon. »

Elle rit un peu, chasse une mèche châtain qui frôle sa pommette et cache sa paupière droite. Puis, comme pour se donner une contenance, elle s'essuie les mains contre sa jupe.

« Vous avez bien fait de venir. J'avais envie de faire une pause.

– Je croyais qu'on se tutoyait », dit Simon.

Elle rit encore, pose un baiser furtif sur la joue qui pique :

« Oh! vous savez, pour nous, Allemands, vous, tu... Où est la différence? Enfin... « tu », si tu veux... Assieds-toi. »

Elle lui désigne un fauteuil bancal au siège de feutre pourpre et piqué de petits clous de cuivre, tâte machinalement une robe du soir pendue à un cintre.

« Je fabrique les costumes pour la prochaine pièce. Une histoire de mari, de maîtresse et d'amant, comme d'habitude. »

Nouveau rire. Simon la dévisage. Il y a bientôt un mois qu'il ne l'a pas vue. Elle a changé. La jeune femme apeurée qui, le 16 juillet 1942, tambourinait contre la porte de l'ambulance où agonisait Mireille s'est épanouie. Son visage autrefois chiffonné est devenu plus lisse, presque reposé. Son regard a retrouvé l'assurance qu'il avait perdue. Son rire est clair, comme sa voix. Elle parle avec un accent à peine appuyé, fait de chuintements et de lenteurs subites.

« Tu as l'air en forme, dit Simon.

– Grâce à toi. »

Sans lui, où serait-elle aujourd'hui? Nulle part, sans doute; morte, réduite en cendres. Le régime nazi est impitoyable pour ses opposants de l'intérieur et pour les Allemands, juifs ou non, qui, fuyant la tyrannie à ses débuts, se sont réfugiés dans les pays à présent vaincus.

Pendant des jours, terrée rue Rachel dans la chambre que Simon loue depuis des années pour un prix dérisoire, Magda a tremblé de peur. Recroquevillée sur le lit immense qui occupe la plus grande partie de la pièce, serrant contre elle son châle à grosses mailles, elle sursautait au moindre pas, gémissait dès que Simon poussait la porte. Simon la réconfortait comme il pouvait. Elle ne s'est calmée qu'au bout d'une semaine, enfin convaincue qu'elle était, du moins provisoirement, en sécurité.

Alors elle s'est mise à parler, d'une voix monocorde. Elle a tout raconté à Simon : sa naissance en Allemagne dans une famille de la bourgeoisie juive aisée, la mort de ses parents, ses débuts dans la carrière théâtrale à Berlin où elle avait commencé, en tant qu'actrice, à se faire un nom, son mariage avec un ingénieur munichois de vingt ans plus âgé qu'elle, leur départ pour la France au moment de l'avènement d'Hitler, la naissance de leur fils à Paris, les années d'adaptation, de labeur et de pauvreté.

Tout en sacrifiant sa carrière, Magda ne put se résoudre à renoncer au théâtre. Elle trouva un emploi d'habilleuse dans un petit théâtre de la rue des Abbesses. Son mari, qui avait toujours aimé la musique et le piano, faisait les délices du cinq-à-sept dans un piano-bar des Champs-Elysées. Un jour de

1939, il s'écroula sur son clavier. « Le cœur », dit le médecin. Et la guerre arriva. Magda envoya son fils Benjamin en Normandie, chez les parents d'une amie, à qui elle faisait parvenir régulièrement une partie de son salaire. Enfin, il y eut la rafle, le désarroi, l'incrédulité, le visage bonasse de ces policiers français aux petites moustaches lisses qui obéisssaient sans rechigner à l'ordre le plus abject qui soit. La fuite, enfin, et l'horreur ultime : voir mourir Mireille sous ses yeux alors qu'elle, Magda, venait à peine d'avoir la vie sauve.

Grâce à ses amis du *Petit Barbès*, le bistrot où se côtoient de façon pacifique petits marlous et vrais truands, Simon s'est procuré pour elle une fausse carte d'identité au nom de Madeleine Fontaine. Refusant de vivre plus longtemps à ses crochets, elle lui a confié une bague ornée d'un diamant qu'elle a toujours gardée précieusement depuis son départ d'Allemagne. Simon a réussi à en tirer trois fois plus que le prix qu'elle en escomptait. En d'autres temps, il aurait empoché la différence. Instinctivement, il a tenté de le faire. Mais il a mûri davantage, en quelques jours, qu'un homme normal en plusieurs années : il a remis à Magda l'intégralité de la somme. Elle lui a dit au revoir. Elle a réintégré son théâtre et s'est installée chez une amie maquilleuse, dans le XVe arrondissement.

A présent, elle est là, devant lui, un peu déroutée peut-être, émue mais calme, accueillante, presque maternelle. Elle regarde la barbe qui dissimule les joues de Simon, les cheveux que la sueur a collés à son front, sa veste trop grande aux poignets retroussés. Elle ne dit rien. Elle sourit, tout simplement. Que faire d'autre, dans le malheur, sinon essayer de sourire?

« Je n'en peux plus, murmure Simon. Je ne peux pas voir un Allemand sans avoir envie de l'étrangler. Il faut que je me batte. Je veux me battre.

– Contre qui? Contre la Wehrmacht? Les S.S.? La Gestapo? La Kriegsmarine?
– Je veux les tuer.
– Avec quoi?
– Je ne sais pas. Que j'en descende au moins un. Un seul.
– Et ensuite? Après l'avoir assassiné, tu voudras en assassiner un autre, et puis un troisième. Chaque fois, ce seront des civils qui paieront! »
Simon hésite. Se calme.
« Magda, que connais-tu de la guerre?
– Beaucoup de choses, Shleimelé[1], beaucoup de choses... Je suis allemande. J'ai été élevée en Allemagne, j'ai toujours parlé allemand. Pendant des siècles, nous autres, Juifs allemands, avons eu la naïveté de croire que l'Allemagne était notre pays. Mais notre pays est devenu fou. Alors je lui fais la guerre.
– Toi? »
Simon la regarde d'un air interloqué.
« Moi, dit Magda. Et je ne suis pas la seule. Il existe en Allemagne même des camps remplis d'Allemands qui ont tenté de s'opposer à Hitler. Ils n'ont pas dit leur dernier mot. Ici, en France, la résistance commence à devenir efficace. Tout est désormais possible si nous ne dispersons pas nos forces. Un coup de folie ne servirait à rien. Patience, Simon. J'ai rencontré des hommes et des femmes pour qui le combat ne fait que commencer. Je te les présenterai. Ils ont besoin de tout le monde. Tu ne seras pas de trop.
– Quand?
– Bientôt, dit-elle.
« Maintenant, va-t'en. Je n'ai pas terminé mon travail. Mais nous nous reverrons. »
Elle sourit une dernière fois, s'approche de lui,

1. Diminutif affectueux de Simon.

l'embrasse sur la tempe en se dressant sur la pointe des pieds. Il lui rend son baiser. Puis il s'en va sans hâte, apaisé. Il n'a pas envie de rentrer chez lui. Il reprend son errance dans Paris. Le soir tombe, la ville s'assoupit. Les passants ont l'air las, comme si la chaleur qui imprègne encore les trottoirs et la pierre des immeubles engourdissait leur corps.

Simon marche sans s'en apercevoir. A un carrefour, près de la place de la Trinité, de jeunes hommes en béret de chasseur, chemise kaki et cravate noire, défilent en chantant :

Faisons la France pure!
Bolcheviks, francs-maçons ennemis,
Israël, ignoble pourriture,
Ecœurée, la France vous vomit[1]*!*

Quelques badauds applaudissent.

« Ils ont l'air fier, dit une dame.

– Au moins ils marchent au pas, dit une autre.

– Et ils chantent juste.

– En plus, c'est beau. »

Un vieil homme qui froisse nerveusement un pan de sa vieille veste noire murmure en secouant la tête :

« Pauvre France... »

Les badauds se retournent. Avec un sourire misérable, le vieil homme baisse les yeux. Simon, lui, serre les poings.

Patience, a dit Magda. Patience...

Il respire un grand coup. Puis il reprend sa route, seul face au soleil dont les derniers rayons s'étiolent sur les murs.

1. Paroles d'Antoine Québriac, musique de Prous et Georges Bailly.

Ils sont tous là. Sournois, vicieux, ricaneurs. Solidaires, aussi, sûrs de leur bon droit, soudés, méprisants à l'égard du poulbot de la butte Montmartre, du « Parigot », comme ils l'appellent, du nouveau qu'ils ont pris en grippe pour le plaisir, uniquement parce qu'il n'est pas tout à fait comme eux, qu'il est plus décidé, plus violent, plus têtu, mais qu'il lui arrive quand même, le soir, de pleurer dans son lit.

Son lit, d'ailleurs, ils le lui ont volé. Le jour du retour des pensionnaires de leur pèlerinage à Lourdes, un ancien, trois fois plus grand que Luciano, s'est planté devant Franck qui rangeait paisiblement ses affaires dans son armoire et lui a dit :

« Ce lit-là, c'est le mien.

– Ben non, a répondu Franck, puisque j'y couche. »

Il a levé la tête. Derrière le fier-à-bras se tenaient dix orphelins en gros godillots. L'un grattait la morve séchée qui maculait son nez, l'autre se frottait le sommet du crâne d'un air pensif, un troisième étirait sa paupière entre deux doigts. Tous avaient un sourire étrange, comme si leurs lèvres avaient été agitées par des tics. Franck les a dévisagés l'un après l'autre. Et il a dit :

« Bon. Eh bien... D'accord. Alors, je couche où?

– Ailleurs, a répondu le malabar.
– C'est vague.
– C'est assez bon pour toi.
– Entendu », a dit Franck.

Il a vidé son armoire avec soin, a plié ses affaires sur le lit. Il s'est baissé, s'est emparé de sa serviette, de son caleçon de rechange, de son morceau de savon, de sa brosse à dents, de son chandail et de son écharpe. Son ballot calé entre son menton et ses avant-bras, il s'est dirigé vers un autre lit.

« Ça, c'est le mien, a dit un petit rouquin qui ressemblait à Amstrong, la méchanceté en plus.
– Pas de problème », a dit Franck.

Il a fait quelques pas dans l'allée centrale. Les autres le suivaient lentement. Chaque fois qu'il faisait mine de poser son ballot sur un lit, un des pensionnaires s'écriait :

« Celui-là, il est à moi.
– D'accord », répondait Franck.

Il s'est retrouvé à l'entrée du dortoir, tout près de la porte à deux battants, là où, l'hiver, passent les courants d'air.

« Tu verras, a dit le costaud. En décembre, c'est rafraîchissant.
– Aucune importance. Ch'uis pas frileux. »

Le costaud a souri. Franck, alors, a compris que ses ennuis ne faisaient que commencer.

Le soir, il s'est couché sans bruit. Les autres ne lui prêtaient aucune attention. Ils riaient entre eux, se donnaient des coups de poing sur l'épaule, se battaient à coups de polochons. Franck a fermé les yeux. En dépit du vacarme, il s'est endormi très vite. Il a rêvé qu'il pleuvait. Des trombes d'eau matraquaient la campagne. Tout était noir. Seul sous l'averse froide, pieds nus dans les flaques, Franck ouvrait les bras et appelait Mireille.

« Maman! Maman! »

Il s'est réveillé en sursaut. Il venait de recevoir

une bombe à eau en plein visage. Debout au pied de son lit, le costaud le regardait. Franck s'est dressé sur un coude. Sans un mot, il a roulé en boule le pentagone de papier qui contenait la flotte et qui s'était écrasé sur sa joue.

« Cadeau d'accueil, a dit le costaud.

– Merci, a répondu Franck. J'avais soif. »

Il s'est de nouveau allongé, s'est tourné sur le côté. Mais la colère qu'il réprimait l'a empêché de trouver le sommeil. Au matin, il avait les yeux gonflés et la bouche pâteuse. Il s'est levé le dernier. Lorsque le père Pascal l'a secoué, les autres étaient déjà habillés.

« Allez, Franck, debout. Onésime t'attend. »

Franck a posé ses orteils sur le carrelage. Après s'être ébouriffé les cheveux, il a fixé le prêtre.

« J'irai pas. J'en ai ma claque, de vos salades.

– Un jour de privation de pain.

– Tant mieux. J'en veux pas, de votre étouffe-chrétien.

– Deux jours », a dit le père Pascal.

Franck s'est dressé de tout son mètre quarante. Les mains aux hanches, il a beuglé ce qui lui passait par la tête.

« Vivent les barricades!

– Trois jours, a dit le père Pascal. Tu auras ainsi l'occasion de méditer sur le sort de ceux qui n'ont pas de pain du tout.

– Les veinards!

– Cinq jours. »

Franck a alors tiré sa dernière cartouche.

« Vive de Gaulle! »

Le père Pascal a failli sourire. Il s'est mordu les lèvres à temps.

« Nous nous arrêterons là aujourd'hui. Mais la prochaine fois, ce sera huit jours. »

Le prêtre a tourné les talons. Les pensionnaires se sont avancés vers Franck qui s'habillait avec des gestes d'automate. Le rouquin a ricané. Les autres se taisaient. Franck baissait obstinément la tête. Une larme coulait le long de son nez.

« Laissons-le, a dit le costaud. Il a son compte. »

C'est le grand jour. Ce soir, Simon sera résistant. Ce soir, il fera enfin partie de cette armée clandestine faite de pauvres et de sans-grade, d'universitaires, de cheminots, d'ouvriers, de bons pères de famille. Le cœur léger, il marche vers le théâtre où travaille Magda. Il n'a pas peur. Aucune angoisse ne le prend à la gorge. L'automne est presque là. De jour en jour, le bleu du ciel se teinte de nuances plus sombres. Parfois, des nuages roses flottent au-dessus des toits. Les soirs sont déjà frais.

Simon croise une vieille dame qui, son cabas presque vide à la main, hésite à traverser. La rue, pourtant, est déserte. Pas un vélo, pas une voiture à gazogène, pas l'ombre d'un triporteur. Seul un pigeon sautille sur l'asphalte, le cou tendu vers une croûte de pain qu'il aperçoit de biais.

Simon s'approche, prend la vieille dame par le coude.

« Méfiez-vous, dit-il. Avec toute cette circulation...

– Vous êtes bien gentil », glousse la vieille dame.

Ils traversent ensemble, à tout petits pas, en faisant semblant de regarder à droite et à gauche. Instant béni où la gaieté l'emporte tout d'un coup, et pour quelques secondes, sur le chaos du monde.

« Ah! cette guerre, murmure la vieille dame après avoir enjambé le rebord du trottoir opposé. Cette guerre...

– Patience, répond Simon. Nous la gagnerons.

– Alors dépêchez-vous. A mon âge, on est pressé.

Tous ces drapeaux à croix gammée sur les monuments officiels, ça fait sale, vous ne trouvez pas?
– Nous les décrocherons.
– C'est très aimable à vous », dit la vieille dame.
Elle s'en va de son côté en plissant les yeux, toute menue, avec son petit chapeau noir qui lui masque le front. Il est dix-neuf heures.
19 h 05. Simon pénètre dans le théâtre. C'est relâche. Magda travaille seule dans son atelier; *Ma Douce Angevine*, la nouvelle pièce, sera à l'affiche dans une semaine; il faut mettre les bouchées doubles. En voyant Simon, Magda lâche ses aiguilles et ses ciseaux.
« Dépêchons-nous. Le rendez-vous est à 19 h 15. »
Ils sortent. Dix minutes plus tard, ils poussent la porte d'un petit immeuble de quatre étages situé non loin du théâtre. Parvenue sur le troisième palier, Magda frappe à la porte de l'appartement gauche.
Un coup. Silence. Trois coups rapprochés. Silence. Un dernier coup. La porte s'ouvre avec prudence.
« Vous êtes à l'heure, chuchote une jeune femme aux cheveux blonds qui, coupés court, découvrent ses oreilles. Nous vous attendions. »
Rien d'autre. Pas de serrement de mains, pas de présentations. La jeune femme s'efface devant Simon et Magda, les introduit dans une petite pièce aux fauteuils recouverts de draps blancs et dont on a laissé les volets fermés. Trois rayons de soleil obliques éclairent à peine un bureau devant lequel sont assis, les mains sur la table, trois hommes qui se parlent à voix basse.
« Vous voilà, dit le plus âgé. C'est bien. Le réseau est au complet. »
Simon arrondit la bouche. Drôle de réseau : qua-

tre hommes, dont lui, et deux femmes, dont une Allemande immédiatement repérable. Il s'attendait à pénétrer dans une pièce enfumée, à trouver une bonne dizaine de partisans occupés à nettoyer leurs armes automatiques en guettant les ordres venus de Londres. Son enthousiasme de tout à l'heure reflue. Il sourit quand même poliment. « Nous verrons bien », se dit-il.

Le plus jeune des trois hommes se lève, contourne le bureau et s'avance vers lui.

« Enfin... « réseau » est un bien grand mot. « Cellule » serait plus exact. Nous dépendons en fait d'une organisation beaucoup plus vaste. »

« Nom de Dieu, marmonne Simon. Je suis encore tombé chez des communistes! Ils sont capables de me renvoyer à l'usine! »

« Une organisation, poursuit l'homme, que nous devons servir de toutes nos forces. Car sa cause se confond avec celle de la France.

– Et de tous les peuples en lutte, dit la jeune femme aux cheveux courts.

– Bien entendu. »

Simon sursaute. Cette voix? Où l'a-t-il déjà entendue?

Ce ton haut perché, ce débit rapide et saccadé lui rappellent quelque chose. L'homme a posé sa main sur son bras; Simon la regarde : une belle main, nette, soignée, aux doigts effilés et longs; cette main-là n'a pas dû scier beaucoup de bois ni retourner souvent la terre; elle est faite pour tenir un stylo, à la rigueur un fume-cigarette.

« Oui, dit l'homme. Nous travaillons à une grande œuvre. Sur les ruines de l'oppression nazie naîtra un monde nouveau où tous les damnés de la terre auront enfin une vie décente et digne. »

Simon, alors, sourit. La pénombre l'empêche de distinguer les traits de son interlocuteur. Mais il a reconnu l'amour du lyrisme à bon marché et des phrases toutes faites, le sens inné de la formule passe-partout.

« Salut, Henri », dit-il.

Car c'est bien lui, Henri l'Intello, le roi des champs de courses, le militant oisif qui refusait de « voler le pain des ouvriers » en travaillant comme eux, l'ennemi des Camelots du roi et des ligues fascistes, le frère spirituel de Simon, qui poussa jadis l'amour fraternel jusqu'à lui proposer un emploi dans une usine sinistre de banlieue.

« Simon! »

Henri l'Intello se rapproche encore, prend Simon dans ses bras et lui donne l'accolade. Simon lui répond par trois tapes amicales dans le dos. Puis il s'écarte, dévisage Henri. L'Intello a changé. Deux minces traits rouges barrent sa joue droite : couperose naissante, due peut-être au petit blanc doux dont, Simon s'en souvient bien, il a toujours apprécié le moelleux. Son menton s'est empâté, ses joues sont plus rondes que jadis. Mais le regard est resté le même : vif, ironique, un peu hypocrite, peut-être, à l'opposé de la grandiloquence de ses paroles.

« Simon, je suis fier de t'avoir parmi nous. Fier que tu aies enfin compris le sens de notre combat.

– Sûr », dit Simon.

Henri éclate de rire, se tourne vers la jeune femme aux cheveux courts.

« Il n'a pas changé. Toujours aussi dubitatif. Mais sa présence ici prouve que ses doutes n'ont pas résisté au désir de se jeter à corps perdu dans la lutte. Juifs, chrétiens et communistes ont un but commun : l'édification d'un monde neuf, la...

– Justement, dit Simon. Venons-en au fait. Je suis comme vous : je veux faire la guerre.

– Elle sera longue, Simon. Et ingrate. Obscure. Impitoyable.

– Bon. Je...

– Anonyme, surtout. Je serai votre contact. Je prends mes ordres de très haut. Avant toute chose, nous devons agir en profondeur sur les sentiments de la population française à l'égard de l'occupant et de ses valets vichystes. Premier objectif : la propagande. Il nous faut persuader les jeunes Français que la relève est une vaste escroquerie destinée à renforcer le potentiel économique et militaire de l'Allemagne. Nous devons saboter la politique de collaboration. Première arme : les tracts. Nous en distribuerons partout où nous pourrons, pour éclairer les jeunes sur les causes et les conséquences de leur départ pour l'Allemagne. Si les jeunes, malgré tout, se montrent passifs et résignés, nous passerons à des actions plus radicales : sabotage des voies ferrées, destruction des convois. Telles sont les consignes, camarades. Mais chaque chose en son temps. »

Henri marche de long en large. Les bras croisés, Magda l'écoute. La jeune femme aux cheveux courts approuve d'un hochement de tête chacune de ses paroles. Les deux hommes assis derrière le petit bureau et qui n'ont encore été présentés à personne ponctuent parfois ses propos de murmures pensifs.

« Nous sommes encore peu nombreux, dit Henri. Mais notre nombre grossira chaque jour. Les forces de l'Axe subissent partout des revers. En Afrique, les Anglais les tiennent en échec. Sur le front russe...

– Henri, je veux me battre! »

L'Intello s'arrête net. Il regarde Simon, lui sourit avec une certaine condescendance.

« Je te l'ai dit, Simon. Chaque chose en son temps.

– Je veux me battre, répète Simon. Pas distribuer des tracts à des trouillards qui ne les liront même pas. Nous devons rendre coup pour coup à l'occupant, provoquer des attentats, tuer le plus grand nombre d'Allemands possible. Qu'on me donne une arme. Je leur ferai payer leurs crimes.

– Ne t'emballe pas, Simon. Pour l'instant, nos vies sont plus précieuses que celles des soldats ennemis. Le travail que nous devons accomplir est un travail de sape, tout en profondeur. Les Allemands sont méthodiques, organisés. Nous devons les harceler, entraver leur action, miner leur puissance. Les coups de main viendront plus tard. Plus tard aussi viendront les combats en rase campagne et le grand règlement de comptes. En attendant, tu fais désormais partie d'une organisation qui définit nos objectifs. Tu dois obéir aux ordres. Et les ordres sont les suivants : nous allons te remettre cinq cents tracts; tu les distribueras aux étudiants, aux ouvriers à la sortie des usines et surtout aux cheminots, dont la coopération est capitale pour nous. Nous nous reverrons. Magda t'avisera de la date et du lieu de notre prochaine réunion. Si tu passes cette épreuve avec succès, tu feras plus ample connaissance avec les membres de notre groupe. Pour l'instant, à toi de jouer. Nous sommes d'accord? »

Simon hésite un instant. Il sent que tous les regards sont braqués sur lui. Le sien va d'Henri à Magda, qui lui dit à voix basse :

« Ne renonce pas, Simon. Même si ce n'est pas ce que tu espérais. Les seules causes perdues sont celles qu'on abandonne. »

Derrière le petit bureau, les deux hommes dont l'obscurité masque les traits ne bougent pas. Ils attendent, comme des juges. La jeune femme aux cheveux courts, elle aussi, attend.

« Alors? » demande Henri.

Dix secondes, vingt secondes. Enfin, Simon répond :

« Donnez-moi vos tracts. Je les distribuerai.

– C'est bien », souffle Magda.

Simon lui sourit, passe un bras autour de ses épaules.

« Drôle de guerre », chuchote-t-il.

« C'est pas moi! hurle Franck.

– Il faut assumer ses fautes, dit le père Pascal, surtout lorsqu'elles sont aussi graves que celle que tu viens de commettre. C'est un sacrilège, mon enfant. Le pire des péchés...

– C'est pas moi! J'aime pas les hosties! C'est fade et ça n'a jamais nourri personne.

– Alors que font-elles dans ton armoire, sous ton linge?

– J'en sais rien! C'est pas moi!

– Avoue, mon petit, et ta faute te sera à moitié pardonnée.

– Plutôt crever!

– Pourquoi t'obstiner? Tout est contre toi. Tous les témoignages de tes camarades concordent. Ils t'ont vu quitter la chapelle hier soir. Pourquoi as-tu fait une chose pareille?

– J'ai jamais volé d'hosties! C'est un coup monté. Ils veulent ma peau.

– Qui, ils?

– Les autres.

– Tu aggraves ton cas, Franck. En essayant, au lieu de faire amende honorable, d'accuser tes camarades à ta place, tu t'enfonces davantage.

– Je dis la vérité. Ce sont eux qui ont mis ces hosties dans mon armoire. Parce qu'on peut être un orphelin et un salaud.

– Tu m'attristes, Franck. Tu m'attristes beaucoup.

– J'y peux rien, m'sieur.

– Tu passeras bientôt en conseil de discipline. En attendant, nous allons te mettre en quarantaine. Tu offres à tes camarades un exemple trop déplorable.

Il vaut mieux qu'ils ne te voient plus, du moins pour le moment.

– Tant mieux. J'y perds pas au change.

– Baisse le ton, Franck. Tu coucheras désormais dans une chambre isolée, au fond du parc. Tu ne parleras à personne. Personne ne te parlera, sauf Onésime et moi. Tu prendras tes repas en bout de table. Et bien entendu, jusqu'à ce que tu aies expié ta faute, tu n'assisteras plus à la messe.

– Chic!

– Tu n'es pas drôle, Franck.

– Vous non plus, m'sieur. »

La chambre est minuscule, et froide, malgré la douceur de l'air. Un lit-cage; ni chaise ni table. Le sol est en ciment. Pas de drap. Une paillasse sur le sommier et une couverture grise. Par terre, un seau. Dehors, une brise légère souffle doucement, charriant les parfums de la nuit. Les yeux grands ouverts dans le noir, les mains croisées derrière la tête, Franck médite. Que faire? Il y a trois jours qu'il dort dans cette cellule humide, trois jours que le polochon rêche qui lui sert d'oreiller irrite la peau de ses joues. Depuis trois jours, personne ne lui a adressé la parole; pas même Onésime, qui se contente de lui donner ses instructions par gestes. Cet aspect des choses ne le dérange pas. Il préfère mille fois le silence à la logique bancale du vieil homme et aux ricanements des orphelins. L'ennui, c'est le régime sec : soupe le matin, soupe le soir; pas de pain, puisqu'il en est privé. Onésime ne le gâte pas. Travail au potager, entretien du parc, nettoyage des outils, lavage des carrelages dans les différents bâtiments de l'orphelinat, il ne lui épargne rien. Personne, d'ailleurs, ne lui épargne quoi que ce soit. Franck est puni. Il est le paria, le pestiféré. Pour un peu, en le croisant, les pères et les orphelins se boucheraient le nez. Toutes les corvées sont pour lui. Débarrasser les tables, faire la vaisselle à l'eau froide, balayer les escaliers en respirant la poussière, vider les ordures, pousser des brouettes remplies de terre, il fait tout, sans dire un mot. Et il en a assez. Le soir, il a les mains rouges et les jambes qui tremblent. La couverture dans laquelle il s'enroule sent la naphtaline et le moisi. Il est en prison, épié en permanence par des yeux sans complaisance. Sauf quand on le laisse seul après le dîner, face aux volets qui bouchent la fenêtre, dans le grand silence de la nuit que troublent les cris des chouettes et, de loin en loin, dans la campagne immobile, les aboiements des chiens qui s'interpellent et se répondent.

Seul avec des souvenirs qui l'obsèdent : Mireille lui chuchote parfois des mots doux, lorsqu'il ferme les yeux, couché en chien de fusil, les mains entre les genoux, cherchant la chaleur qui bercera son sommeil. Luma, sa laisse dans la gueule, trotte sur le trottoir de la rue Letort, le père Catala balaie devant sa porte. Franck se retourne dans son lit et il claque des dents, comme si c'était l'hiver. Mireille aussi doit avoir froid. Il l'imagine allongée sous la terre, les mains jointes et la bouche close, comme la dernière fois qu'il l'a vue, dans la chapelle ardente de l'hôpital. Il secoue la tête, essaie de chasser les images glacées qui se figent devant lui. Non, Mireille n'est pas morte. Elle est ailleurs, quelque part, dans une belle maison entourée d'un jardin où les roses ne se fanent jamais. Elle ne souffre pas, elle n'est pas fatiguée, elle ne s'ennuie pas. De temps en temps, elle vient jusqu'à lui. Il entend son pas sur le gravier, son souffle qui se mêle au bruissement des feuilles. Elle porte une robe légère et de jolis souliers. Car la guerre est finie et tout est rentré dans l'ordre. L'orphelinat n'était qu'un mauvais rêve. Ni le père Pascal, ni Onésime, ni l'affreuse

Mme Biluard n'ont jamais existé. Mireille monte les escaliers sans bruit; elle pousse la porte, s'assied sur le lit, regarde l'enfant qui sourit. Et doucement, très doucement, elle caresse ses cheveux.

« Tu es là, dit-il.

– Oui, je suis là. »

Il s'éveille en sursaut, se dresse sur son lit. La chambre est vide. Une lumière grisâtre passe par les trous des volets. Les oiseaux s'éveillent. Très loin, au fond du parc, un merle appelle sa femelle. Dans les arbres, des moineaux se chamaillent. Aube d'automne, pleine de brume et de rosée. Franck grelotte. Il se lève. Ses pieds se recroquevillent au contact du ciment. Il marche jusqu'à la fenêtre en se frottant les côtes, écarte les volets.

Le parc est désert. Toujours levé le premier, puisque c'est lui qui sonne la cloche du réveil, Onésime dort encore. Franck respire les parfums de l'herbe mouillée et des champs labourés.

« Profites-en, se dit-il. C'est la dernière fois. »

Il se retourne, s'habille à la hâte, noue la ceinture de sa blouse.

C'est décidé : il ne passera pas en conseil de discipline, il ne servira plus la messe, il ne travaillera plus au potager, il ne reverra plus jamais Onésime, le père Pascal et le visage torve des orphelins.

C'est fini. Il s'en va.

Il rentre chez lui.

Il n'a pas un centime en poche, il ne sait pas où est la gare la plus proche ni à quelle heure passe le prochain train pour Paris. Où est le problème? Il s'est toujours débrouillé.

Il monte sur le rebord de la fenêtre. Un coup d'œil à droite, un coup d'œil à gauche. Pas un chat. Il se laisse glisser, atterrit sur le gravier.

Au fond du parc, près de la petite porte qui donne

sur les champs, le merle siffle de plus belle. Avec d'infinies précautions, Franck longe le mur d'enceinte. Il s'arrête à chaque pas, tend l'oreille. Rien. Il continue, mètre après mètre, contourne le massif de bambous, reprend sa progression courbée. Vingt mètres encore, quinze, dix. Il sait que la petite porte du fond n'est jamais fermée. Curieuse prison, d'ailleurs, que cet orphelinat dont on peut s'échapper comme on veut. Les pères sont trop confiants. Ils ne craignent pas les fugueurs. Où iraient-ils, de toute façon, ces enfants sans racines que personne ne nourrirait? Vers quel port d'où nul navire ne part?

Franck, lui, n'est pas seul. Même si Mireille l'a quitté pour ce monde lointain où les morts veillent sur ceux qui ne les oublient pas, il lui reste Luma, son copain Amstrong, tous les habitants de la rue Letort.

Et Simon.

Cinq mètres. Quatre, trois. Deux pas encore et il sera sauvé. La grisaille de l'aube, petit à petit, se colore de grandes lignes rouges. Un mètre. Dernier pas. Franck soulève le loquet. Légère pression de l'épaule. La porte grince. Franck ne fait que l'entrebâiller. Il se glisse entre elle et le mur, la referme en retenant son souffle. Puis il se retourne.

Devant lui s'étend un champ labouré. Les muscles tendus et les oreilles droites, un lièvre le regarde.

« Cours », dit Franck.

Après un dernier regard, le lièvre file. Il bondit en zigzag entre les mottes de terre, traverse la route en trois foulées et disparaît entre les herbes du pré qui descend en pente douce vers la Loire.

« A moi », dit Franck.

Une minute plus tard, il foule enfin le macadam. Il frappe ses talons l'un contre l'autre pour se débarrasser de la terre gluante qui colle à ses chaussures, pousse un petit cri de joie, saute trois fois sur place.

« Adieu », dit-il.

Et, d'un pas décidé, seul sur une route de campagne, le poulbot de la butte Montmartre entame son voyage vers Paris.

Nuit noire. Le goudron luit sous la pluie, la lumière des rares réverbères tremble dans les flaques. Simon court à perdre haleine. Il glisse, retrouve son équilibre en agitant les bras, patine, s'élance de nouveau. Il court ainsi depuis la place Clichy. Son souffle s'épuise, ses jambes lui font mal. Son cœur cogne dans sa poitrine. Et la peur, l'ignoble peur, lui poignarde le ventre.

Derrière lui, d'autres hommes courent. Respirations hachées, roulements de talons sur l'asphalte.

« Le voilà! » dit une voix.

Simon la reconnaît. C'est celle de l'homme à l'œil de verre qui, tout à l'heure, alors qu'il distribuait des tracts devant le Gaumont-Palace, a murmuré à son oreille :

« Toi, on va te soigner. »

L'homme avait les joues blêmes et le sourire mauvais. Simon a noté d'instinct les taches de son sur ses mains qu'il frottait l'une contre l'autre d'un geste nerveux, comme s'il se réjouissait à l'avance de ce qui allait suivre. De grosses mains très pâles, carrées, faites pour frapper.

Aux pieds du borgne gisait, froissé, gondolé par la pluie, le tract que Simon venait de lui remettre. L'homme l'avait parcouru avec soin. A chaque mot, son sourire s'accentuait. Deux autres individus en imperméable sombre lisaient par-dessus son épaule.

« Un coco, a soufflé le premier.

– Ou un Juif », a rectifié le second.

Simon leur avait tourné le dos. En silence, il tendait ses tracts aux Parisiens qui venaient d'assister, dans la plus grande salle de cinéma d'Europe, à la projection du *Juif Süss* : un film allemand tiré d'un roman célèbre et qui démontrait que les Juifs étaient depuis toujours les ennemis perfides d'une humanité sans défense. « Une histoire vraie », disait-on.

Certains spectateurs ne prenaient même pas le tract que Simon leur mettait sous le nez. Ils passaient devant lui, la tête basse et les mains dans les poches, honteux, peut-être, méditatifs. Qu'avaient-ils fait de mal? Les distractions sont rares, en temps de guerre. Qu'y a-t-il de répréhensible à aller au spectacle un soir pluvieux de septembre? Le film était bon, proclamait la critique; bien joué, remarquablement mis en scène, éducatif aussi, objectif. Ceux qui voulaient se faire une opinion sur la question juive devaient absolument le voir.

Ils l'avaient vu. Et ils s'en allaient d'un pas traînant en cette triste nuit d'automne, image d'un peuple résigné à sa décadence, soumis et morne.

Simon, alors, retrouva sa verve d'autrefois. Il ne s'agissait plus, comme à Longchamp, d'appâter les naïfs, mais de réveiller des citoyens endormis, de leur rappeler cette vertu que nombre d'entre eux avaient oubliée : l'honneur.

« Allons messieurs, allons mesdames, profitez de l'aubaine! Un supplément au programme! Demandez les dernières nouvelles! Pas de réticence! C'est gratuit! »

Quelques mains s'ouvrirent enfin, quelques personnes s'arrêtèrent. La pluie faisait sur les tracts un petit bruit mat, auréolait le papier de taches qui ressemblaient à des larmes.

Simon avait oublié les trois hommes. Il s'exaltait, criait de plus en plus fort.

« Venez voir l'envers du décor, le négatif de la conscience tranquille. Lisez et jugez! »

Un monsieur voûté aux cheveux gris et aux grosses lunettes d'écaille opina du menton. Il regarda furtivement Simon, le gratifia d'un sourire timide, laissa tomber le tract et s'en alla. Une dame chuchota :

« C'est bien. Mais prenez garde à vous.

– Il est courageux », dit quelqu'un.

Les commentaires se dévidaient sur un ton monocorde, étouffés par l'inquiétude et la crainte d'être entendu, par cette angoisse sourde des temps de détresse et de grands renoncements.

« Ça ne sert à rien. Il fallait la gagner il y a deux ans, cette guerre. Maintenant, nous ne sommes plus maîtres de rien.

– Il a quand même raison.

– Si nous étions tous comme lui...

– Rentrons, chérie... »

Ce fut tout. Les gens partaient sans se retourner, sans jeter un dernier coup d'œil à l'affiche immense où se tordaient comme les flammes d'un bûcher les trois mots qui les avaient attirés : « Le Juif Süss. » Simon resta seul devant le cinéma, son cartable à la main, à contempler ses tracts collés au sol par la pluie et maculés d'empreintes de semelles.

Seul, ou presque.

Il pivota et revit les trois hommes. Epaule contre épaule, ils le fixaient avec une fausse indifférence. Simon fit un pas en arrière. Les trois hommes s'avancèrent vers lui.

Deuxième pas en arrière. Les hommes pressèrent l'allure. Simon lâcha son cartable bourré de tracts et prit ses jambes à son cou.

Depuis, il court. Ses poursuivants se rapprochent. Il vient de traverser la rue Caulaincourt, débouche à l'angle de la rue Rachel. Sa rue. Quelques foulées encore et il s'engouffrera dans son immeuble. Les autres sont sur ses talons. Leurs cris éclatent dans la nuit.

« Vite! On le tient! »

Mal éclairée, noyée de grandes zones d'ombre, la rue Rachel donne sur le cimetière Montmartre. Un dernier effort. Mais les jambes de Simon ne lui obéissent plus. Incapable de respirer, il ralentit, trébuche. Une main s'agrippe à son col, le plaque contre les grilles du cimetière. Sa tête cogne le fer. C'est le noir, soudain, l'étourdissement. Un poing vient de s'abattre sur sa bouche, du sang coule de sa lèvre entaillée par ses dents.

Il bande ses muscles, rentre la tête dans les épaules, détend brusquement sa jambe droite. Un des trois hommes se casse en deux en hurlant :

« L'enfant de pute! Il ne m'a pas raté. En plein dans le ventre!

– T'inquiète pas. On va lui rendre sa monnaie. »

Simon fait face. Acculé, cerné, il ne lui reste plus qu'à se défendre. La pluie coule dans ses cheveux, se mêle au sang qui s'étale sur sa langue.

« Je vous attends, dit-il.

– Tout de suite », répond l'homme à l'œil de verre.

Son rictus découvre deux dents en or. Simon s'est mis en garde. La castagne, il connaît. La violence physique ne lui a jamais fait peur. Il sait pourtant qu'il n'a aucune chance, que les trois hommes vont lui administrer la plus belle raclée de sa vie. Le désir de meurtre brille dans leurs yeux.

« Un, dit le premier.

– Deux, dit le second.

– Trois », dit le troisième.

Et ils frappent. Avec acharnement, ponctuant leurs coups de brefs grognements. Les mains devant le visage, Simon s'affaisse. Les coups succèdent aux coups : sur ses tempes, sur son crâne, sur ses pommettes. Les pieds suivent : dans les tibias, à la saignée des genoux, dans le ventre. Simon a l'impression que ses os se brisent, qu'à l'intérieur de son corps ses organes se broient. Il frappe quand même lui aussi au hasard. Puis il s'effondre, à plat ventre dans le caniveau.

Il ne bouge plus. Faire le mort : c'est la seule solution. Au-dessus de lui, le souffle des trois hommes s'apaise petit à petit. L'un d'eux rectifie les plis de son imperméable.

« Tirons-nous. Il a son compte.

– Pas avant de lui avoir laissé un dernier souvenir. » Simon sent la pointe d'un soulier heurter violemment ses côtes. Ensuite, plus rien.

Le noir.

Il gémit à chaque pas. Il marche les mains tendues, comme un aveugle, s'appuie de temps à autre contre la pierre d'un immeuble. Chaque inspiration lui arrache un petit cri plaintif. A coup sûr, le dernier coup de pied de l'homme à l'œil de verre lui a cassé deux ou trois côtes. Il a la bouche enflée, mais ses dents sont toujours là : une chance. Une douleur lancinante traverse son œil droit, descend jusqu'à sa mâchoire; une autre enserre son crâne comme une couronne de fer, une troisième fait trembler ses deux jambes chaque fois qu'il pose le pied par terre. Cinquante mètres encore, cinquante mètres interminables. Il avance en traînant les semelles, les jambes raides; mais son esprit reste vif, et l'humour l'aide à tenir debout. Il est vivant, c'est l'essentiel. Un petit rire, tout d'un coup, le secoue. Ça fait mal. Il grimace et murmure :

« Elle est belle, ma guerre. »

Il presse le dos de sa main contre ses lèvres. Un rat traverse la rue, disparaît dans une bouche d'égout. Combien de temps Simon est-il resté évanoui? Une heure? Deux heures? Ses joues sont glacées. Vingt mètres encore. Un calvaire. Et ce n'est pas fini. Il lui faut pousser la porte de son immeuble après avoir introduit la grosse clef dans la serrure, tâtonner dans le noir avant de trouver la rampe, entamer la montée des six étages abrupts qui mènent au dernier palier.

« Allons », dit-il.

Il serre les dents. Une marche, deux. Il a l'impression, chaque fois qu'il plie le genou, de remporter sur lui-même une victoire décisive. Les douleurs se réveillent, l'hébétude le fait chanceler. Mais il monte. Toutes les trois marches, il se repose. Cette ascension lui semble durer des heures. Au cinquième étage, il glisse, se raccroche désespérément à la rampe. Impossible de se relever. C'est à quatre pattes qu'il arrive enfin devant sa porte. Ses muscles sont plus lourds que des roches. D'un geste très lent, il fourre la main dans la poche de sa veste à la recherche de ses clefs. Puis il sursaute. Deux yeux jaunes le fixent dans l'ombre; deux yeux à la fois intrigués et doux, et presque à ras du sol.

« Qui est là? »

Les yeux s'élèvent comme deux petites bougies ou deux feux follets aspirés par la nuit. Un bruit d'aiguilles racle le plancher. Ce sont des griffes. Toujours à quatre pattes, Simon sent le souffle chaud qui se répand sur ses joues et le contact d'un museau humide. Il se laisse aller en avant en repliant les coudes. A plat ventre, il tend la main, rencontre une touffe de poils soyeux et longs. Il ne connaît qu'un chien doté d'une fourrure aussi confortable.

« Luma, chuchote-t-il, d'où viens-tu?

– Elle m'accompagne. »

Cette voix-là, Simon la reconnaîtrait entre mille. Elle est pourtant ensommeillée, rendue rauque par la fatigue. Mais elle a conservé sa gaieté, son insolence et son ironie.

« Je rêve, murmure Simon.

– Non, dit Franck.

– Qu'est-ce que tu fais là, petit macaque?

– Je dormais sur ton paillasson. Tu en as mis un temps, pour rentrer. Où tu étais?

– Dans la rue. Oh! ma tête! Aide-moi.

– Tu as une drôle de voix. Qu'est-ce que tu as dans la bouche? Un mouchoir?

– Aide-moi, je te dis. Aïe! Attention à mes côtes. Les clefs sont dans ma poche droite. Doucement... »

Franck se penche. Simon entend alors son rire joyeux et moqueur.

« Je ne vois pas ce qu'il y a de drôle...

– Mon pauvre Simon, répond Franck. On ne peut vraiment pas te laisser seul. Il suffit que je parte deux mois dans un orphelinat pour que tu fasses n'importe quoi. Il était temps que je revienne.

– Sûr », dit Simon.

La joue gauche contre le plancher, il ferme les yeux. Luma lui lèche les cheveux. Il souffre toujours autant. Mais, curieusement, il se sent en sécurité.

« L'enfant est de retour, souffle-t-il.

– Oui, dit Franck en ouvrant la porte. Et il n'est pas près de repartir. »

« Je te jure que c'est un taxi! Il m'a heurté, m'a renversé et est reparti sans s'arrêter.

– C'est vache!

– Oui. Si je tenais ce salaud...

– Il visait bien, en tout cas...

– Pourquoi?

– C'est pas tous les jours qu'on tombe sur un taxi assez précis pour vous mettre un œil au beurre noir d'un coup de pare-chocs.

– Tu n'as pas changé, dit Simon.

– Non, répond Franck. Mais toi, tu as une drôle de tête. Ne bouge pas. Laisse-toi faire. Je vais te soigner.

– Ouille!

– Arrête, petite nature. »

Simon est allongé sur son lit. Franck lui a enlevé ses chaussures et a entrepris de le débarrasser de ses vêtements trempés. Il lui a fallu un bon quart d'heure pour accomplir cet exploit. Il manipulait Simon comme un bébé.

« Tourne-toi... Lève les bras... Ne crie pas comme ça, tu vas réveiller tout l'immeuble. La veste, d'abord. Allons, du courage... »

Simon n'en a jamais manqué. Mais là, le supplice était intolérable. Chaque mouvement le torturait. Il respirait avec peine et ne savait dire qu'une chose :

« Aïe! »

Après l'avoir déshabillé, Franck l'a fait pivoter très lentement, l'a aidé à replier les jambes et à se glisser sous les couvertures.

« Maintenant, tu ne bouges plus. »

Simon commence à se détendre. Il s'efforce de respirer par petits coups pour éviter de faire bouger ses côtes. Il entend, dans la cuisine attenante à la chambre, couler le robinet. Franck revient avec une serviette mouillée qu'il place sur son œil tuméfié. Simon ouvre la bouche. Ses lèvres gonflées et rougies par le sang coagulé remuent faiblement.

« Qu'est-ce que tu dis? demande Franck avec un demi-sourire.

– Il... y... a... de l'asp... dans le pl...

– Tu as de l'asthme?

– De l'aspi...

– Un aspirateur? Où ça?
– Aspiri...
– Qui c'est, cet Aspi qui rigole?
– Aspirin... eu dans le pla...
– Quel plat?
– ... card.
– Un car? Je croyais que c'était un taxi.
– Non... De l'aspir...
– J'ai compris. Je vais te donner la dose maximum. Ça va t'assommer. C'est déjà fait, remarque... »

Franck retourne dans la cuisine, en revient avec un verre d'eau et cinq cachets que Simon avale en faisant la grimace.

« Maintenant, il n'y a plus qu'à attendre. Pour tes côtes, il n'y a rien à faire. Elles se ressouderont toutes seules. Laisse-toi aller. Moi, j'ai faim. Et Luma aussi. »

En entendant son nom, Luma qui, comme d'habitude, se léchait méthodiquement les pattes au pied du lit se dresse d'un bond.

« Des sardines, lui dit Franck. J'espère que ça te va. Il n'y a que ça. Une boîte pour toi, une boîte pour moi. Je pense que c'est équitable. »

Trois minutes plus tard, l'assiette que Franck a déposée devant Luma est aussi blanche que si elle venait d'être lavée. Franck, lui, mange sans se presser, assis au bout du lit, savourant chaque bouchée. Simon a fermé les yeux.

« Tu dors? demande Franck.
– Non.
– Tu as toujours mal?
– Oui.
– Ils étaient combien?
– Qui?
– Ceux qui t'ont tapé.
– Je t'ai déjà dit que...

– C'était un taxi. Je sais. Et ce tract que j'ai trouvé dans la cuisine, qu'est-ce que c'est?

– Rien.

– Ah!... au fait, ils racontent n'importe quoi, à Radio-Paris.

– Ce n'est un secret pour personne.

– Tu vois, tu parles déjà mieux. Dans une heure, tu seras devenu « Simon la Jactance ».

– Qu'est-ce qu'ils disent, à Radio-Paris? demande Simon sans ouvrir les yeux.

– Ils disent : « Radio-Londres, une radio faite par des Juifs, pour des Juifs. »

– Et alors?

– Eh bien, c'est pas vrai. Le père Pascal, le directeur de l'orphelinat, il l'écoute, Radio-Londres. Et tu sais ce qu'il écoute, sur Radio-Londres?

– Non.

– Des messages codés. Attends... Euh... « Le lapin blanc est sorti de sa cage », « Les aubergines, ou les asperges, je sais plus, se sont envolées », « L'enfant de troupe a retrouvé sa mère »... Parce que tu sais ce qu'il fait, le père Pascal, à part me priver de pain tous les trois jours et m'obliger à servir la messe? Il fait de la ré-sis-tance. Comme toi.

– Tu délires, petit collabo.

– Non. J'ai l'œil. Ton tract n'a pas plu à ceux qui t'ont cassé les côtes, hein, Simon?

– Tais-toi. Aïe, ma tête...

– Qu'est-ce que tu fais d'autre, en dehors de distribuer tes paperasses? Tu fais sauter les trains?

– Tais-toi, je te dis.

– Pourquoi? Le voisin est allemand?

– Tais-toi ou je te renvoie à l'orphelinat.

– Non! Si tu fais ça, j'expédie une lettre anonyme à la Gestapo. « Simon Fincelet, domicilié rue Rachel, s'appelle en réalité Simon Falkenstein. C'est un sale Juif et un dangereux terroriste. »

Tamponnant son œil avec la serviette, Simon sourit.

« Tu ne ferais pas une chose pareille à ton vieil ami...

– Vieil ami, vieil ami... Renvoie-moi à Saint-Pierre-des-Corps et tu verras. C'est donnant-donnant. Tu me gardes avec toi et je n'écris pas de lettre anonyme. Nous sommes d'accord?

– C'est du chantage.

– Exactement. Alors, terroriste Fincelet?

– Je vais réfléchir. Entre la Gestapo et la perspective d'avoir un chimpanzé comme toi dans les pattes jusqu'à la fin des temps, j'ai du mal à choisir.

– Ne te presse pas. Je te donne jusqu'à demain matin.

– Tu es trop bon. Et Luma?

– Elle est comprise dans le lot.

– Alors je choisis la Gestapo. Va écrire ta lettre anonyme.

– Je t'ai dit que tu avais jusqu'à demain.

– C'est décidé. Je préfère mourir.

– Comme tu voudras. Mais tu as tort. Songe à tous les avantages que peut te procurer la présence chez toi d'un chimpanzé dans mon genre : je ferai le ménage, les courses, la cuisine...

– Et l'école?

– Quelle école?

– Tu oublies qu'elle est obligatoire.

– « Cher monsieur. J'ai l'honneur de vous informer que Simon Fincelet s'appelle en réalité... »

Simon ne répondit pas. Franck se pencha vers lui, arrangea son oreiller.

« Je veux bien y retourner de temps en temps, dit-il. Mais je n'irai qu'à quatre heures et demie, pour attendre Amstrong à la sortie.

– Alors il faudra que tu travailles. Je m'appelle Falkenstein. Pas Rothschild.

– Ça me va. Je trouverai bien un emploi chez un marchand de légumes. Sur les salades, maintenant, je suis imbattable. J'étais affecté au potager à l'orphelinat.

– Ah... » dit Simon.

Il ouvrit un œil disponible, tourna la tête vers Franck, assis à présent tout près de lui.

« A propos, pourquoi as-tu fait la belle?

– J'aimais pas l'ambiance. On m'a accusé d'avoir volé des hosties.

– Pour quoi faire?

– Pour les manger. J'étais privé de pain. Je me suis dit qu'il y avait des limites. Alors je suis parti. A la gare de Saint-Pierre-des-Corps, je me suis caché derrière une haie. Le train est arrivé, je suis monté dedans.

– Et les contrôles?

– Quels contrôles?

– Je vois.

– Remarque, j'ai eu chaud, à un moment donné. Je suis tombé dans le couloir sur trois types en uniforme qui demandaient les billets, les papiers et tout le toutim. Heureusement, il y avait une vieille dame qui allait aux toilettes en s'appuyant sur sa canne. Elle s'arrêtait tous les deux pas parce qu'elle n'en pouvait plus. J'ai dit : « M'sieur, s'il vous plaît, « aidez-la, elle va avoir une syncope! » Ils se sont précipités et j'en ai profité pour changer de wagon. A part ça, tout s'est bien passé. Une fois à Paris, je suis allé rue Letort. A vingt mètres du bistrot du père Catala, j'ai sifflé. Luma est sortie en courant et nous voilà.

– Oui. Et nous voilà bien : un éclopé et un enfant fugueur qui ne veut plus retourner à l'école. Ce n'est pas sérieux.

– Non », dit Franck.

Simon soupire. Il pose la serviette humide sur son front, dévisage l'enfant.

Silence. Puis :

« Petit gibbon... C'est vrai que tu ressembles à ta mère... »

Il sourit. Franck le regarde à son tour et lui rend son sourire.

« A la vie à la mort, dit-il. D'accord? Sinon, la Gestapo.

– Ne me fais pas rire, répond Simon. Ça me fait mal. »

Nouveau silence. Subrepticement, Luma s'est hissée sur le lit. Le museau entre les pattes, l'œil à la fois contrit et tendre, elle remue la queue sur la couverture.

« Alors? »

Simon fait mine d'hésiter. Il fronce les sourcils, feint d'étudier les lignes de sa main.

« Entendu, dit-il. A la vie à la mort. »

Et il ferme les yeux, cette fois pour de bon.

III

1943-1944

La guerre s'amplifie. Elle s'étend, devient chaque jour plus âpre, plus sauvage. A l'est, le vent tourne. Les Allemands meurent de froid dans des villes en flammes, les chenilles des chars écrasent leurs corps congelés. Septembre 1943 : Stalingrad, première défaite décisive des forces de l'Axe. Ce nom est sur toutes les lèvres. Les Alliés occidentaux, eux, se sont lancés à la conquête de l'Italie après avoir pris pied en Afrique du Nord. La France a retrouvé sa place dans la lutte. L'armée d'Afrique, longtemps passive, et les troupes de la France Libre se battent côte à côte. En France même, le drapeau nazi flotte toujours sur Paris. La zone libre n'existe plus. Après le débarquement anglo-américain en Afrique du Nord, les Allemands ont déferlé vers le Sud, plongeant le pays tout entier dans la nuit.

Une nuit qu'éclairent les gerbes des explosions et que secouent le fracas des bombes, les rafales d'armes automatiques, les cris rauques de ceux qui traquent les patriotes, les hurlements des hommes et des femmes qu'on torture, les dernières plaintes des fusillés.

La Résistance est entrée dans sa phase active. Ses rangs grossissent. Elle s'arme, s'avance parfois à visage découvert. En instituant le Travail obligatoire, l'ennemi et le gouvernement de Vichy ont, sans le vouloir, contribué à la renforcer. Pour ne pas partir en Allemagne, les jeunes rejoignent les maquis. C'est la guerre, la vraie, contre les Allemands et leurs alliés miliciens, auxiliaires sinistres des envahisseurs et dont les exactions n'ont rien à envier à celles de leurs maîtres.

A Paris comme dans toutes les grandes villes, attentats, coups de main et sabotages succèdent aux exécutions. Pas de quartier, pas de trêve.

Comme la guerre, la haine, elle aussi, s'amplifie. Elle creuse les traits des combattants, donne à leurs yeux un éclat singulier, opère au fond d'eux-mêmes une métamorphose décisive : les futiles deviennent graves, ceux qui craignaient la mort la regardent en face. Tous ont changé, tous ont été modelés par l'épreuve.

Tous. Y compris Simon Falkenstein, alias Simon Fincelet.

« Tâche de racheter ta faute », lui a écrit sa mère avant d'être emmenée en déportation. Il s'y emploie. Il sait pourtant ce qu'il risque. Mais que vaut la vie quand on la protège avec une avarice frileuse? Quelle valeur peut-elle avoir si elle n'a ni but ni sens?

« Désormais, a dit Simon à Magda, j'ai charge d'âmes. » Et quelles âmes! Une chienne à l'appétit féroce et un enfant rieur qui ne tient pas en place. En apparence, tout est en règle. Les membres de son groupe ont procuré à Simon des faux papiers, plus un livret de famille où il est dit que Fincelet Simon, né à Nancy le 8 octobre 1908, de Fincelet Georges, décédé, et de Mazères Huguette, décédée, a épousé le 10 novembre 1928, à la mairie du XXe arrondissement de Paris, Villeneuve Josiane, décédée. De cette union est issu Franck Fincelet, né à Paris le 3 juillet 1930.

« Te voilà mon fils, a dit Simon à Franck en lui montrant le document.

– Qui l'aurait cru?
– Désormais, en public, tu m'appelleras papa. »
Franck a éclaté de rire. Il se tenait les côtes, les larmes lui montaient aux yeux. Et puis son rire s'est estompé; mais les larmes sont restées. Elles luisaient au coin de ses paupières. L'une d'elles, très lentement, s'est frayé un chemin le long de sa joue.
« Qu'est-ce qu'il y a, jardinier d'eau douce?
– Rien », a dit Franck.
Il a reniflé, s'est essuyé le nez.
« Ça ne te plaît pas, d'être mon fils?
– Si, a répondu Franck.
– Alors pourquoi tu pleures? »
Franck a reniflé encore une fois. Avec un sourire forcé, il a murmuré :
« La vie est mal faite.
– Pourquoi?
– Avant je n'avais pas de père. Maintenant, j'en ai un.
– Eh bien?
– Mais je n'ai plus de mère. »
Simon s'est accroupi, comme Mireille le faisait jadis. Il a posé ses mains sur les épaules de Franck, l'a regardé droit dans les yeux.
« On ne peut pas tout avoir, petit. Moi, je n'ai ni père ni mère. »
Franck a reniflé pour la troisième fois. Il a relevé la mèche noire qui lui tombe sur le nez et a chuchoté :
« Ils sont peut-être encore en vie...
– Non, a dit Simon. Ils sont morts. J'en suis sûr. Et je les venge tous les jours.
– Tu crois qu'elle finira bientôt, la guerre?
– Peut-être...
– Qu'est-ce qu'on fera, après?
– Tu retourneras à l'école et je retournerai à Longchamp.

– C'est tout? On pourrait voyager, partir...
– Où?
– Je ne sais pas, moi... En Amérique.
– C'est loin.
– Oui, mais c'est beau.
– Paris aussi, c'est beau. Et Luma? Qu'est-ce que tu en ferais?
– Elle viendra avec nous. »

Simon commençait à avoir des fourmis dans les jambes. Il s'est redressé, est allé s'asseoir sur le lit et a fait mine de réfléchir, comme chaque fois que Franck l'interroge.

« Pourquoi veux-tu aller en Amérique?
– Parce qu'il n'y a là-bas que des milliardaires et qu'il suffit de se baisser pour en devenir un.
– Je ne crois pas que ce soit tout à fait ça. Mon père disait toujours : « L'Amérique est un pays « peuplé uniquement d'étrangers mais qui parlent « tous la même langue. Alors que nous, en Europe, « avec tous nos patois... »
– Il nous suffira d'apprendre l'anglais. Et on emmènera Amstrong avec nous.
– Ben voyons... En attendant, " mon fils ", tâche de ramener de quoi nourrir ton vieux père. Quelque chose de bon, si possible. »

Franck a souri de toutes ses dents. Et il s'est écrié :

« Oui, " Pa-pa " »

Il faut bien vivre, surtout en temps de guerre. Les denrées sont rares et chères. Franck a trouvé du travail chez un marchand de fruits et légumes du boulevard Ornano. Il est entré un jour dans sa boutique, le nez en l'air, et lui a dit :

« Vous n'avez pas besoin d'un aide, m'sieur? »

Le marchand, un Auvergnat aux gros sourcils,

avec une moustache tombante et d'épais poils noirs qui sortent de ses narines, a répondu :

« Pourquoi pas? »

Le travail n'est pas trop dur. Il s'agit d'aider l'Auvergnat à préparer son misérable étalage. Ce n'est pas bien payé, mais ça rapporte. En faisant claquer sa langue, le marchand lui a donné des recommandations précises.

« Mets les rutabagas et les topinambours bien en évidence.

– Bien sûr. De toute façon, il n'y a rien d'autre, hein m'sieur?

– Hé! non », a dit l'autre en se curant les dents avec une allumette.

Mais la lueur rusée de son œil était beaucoup plus explicite. Les rutabagas et les topinambours, c'est pour la galerie. L'arrière-boutique de l'Auvergnat regorge de belles pommes de terre bien lourdes, de salades aux feuilles larges comme des oreilles d'éléphant et autres merveilles vendues au marché noir.

Le premier jour, après avoir travaillé trois heures et empoché 40 sous, Franck est allé faire un petit tour dans cette caverne d'Ali Baba.

« Ben, mon colon... »

Il y avait là de quoi nourrir une compagnie de chasseurs à pied : des jambons, des saucissons, des roues de gruyère, des mottes de beurre, des œufs, des camemberts. Franck a été tenté de tout emporter. Il s'est ravisé, a maîtrisé sa boulimie. Il est reparti avec des pommes de terre, des œufs frais, un saucisson et un camembert du meilleur cru. En le voyant revenir, Simon s'est exclamé :

« Fiston, je suis fier de toi!

– On le serait à moins », a répondu Franck.

L'Auvergnat a l'œil. Mais Franck est passé maître dans l'art du chapardage à petites doses. Un jambon par-ci, des patates par-là : le repas du soir est toujours assuré; c'est déjà mieux que rien.

Ainsi vivent Franck et Simon. Ils dorment tous les deux dans le grand lit, Luma roulée en boule à leurs pieds. Magda vient souvent leur rendre visite. La première fois qu'il l'a vue, Franck s'est montré très froid. L'intrusion de cette inconnue dans la vie de Simon ne lui plaisait pas. Son irritation n'a fait que croître pendant le dîner, composé de jambon d'Auvergne et de pommes de terre bouillies.

« Mange, lui disait Simon.

– J'ai pas faim. »

Il remuait les pieds sous la table, sifflotait une marche militaire.

« Qu'est-ce qu'il y a, petit Rommel?

– Rien. »

Magda le regardait avec un demi-sourire. Elle savait bien, elle, ce qu'avait Franck : il était jaloux, tout simplement.

Elle est repartie tôt. Avant de s'en aller, elle s'est penchée vers l'enfant, l'a embrassé discrètement sur la joue.

« Au revoir, Franck. J'espère que nous allons devenir de grands amis.

– Au revoir, madame, a répondu Franck.

– « Au revoir, Magda »...

– Au revoir, madame », a répété Franck.

Magda lui a caressé la tête. Il s'est détourné, s'est levé d'un bond en renversant sa chaise.

« Il faut que je débarrasse. Et puis il y a la vaisselle.

– Je vais la faire, a dit Magda.

– Non! »

C'était net. Magda est partie. Sur le palier, Simon a déposé un baiser sur sa paupière. Ce baiser, Franck l'a vu. L'assiette qu'il tenait entre ses mains lui a échappé et s'est brisée en mille morceaux.

Depuis les choses se sont arrangées. Magda a été

habile. Elle y est allée en douceur, à pas de loup, sans essayer de forcer la confiance de l'enfant. Cette confiance est venue d'elle-même, au fil des jours. Non que l'image de Mireille, dont Franck estime que Simon aurait dû, comme lui, la garder toujours au fond de son cœur, se soit estompée. Mais elle est devenue plus douce, plus paisible. La tristesse qui, parfois, fondait sur lui sans qu'il y prît garde et le cassait en deux dans son lit ne se transforme plus en désespoir. C'est une tristesse sans amertume, presque souriante. Le visage de Mireille, son rire et sa voix flottent dans la mémoire de l'enfant. La jeune femme frêle qu'elle était autrefois l'accompagne partout où il va, y compris dans le monde du rêve où il se laisse aller, la nuit, quand les bruits du dehors se font feutrés et délicats, comme si la neige tombait sur Paris. L'impression d'irrémédiable qui lui a longtemps brisé le cœur n'existe plus. La vie reprend ses droits. Le poulbot de la butte Montmartre, l'enfant buté et libre, est redevenu lui-même.

Comme Simon, il se cache. N'est-il pas comme lui en situation irrégulière, nanti d'une fausse identité, évadé d'un orphelinat où on l'avait placé d'office parce que c'est la loi, et réfractaire à une école où tous les enfants de France ânonnent encore des couplets à la gloire du maréchal Pétain? Plusieurs fois il a revu Amstrong, son ami de toujours. Il s'est même promené une fois sur les boulevards avec son ancien ennemi Luciano, qui ne lui a pas caché son admiration. A tous les deux il a demandé le secret le plus absolu. Tous les deux ont juré en crachant par terre, comme des comploteurs, et Franck est retourné à son anonymat.

Résistant, il l'est à sa manière. Il connaît les activités de Simon. Sans avoir, Magda mise à part, rencontré les membres de ce qu'Henri l'Intello appelle « la cellule », il partage ses peurs et ses triomphes. Simon, souvent, rentre tard, après avoir évité les patrouilles. Ou bien il disparaît des nuits entières et ne revient qu'à l'aube, transi et pâle. Qu'a-t-il fait? Franck ne le lui demande pas. Simon, de toute façon, ne lui répondrait pas.

« Tu ne dois être au courant d'aucun détail, lui a-t-il dit dès le début. Ce serait trop dangereux, et pour nous, et pour toi. »

Franck sait quand même que Simon est entré en contact avec le père Pascal.

C'était avant l'invasion de la zone libre. Simon avait parlé à Henri de la filière de Saint-Pierre-des-Corps. Henri, tout communiste qu'il soit, avait applaudi. Ce n'est pas tous les jours qu'on rencontre des ecclésiastiques capables, comme le Bon Dieu, d'accomplir des miracles. Et partir à quinze pour revenir à douze, c'en était un. Henri avait justement sur les bras trois hommes qui souhaitaient rejoindre Londres : un aviateur anglais qui avait réussi à s'échapper d'un camp de transit et deux sous-officiers français en rupture de stalag. Pour l'heure, les trois hommes se cachaient dans une petite maison de la banlieue parisienne.

« Ce curé nous est envoyé par la Providence », dit Henri.

Simon partit pour Tours. Il n'en menait pas large. Le voyage en train ne posait aucun problème. Mais que dire au père Pascal? Comment lui avouer qu'il avait récupéré Franck et qu'il avait, en plus, l'intention de le garder? Surtout, comment lui inspirer confiance?

Il sonna à la grille de l'orphelinat à l'heure du déjeuner. On était en octobre, il faisait doux. Simon attendit une bonne dizaine de minutes avant d'apercevoir un vieillard voûté et aux genoux cagneux qui descendait l'allée.

« Vous désirez?

– Voir le père Pascal.

– Il déjeune. Vous avez rendez-vous?

– Non.
– Qui êtes-vous?
– Un ami. Mais mon nom ne lui dira rien.
– Un ami sans nom, c'est louche.
– Si vous ne connaissez pas le mien, je connais le vôtre.
– Tiens donc. Vous avez l'air bien jeune, pour avoir fait la guerre de 14.
– A chacun sa guerre. Et à chacun son nom. Vous êtes Onésime, le roi des tomates.
– Qui vous l'a dit?
– Tout se sait, par les temps qui courent.
– C'est la gloire », fit le vieux en clignant de l'œil.

Quelques minutes plus tard, Simon se retrouvait dans la chambre monacale du père Pascal.

« Je vous écoute. »

Tassé sur sa chaise, Simon remuait les genoux. Il leva les yeux vers le prêtre assis en face de lui et toussa.

« Je ne sais pas trop par où commencer, mon père.
– Commencez donc par le début. La suite viendra toute seule. Qui êtes-vous?
– Je m'appelle officiellement Simon Fincelet.
– Je vois.
– Mon véritable nom est...
– Gardez-le pour vous.
– Je vous remercie. J'ai entendu parler de vous par un enfant qui, actuellement, vit chez moi et qui... comment dire? s'est... euh... évadé de votre établissement.
– Franck Germain, j'imagine...
– Franck Fincelet, mon père. C'est le nom qu'il porte actuellement.
– Ah!...
– J'ai décidé de m'occuper de lui et...

– Vous n'êtes donc pas venu ici pour nous le restituer. »

Simon se tut. Il fixa le crucifix accroché contre le mur, toussa une nouvelle fois.

« Non, dit-il enfin.

– Votre franchise vous honore. Mais je ne comprends pas l'objet de votre visite.

– Voilà. »

D'une voix hachée, Simon raconta toute son histoire : son réseau, ses activités, les confidences que Franck lui avait faites. Il exposa les raisons qui l'avaient poussé à entrer dans la Résistance, son désir de se rendre utile. Il évoqua ses parents, qui avaient été envoyés en déportation parce qu'ils avaient fait confiance au régime de Vichy et cru qu'il ne leur arriverait rien s'ils respectaient les lois édictées sous la pression des forces d'occupation.

Le prêtre l'écouta sans un mot. A la fin de son exposé, il murmura simplement :

« Franck m'avait juré de ne rien dire.

– Je crois qu'il vaut mieux qu'il ait parlé, mon père.

– Peut-être...

– Vous devez me croire. Si je ne vous ai pas convaincu, appelez la police. Il vous sera facile de me faire inculper de rapt d'enfant. De toute façon, si on m'arrête, mon identité véritable sera rapidement découverte et la Gestapo se fera une joie de m'embarquer en tant que Juif et résistant.

– Sans doute, murmura le père Pascal. Cigarette? »

La glace était rompue. Le père Pascal sourit et en vint au fait. Il expliqua ce qu'il pouvait faire pour les trois fugitifs que Simon voulait faire passer en zone libre. Le déroulement de l'opération était très simple : les pères de l'orphelinat organisaient de temps en temps un pèlerinage à Lourdes; ils partaient à quinze ou vingt et rentraient un peu moins nombreux. Le prochain départ aurait lieu d'ici trois semaines. Une fois parvenus jusqu'à Lourdes, les trois hommes n'auraient aucun souci à se faire : la filière continuait, de couvent en couvent, jusqu'aux Pyrénées.

« Je vous fais confiance, dit le père Pascal. Un mot de vous et toute notre organisation s'écroule.

– Ne vous inquiétez pas.

– Quant à votre... " fils "... »

Le père Pascal tendit le main à Simon.

« Souhaitez-lui bon vent de ma part.

– Merci.

– Il y a des orphelins qui ne sont pas faits pour les orphelinats.

– Il n'est plus orphelin.

– Il a de la chance. »

Ce fut au tour de Simon de sourire.

Une fois rentré à Paris, il contacta Henri. Il fut décidé, au cours d'une réunion, que Simon accompagnerait lui-même les trois fuyards à Saint-Pierre-des-Corps. Jean se procura une voiture. Une semaine plus tard, accompagné d'un chauffeur et des trois hommes qu'il voyait pour la première fois, Simon quitta Paris pour la Touraine. La voiture suivit un itinéraire déterminé à l'avance. Le chauffeur semblait connaître parfaitement la route. Il évita toutes les agglomérations où il risquait de tomber sur des barrages. Les deux Français, blasés, s'endormirent très vite. L'Anglais, lui, s'extasiait sur le paysage, touchait l'épaule de Simon chaque fois qu'il apercevait une vache.

Il était près de minuit lorsque la voiture arriva à destination. Onésime ouvrit la grille. Simon en fut surpris. Mais la fidélité du vieil homme à l'égard du prêtre qui lui assurait une retraite heureuse était peut-être plus forte que sa vénération d'antan pour le vainqueur de Verdun.

Deux chambres avaient été prévues pour les cinq

hommes. Simon et le chauffeur couchèrent dans la première, les trois fugitifs se partagèrent la seconde. Simon et le chauffeur ne s'attardèrent pas. Le lendemain, à l'aube, ils firent leurs adieux au père Pascal. Les trois fugitifs étaient levés. On les avait déjà passés à la tondeuse. En riant, l'Anglais caressait du bout des doigts sa tonsure toute neuve.

« Si j'avais sou queï jay rontréraï dons les ordreus...

– Il vaut mieux être curé que mort, dit le père Pascal. N'est-ce pas, monsieur Fincelet?

– Il vaut mieux être curé que rabbin par les temps qui courent », répondit Simon avec un sourire glacé.

Le père Pascal posa sa main sur son épaule.

« Pardonnez-moi! »

Le retour s'effectua sans encombre. Fidèle à la ligne de conduite qu'il s'était fixée, Simon ne parla pas à Franck de ce premier contact, qui devait être suivi de beaucoup d'autres, avec les pères de Saint-Pierre-des-Corps. Cette règle absolue : ne jamais mêler directement l'enfant dont il avait désormais la charge à sa vie clandestine, il fut quand même obligé une fois de la transgresser. C'était un peu avant Noël. Simon devait recevoir de fausses cartes de travail que le dénommé « Gus », un des piliers de son groupe, fabriquait dans un entrepôt transformé en imprimerie clandestine et situé Porte de Clignancourt. Il ne pouvait pas s'y rendre. En désespoir de cause, il chargea Franck d'y aller à sa place.

« On va te confier un cartable d'écolier. Tu le ramèneras ici. Sans dire un mot à qui que ce soit.

– Compte sur moi. Les gendarmes et les voleurs, je connais. Ce sera toujours mieux que de faire le ménage ou de piquer des légumes. »

Franck prit le métro, alla chercher le cartable et

reprit le métro en sens inverse. Personne ne l'aborda. Mais, alors qu'il sortait du métro, il se trouva bloqué sur la place Clichy. Impossible d'aller plus loin. Des camions bouchaient toutes les issues. Accompagnés par des gardes mobiles, des hommes, des miliciens probablement, contrôlaient, l'arme à la hanche ou le revolver au poing, tous les passants, entassant dans les camions ceux qu'ils soupçonnaient d'être en situation frauduleuse. Les femmes hurlaient. Certains hommes essayaient de s'enfuir. Les gardes mobiles partaient à leur poursuite, les ramenaient sans ménagements vers le centre de la place.

Son cartable à la main, Franck tenta de se frayer un chemin parmi la foule. Après avoir joué des coudes, il se retrouva au milieu d'un groupe d'hommes et de femmes encadrés par des miliciens. Un regard à droite, un regard à gauche. Partout des fusils braqués par des mains gantées de cuir, des bottes luisantes, de grands bérets plaqués sur la joue gauche de jeunes gens au regard stupide et dur.

Franck sentit la panique le gagner. Ses genoux tremblaient. Mais pas un instant il ne songea à lâcher son cartable. Il ferma les yeux, respira un grand coup et sortit du rang en beuglant comme un damné, l'index en l'air :

« M'sieur! M'sieur! J' peux pas monter dans le camion! J' vais m' faire engueuler! Je vais arriver en retard à l'école! »

Un milicien aux joues creuses et à la démarche nonchalante s'avança vers lui en lui montrant son bracelet-montre.

« Tu as vu l'heure?

– Justement, m'sieur. Y a ma mère qu'est malade, j'ai pas pu partir plus tôt. Alors vous pensez, qu'est-ce qu'il va me passer, le maître! »

Le milicien toisa Franck avec un sourire dédaigneux.

« Aller à l'école à dix heures du matin. C'est du joli!

– S'il vous plaît, m'sieur... J'ai compo! »

Le milicien ricana.

« Allez. Fous le camp avant que je te fasse avaler ton plumier.

– Merci, m'sieur. »

Franck prit ses jambes à son cou. Une fois chez Simon, il s'effondra sur le lit, hors d'haleine. Ses jambes étaient molles comme du coton.

« De l'eau », dit-il.

Simon lui en apporta un grand verre, qu'il but d'un trait.

« Un autre. »

Simon alla lui chercher un second verre.

« Un autre », dit Franck.

Il but au moins un litre. Il raconta ensuite à Simon ce qui s'était passé.

« Si tu savais la trouille que j'ai eue...

– C'est bien, répondit Simon. Il n'y a que les gens courageux qui ont peur. Pour avoir peur, il faut être intelligent et imaginatif. Si tu avais été idiot, tu ne te serais pas aperçu du danger qui te menaçait. Et tu n'aurais pas réagi comme tu l'as fait. Je parlerai de toi au général de Gaulle, ajouta-t-il en souriant. Il te nommera colonel!

– D'accord, dit Franck. Mais pas dans l'infanterie. J'aime pas marcher. »

Noël arriva. L'année 43 avait été une grande année. Pour les nazis, le compte à rebours avait enfin commencé. La Résistance était active partout. Henri et ses amis multipliaient les contacts avec d'autres réseaux. Leur action avait deux buts : permettre à un plus grand nombre de jeunes possible d'échapper au Travail obligatoire en leur procurant de faux papiers et en organisant leur intégration dans les maquis; et inciter ceux qui partaient, en leur distribuant des tracts exposant les conséquences de leur départ pour l'Allemagne, à s'évader avant leur arrivée ou à faire du sabotage sur place.

Même les combattants de l'ombre ont droit à un peu de repos. Le soir de Noël, Franck, Simon et Magda réveillonnèrent ensemble. Il y avait des oranges, du jambon et des œufs.

« C'est la plus belle dinde que j'aie jamais vue, dit Franck en plongeant sa cuillère dans son œuf à la coque. Dommage qu'on n'ait pas de beurre pour les mouillettes. »

Il regarda Simon, puis Magda.

« Au fait, pour vous, Noël, c'est un jour comme les autres, non? Parce que le messie des chrétiens, vous lui avez fait sa fête... C'est ce qu'ils disent, à Radio-Paris. »

Simon et Magda éclatèrent de rire. Franck était en verve. Et il avait envie de bouger.

« Je parie que vous n'êtes jamais allés à la messe de minuit.

– Non, dit Simon.

– Moi non plus, dit Magda.

– Si on y allait? Ce serait mon plus beau Noël. »

Ils sortirent à 23 h 30. La nuit était pleine d'étoiles. La neige qui était tombée la journée semblait n'avoir épargné, là-haut, que la butte Montmartre, toute blanche sous la lune. Franck marchait entre Simon et Magda. Sans même s'en rendre compte, il leur avait pris le bras à chacun. On aurait pu croire que la guerre était finie. Même les voix des soldats allemands qui déambulaient avaient quelque chose de paisible. La neige avait tout épuré. Ce soir-là, la violence et la haine n'étaient pas de mise.

L'église Saint-Pierre de Montmartre était bondée. Il faisait froid. Les fidèles rabattaient le col de leur manteau contre leur menton, des enfants se chauffaient les mains à la flamme des cierges. Quelques Allemands étaient entrés. Mais ils se tenaient en retrait, près de la porte. L'un d'eux s'était adossé au bénitier. C'était un très jeune homme aux yeux sombres. Serrée contre son flanc, la manche gauche de sa capote aboutissait dans sa poche. Peut-être avait-il perdu son bras dans un attentat ou au cours d'un accrochage avec des patriotes. Pour lui, en tout cas, la guerre était vraiment finie. Il suivait la messe avec ferveur, y participait à haute voix. Franck remarqua la balafre qui déformait sa joue.

« En ce Noël de guerre, s'écria le prêtre à la fin de son sermon, je ne puis vous dire qu'une chose : ne perdez pas courage. Ce que nous affrontons en ces temps difficiles, Celui dont nous célébrons aujourd'hui la venue l'a connu avant nous. N'oublions jamais que cet enfant était juif. Car il était dans le dessein de Dieu qu'un enfant juif naisse à Bethléem pour apporter la paix au monde. Amen. »

Le jeune soldat allemand ferma les yeux.

« Amen », murmura-t-il.

Janvier 1944. Premier mois d'une année qui sera sans doute décisive. L'hallali est proche. L'ennemi aux abois devient de plus en plus cruel, de plus en plus déterminé. Officiers ou soldats, la plupart des membres de l'armée allemande savent que le vent a tourné et que la tempête, bientôt, submergera l'Europe. Mais quand? Cette année sera-t-elle la dernière année du grand Reich? Verra-t-elle la fin du rêve sinistre qui a mis le feu au monde?

Nul, encore, ne peut le dire. Mais tous s'y préparent. Ceux qui, en France, ont choisi de collaborer avec l'occupant savent qu'ils ont perdu la partie. Certains retournent discrètement leur veste, d'autres se font tout petits. Seuls quelques exaltés, que leur folie aveugle ou qui ont décidé, peut-être par désespoir, d'aller jusqu'au bout de l'abjection, continuent à clamer leur foi en la victoire de l'Allemagne.

Bientôt le printemps, bientôt l'été, qui verront déferler sur les routes de Normandie les chars venus d'outre-Atlantique.

La France n'est plus passive. A l'extérieur, son armée reconstituée rachète chaque jour sa défaite de 1940. A l'intérieur, le soulèvement général ne tardera pas. Postiers, cheminots, paysans, ouvriers, des milliers de citoyens anonymes apportent leur contribution à la lutte. Ils ne se connaissent pas, travaillent chacun à leur place, en silence. Travail souvent ingrat, discret, mais décisif. Chacun apporte son grain de sable, chacun, à sa manière, grippe la machine de guerre de l'ennemi. Personne n'est inutile.

Simon le sait. Il continue, lui aussi, son activité de taupe. Certains jours, pourtant, il rêve d'autre chose. Les tracts, les faux papiers, la filière d'évasion de Saint-Pierre-des-Corps, qui fonctionne à plein régime en dépit de l'occupation totale du pays, c'est bien.

Mais ce n'est pas la guerre.

Simon n'a pas oublié. Il n'oubliera jamais. Parfois, une souffrance atroce lui cisaille le ventre. Des bribes de voix lui reviennent en mémoire, des images du temps jadis, heureuses et calmes, lui font monter les larmes aux yeux.

« Liperté, ékalité, fraternité », disait Anna.

Où est-elle, à présent? Derrière quels barbelés tremble-t-elle de froid en cassant de la glace avec, sur les épaules, une méchante couverture? Est-elle morte déjà, réduite en cendres, dispersée aux quatre vents comme si elle n'avait jamais existé?

L'a-t-on, avant de la conduire à la mort, séparée d'Abraham, le tailleur taciturne qui s'écriait parfois, lorsqu'il se promenait dans les rues de Paris, son chapeau sur la tête et sa pipe à la bouche : « Cette ville et ce pays sont la patrie de Dieu »?

Se sont-ils regardés longuement avant d'accepter leur sort, alors qu'on les emmenait, chacun de leur côté, sur les lieux de leur exécution?

Simon ne le saura jamais.

Nous nous reverrons sûrement un jour, a écrit Anna avant de disparaître. *En attendant, tâche de racheter la faute que tu as commise.*

Simon s'est juré de le faire : pour Anna, pour Abraham. Mais ce qu'il veut, c'est combattre les armes à la main. Magda, la douce mais ferme Magda a beau lui affirmer que leur action, comme celle de tous les patriotes dont personne ne retiendra le nom, est peut-être aussi efficace que dix divisions blindées évoluant en rase campagne, il serre les mâchoires, secoue la tête.

« Non, dit-il. Ce n'est qu'une goutte d'eau dans la mer. Il faut combattre.

– C'est-à-dire?

– Il faut tuer. Œil pour œil, dent pour dent. C'est la loi. »

Dans ces moments-là, Magda le regarde avec une tendresse amère. Elle sait ce qu'il ressent. Elle sait que le désir de vengeance qui s'est vrillé au fond de lui le torture. Rien n'est pire que la haine inassouvie.

« Tu fais ton devoir, lui dit-elle. Ton indifférence d'autrefois, ta désertion, tu les rachètes à chaque minute. Tu as même adopté un enfant qui, sans toi, aurait sombré dans le malheur. Tes parents seraient fiers de toi. »

Elle s'approche de lui, prend ses joues entre ses mains.

« Et n'oublie pas que tu m'as sauvé la vie. Moi, je m'en souviendrai toujours. »

Simon sourit, de ce sourire triste qui le vieillit de plusieurs années. Il a envie de s'abandonner, de se laisser bercer comme un enfant. Il ferme les yeux, pose son front sur l'épaule de Magda. Mais la violence qui bout au fond de lui est trop forte. Il relève la tête, regarde dans le vide.

« Il faut tuer, répète-t-il. C'est la loi. »

15 janvier. Le groupe que dirige Henri est au complet. Il y a là Henri lui-même, Gus, Vincent, Simon, Magda et Hélène, la jeune femme blonde aux cheveux courts. La grande salle du Sans-Souci,

un petit bistrot situé près de la gare de l'Est, à l'angle de la rue de Strasbourg, sent la lessive et le tabac. Il fait presque bon. La chaleur du poêle s'irradie par vagues et fait doucement remuer le rideau de l'arrière-salle. C'est là que le groupe, aujourd'hui, a décidé de se réunir.

Cette réunion a été provoquée par Vincent, le cheminot. Visage carré aux rides appuyées, cheveux noirs frisottant derrière les oreilles, Vincent est le plus âgé du groupe.

« J'ai eu quarante ans hier, a-t-il dit dès le début de la réunion.

– Ça s'arrose », a répondu Henri.

Ils ont trinqué.

« Je n'aime pas les anniversaires, a poursuivi Vincent en riant. Nous fêterons le prochain dans quarante ans. Je serai un beau vieillard à la retraite et j'espère que la guerre sera quand même finie,

– Moi, je serai ancien secrétaire général du parti, a rétorqué Henri.

– Rien que ça...

– Il faut viser haut. Et toi, Magda?

– J'aurai treize petits-enfants qui viendront de temps en temps m'apporter des fruits confits.

– Où? »

Magda a hésité un moment. Enfin, le menton dans la main, elle a murmuré :

« A Jérusalem.

– Et toi, Hélène?

– Moi? Je serai rentrée chez moi, en Normandie. Je trairai les vaches et je ferai des confitures.

– Et toi, Simon?

– Moi... Je serai mort, peut-être...

– Drôle d'idée », a dit Gus.

Simon a plaqué sa main sur son bras.

« Qui sait si nous ne serons pas tous morts demain? »

Gus tortillait sa casquette entre ses doigts. Il

dépassait tous les autres d'une tête. La pointe de sa petite moustache lui chatouillait les lèvres. Il l'a chassée comme on chasse une mouche, a vissé sa casquette sur son crâne dégarni.

« Ne t'inquiète pas, Simon. Tu nous enterreras tous.

– J'espère que non. J'ai horreur des cimetières.

– Tu as tort. Ce sont des endroits très calmes, propices à la méditation. »

Gus est le placide du groupe. Coursier, portier d'hôtel, veilleur de nuit, typographe, correcteur, il a fait tous les métiers avant de créer, avant la guerre, sa propre imprimerie. Affiches pour les bals du dimanche, cartes de visite, faire-part de mariage ou de deuil, revues confidentielles, recueils de poèmes édités à compte d'auteur par de vieux érudits bucoliques, il imprimait ce qu'on lui proposait. Même des tracts politiques. C'est à cette occasion qu'il a rencontré Henri, en 1938. Depuis, ils ne se quittent plus. Et c'est tout naturellement que Gustave Moreau (« Rien à voir avec le barbouilleur. Moi, c'est avec de l'encre que je travaille »), alias « Gus », imprimeur aussi paisible que le bleu de ses yeux est devenu résistant.

Il n'en tire aucune fierté. Il fait son travail.

« Imprimer de vrais cartons ou de faux papiers, quelle différence? » dit-il toujours.

Pour l'heure, il lève son verre rempli de mauvais vin, regarde chacun de ses amis et murmure :

« A la paix.

– A la paix », répondent les autres, Simon compris.

Mais Simon ajoute aussitôt :

« La guerre d'abord. Je crois que Vincent a une communication à nous faire. »

Chargé de l'entretien des locomotives, Vincent travaille à la gare de l'Est.

Il fait des merveilles. Il est probable que, grâce à

lui, des centaines de jeunes qui s'en allaient sagement pour l'Allemagne n'y sont jamais arrivés ou sabotent avec méthode, dans les entreprises de guerre nazies, les chenilles des chars qui casseront au bout de quelques kilomètres, laissant leurs conducteurs à la merci d'un obus bien ajusté.

C'est lui qui a provoqué la réunion d'aujourd'hui. Il sait que le groupe dont il fait partie ne dispose que de moyens limités et n'a pas vocation à monter des opérations spectaculaires. Mais l'occasion est trop belle.

« Un train bourré de soldats allemands part dans quatre jours pour le front de l'Est. Le conducteur de la locomotive sera allemand. Il n'y aura pas un seul Français dans le convoi. On pourrait soulager nos copains les Russes en perturbant son voyage.

– Ce n'est pas notre travail, dit Henri.

– Si, rétorque Simon.

– Comment veux-tu qu'à quatre nous fassions sauter un train? Pas un seul d'entre nous n'a tenu un revolver de sa vie. Nous fabriquons des tracts et des faux papiers, nous les distribuons, nous aidons des hommes traqués à rejoindre l'Angleterre ou l'Espagne. Dans ce domaine, nous sommes compétents. Le reste est l'affaire de spécialistes.

– Je suis un spécialiste, murmure Vincent.

– De quoi?

– Des rails. Et les rails, ça se déboulonne ».

Silence. Gus a enlevé sa casquette et en triture la visière. Magda et Hélène se regardent. Simon pianote nerveusement sur la table. Henri secoue la tête.

« C'est trop dangereux, dit-il.

– Et les soldats qui vont prendre ce train? Est-ce qu'ils ne sont pas dangereux? » répond Simon.

Gus avale sa salive. Sa pomme d'Adam descend puis remonte, comme ces balles de ping-pong posées sur des jets d'eau dans les stands de tir des fêtes foraines.

« Bien sûr, ça nous changerait de l'encre d'imprimerie... »

Il sourit sans desserrer les lèvres. Il a peur, c'est évident. Comme tout le monde. Alors que la décision de faire dérailler le convoi n'a même pas été prise. Simon sent déjà son cœur battre sous ses côtes. Lui aussi a peur. Mais l'occasion qu'il attendait depuis si longtemps est là. « Il faut tuer. C'est la loi », dit-il depuis des mois. L'ennemi, maintenant, est à portée de main. Il ne peut pas accepter de ne rien faire.

« Votons, dit-il.

– Je suis le chef, répond Henri. C'est moi qui décide.

– Votons, répète Simon. Si Henri est mis en minorité, nous le laisserons en dehors du coup. Vous êtes d'accord? »

Vincent lève le doigt.

« Nous luttons pour le rétablissement de la démocratie. Les principes démocratiques doivent guider notre action et présider à nos décisions. J'approuve le vote.

– Gus? »

Toujours ce sourire crispé, et ces yeux mi-clos qui regardent très loin, comme s'ils voulaient conjurer les menaces de l'avenir.

« Dans ces circonstances, un vote me paraît raisonnable, chuchote-t-il enfin.

– Magda? »

Sans un mot, elle hoche la tête.

« Hélène?

– Je suis d'accord.

– Henri?

– Je persiste à penser que cette opération est trop ambitieuse pour nous. Mais je ne veux pas me comporter en autocrate. Je me rallierai à vos suffrages, quels qu'ils soient.

– Alors votons, dit Simon d'une voix ferme. Que ceux qui sont partisans d'empêcher ce train d'arriver à destination lèvent la main. »

Vincent lève la sienne le premier. Gus, tête baissée, hésite quelques secondes. Enfin sa main se dresse, lentement, timidement.

« *Alea jacta est* », dit-il.

Le bras d'Henri reste obstinément sur la table. Magda et Hélène se concertent des yeux. Magda détourne les siens la première. Elle lève la main à son tour. Hélène en fait autant, suivie par Simon.

« Cinq oui contre un non.

– Je m'incline, dit Henri. Tu vas enfin l'avoir, ton Boche.

– Oui », dit Simon.

Deux jours plus tard, nouvelle réunion, limitée aux hommes du groupe. Henri ne cherche plus à dissuader qui que ce soit. Lui aussi semble pris, en dépit de l'anxiété qui le tenaille, par l'excitation du danger.

« J'ai trouvé l'endroit », dit Gus d'entrée de jeu.

La veille, il est allé seul, à vélo, comme un paisible citadin qui profite d'une journée d'hiver assez douce pour respirer l'air de la campagne, reconnaître les lieux.

« Nous savons que le train empruntera la ligne Paris-Strasbourg en passant par Meaux. Comme je suis un homme simple et pragmatique, j'ai suivi la voie. Les gares sont très bien gardées. Mais on ne peut surveiller des centaines de kilomètres de rails. Je n'ai pas eu à aller bien loin. Entre Livry et Meaux, le train sortira d'un tunnel pour s'engager sur un petit pont de pierre. Ce pont m'a paru idéal. Je suis resté planqué près de lui pendant deux bonnes heures. Je n'ai pas vu l'ombre d'un soldat allemand.

– Je connais ce pont, dit Vincent.

– Raison de plus.

– Bien, dit Simon. Il ne nous reste plus qu'à agir. Tout est simple.

– Trop simple, murmure Henri.

– Tu nous as affirmé que tu te ralliais à ce projet.

– Je ne me dédis pas. Mais je n'ai pas confiance.

– En qui? » demande brutalement Simon.

Henri le fixe en serrant les mâchoires.

« Je ne sais pas, dit-il.

– Tout ira bien, chuchote Vincent.

– Je ne sais pas », répète Henri.

Il est devenu tout pâle, ses traits se sont subitement tirés.

« Trinquons », dit-il d'une voix presque inaudible.

Simon éclate de rire, lui donne une grande claque dans le dos.

« Ne fais pas cette tête-là, Henri. Je te garantis que nous retrouverons bientôt les champs de courses. Allez, bois.

– A notre succès, s'écrie Henri avec une gaieté forcée, après s'être raclé la gorge.

– A notre succès », reprennent en chœur Simon, Vincent et Gus.

Henri lève son verre.

« Le verre du condamné », dit-il avec un petit rire.

Et il boit son vin d'un trait, les yeux fermés, en renversant la tête.

19 heures. La nuit est tombée. Les nuages qui, il y a une heure encore, s'étiraient à l'horizon se sont effilochés. Les étoiles brillent dans le ciel, comme il y a des millions d'années; immobiles, tressautantes comme elles le seront encore dans des millions d'années, elles s'allument une à une au fur et à mesure que la nuit s'avance. La lune est ronde, blanche comme la lumière qu'elle dépose sur toute chose : le pont de pierre qu'elle semble vouloir sortir de l'ombre, les arbres nus du petit bois qu'il surplombe, l'asphalte grisâtre de la route qui passe sous ses arcades.

Tout est calme.

Trop calme, peut-être. Le monde tourne, indifférent à l'angoisse des hommes qui attendent, les poings serrés au fond de leur poche, le dénouement du drame qu'ils ont mis en route, indifférent aussi aux regrets et aux rêves de ceux qui, tassés dans le train qu'on verra, d'un instant à l'autre, sortir du tunnel, dorment, murmurent ou parlent à voix basse.

Rien ne bouge en cette nuit d'hiver, hormis ceux qui ont décidé que cette nuit serait une nuit d'horreur et de meurtre. Toujours aussi calme, Vincent range son matériel dans la camionnette garée à l'orée du bois, à 500 mètres du pont. En dépit du froid sec qui lui mord les joues, il transpire. Le travail a été simple mais rude. On n'enlève pas deux rails d'une voie ferrée comme on souffle sur des brins de paille. Surtout lorsqu'on n'a, comme soutien, que trois compagnons peu habitués aux travaux de force.

Henri aux mains si blanches, Simon le combinard, Gus aux doigts tachés d'encre, ces trois-là ont d'abord dû se transformer en acrobates. Vincent, instigateur de l'opération, a tout prévu : l'échelle de corde terminée par des crochets qu'il a lancée à l'assaut de la balustrade de fer du pont, les clefs géantes, les barres de fer, jusqu'à la burette d'huile destinée à dégripper les boulons récalcitrants. Ils n'ont pas été trop de quatre pour hisser ce matériel sur le pont. Après avoir bien arrimé l'échelle, Vincent est monté le premier. Le ciel, à l'horizon, était encore rouge, mais l'obscurité terne qui suit le crépuscule commençait à descendre. La nuit ne tarderait pas, et avec elle le grand silence qui répercute les bruits, couvrant comme de l'eau les gestes précis et calculés. Simon a suivi. Il montait avec précaution, barreau après barreau, sans regarder en bas.

« Vite », soufflait Vincent.

L'échelle se balançait sous le nez de Gus qui en tenait l'extrémité et n'en menait pas large.

« A toi », murmura Simon, une fois parvenu sur le pont.

Gus enfonça sa casquette sur la tête, s'assura que les barres qu'on lui avait liées dans le dos tenaient bien en place et monta à son tour.

« Regarde la lune, dit Simon.

– Elle me sourit », répondit Gus.

Et il monta lui aussi très lentement.

Le train avait dû quitter Paris. Epaule contre épaule, les soldats qui partaient pour le front de l'Est plaisantaient, se passaient de la gnôle, échangeaient des photos de leur femme. Ils partaient pour un très long voyage dont ils savaient que la plupart d'entre eux ne reviendraient jamais. Ils étaient jeunes, tous, pris dans l'engrenage d'une guerre qui n'en finissait pas et qu'ils n'avaient pas voulue. Certains dormaient déjà, le calot sur les yeux, la joue rougie par la main qui soutenait leur tête.

Ahanant, soufflant, Gus arriva à son tour sur le pont. Henri le rejoignit quelques minutes plus tard, vert lui aussi, saisi par le vertige. Vincent s'était mis au travail. Le déboulonnage de la voie prit douze minutes et quarante-cinq secondes. Vincent prit ensuite la précaution, pour parachever son œuvre, de dégonder la voie en deux endroits différents à l'aide d'un pied-de-biche. Il remballa ses outils, les jeta par-dessus la rambarde.

« On redescend, dit-il. Henri d'abord, Gus, Simon, puis moi. Dépêchons. »

Il y avait dans sa voix une assurance inhabituelle. Le chef, en l'occurrence, c'était lui.

La descente fut aussi longue que la montée.

« Vite, disait Vincent. Vite. »

Henri s'arrêtait toutes les dix secondes, laissait son corps errer de droite à gauche dans le vide. Il toucha enfin terre, se précipita vers la camionnette. Gus, lui, avait retrouvé confiance. La perspective de reprendre bientôt le chemin de Paris sans attendre le résultat de l'opération le revigorait. A mi-chemin, pourtant, il lâcha prise, se rattrapa de justesse.

Son cri troubla la quiétude de la nuit.

« Silence! beugla Vincent.

– Mille excuses », répondit Gus, redevenu placide.

Il posa à son tour le pied sur l'asphalte.

« Je tiens l'échelle », dit-il à Simon.

Une minute plus tard, Simon l'avait rejoint.

A présent, le calme est revenu. Vincent est descendu sans hésitation. Il a récupéré ses outils, les a déposés à l'arrière de la camionnette à gazogène.

« Allons-y », dit-il.

Il ouvre la portière, s'installe au volant, Gus assis à côté de lui, Henri tassé à l'arrière.

« Et Simon? Où est-il?

– Je vais le chercher, dit Gus.

– Prends la torche.

– Inutile. J'ai de bons yeux. Et puis ce n'est pas la peine d'attirer l'attention.

– Dépêche-toi. Le train va être là d'une minute à l'autre. »

Gus sort, se dirige vers le bois en laissant la portière ouverte.

« Simon, chuchote-t-il. Simon...

– Je suis là.

– Où?

– Là. Contre un arbre.

– Qu'est-ce que tu fais? Tu prends racine?

– Oui », répond Simon.

Gus s'approche de la silhouette qu'il aperçoit dans l'ombre, tâtonne un peu, prend Simon par les épaules.

« Réveille-toi. Il faut se tirer vite fait. Le train va arriver. »

Il a parlé à voix très basse, comme si le bois avait été cerné par un régiment de soldats allemands. Sur le même ton, Simon réplique :

« Justement. Je veux voir.

– Quoi?

– Je veux les voir crever.

– Tu es fou.

– Oui, dit Simon. Je suis fou. »

Puis haussant le ton :

« Avoir fait tout ce travail et ne pas en voir les résultats, c'est au-dessus de mes forces.

– Ne t'inquiète pas. Le train va dérailler. Vincent

n'a rien laissé au hasard. Nous saurons tout par les journaux.

– Je m'en fous, des journaux. Nous avons décidé de tuer. Quand on tue, il faut regarder son meurtre en face.

– Ecoute, dit Gus. Ils ne mourront pas tous, loin de là. Et ils vont réagir. Viens.

– Non, répond Simon.

– Vous vous magnez? » chuchote une voix.

C'est celle de Vincent. Lui aussi est descendu de voiture. Il s'approche de Simon, lui tapote la joue.

« Allez, on rentre. »

Et Simon, monocorde, têtu, sans même tourner la tête vers lui :

« Il y a deux ans que j'attends ce moment. Je ne le raterai pas. »

Il se ressaisit, pose sa main sur le bras de Vincent.

« Ça ne te ferait pas plaisir de les voir courir un peu? Juste un peu. Vous pouvez bien faire ça pour moi... »

Silence. On n'entend que le souffle des trois hommes et, derrière eux, le cliquetis de branches qu'agite le vent léger qui vient de se lever.

Tout d'un coup, le pont tremble sur ses bases.

« Le voilà », dit Simon.

De très loin, semble-t-il, leur parvient le halètement poussif et lourd d'une locomotive. Une portière claque, des pas se rapprochent. C'est Henri.

« Qu'est-ce qui se passe?

– Rien, dit Vincent.

– Alors, dépêchons-nous. »

Personne ne lui répond. La fascination de Simon a gagné Gus et Vincent. Les yeux levés vers la sortie du tunnel, ils attendent, la gorge sèche, les mains moites, le cœur battant. Leur sang cogne contre leurs tempes, leurs oreilles bourdonnent. Dix secondes, vingt secondes, une minute. Le train siffle, le grondement des roues submerge tout.

« Vite, murmure Simon. Vite... »

Plus question de prendre la fuite. Paralysés, les quatre hommes ne sentent ni le froid ni l'angoisse. Ils ne voient qu'une chose; la locomotive qui vient d'apparaître à la sortie du tunnel, entourée d'une fumée plus noire que la nuit.

Trois secondes, quatre secondes interminables. Le temps semble s'être arrêté. Le tremblement du pont se fige, les quatre hommes ne respirent plus.

Tout va très vite. La locomotive s'engage sur le pont. On dirait qu'elle dérape, tout d'un coup, qu'elle vacille. Des étincelles jaillissent, un bruit de tôle qui se tord force les quatre hommes à se boucher les oreilles. La locomotive bascule, se renverse, écrase la rambarde de fer du pont, hésite encore puis, lentement, comme au ralenti, tombe, entraînant avec elle trois ou quatre wagons. Une gerbe immense souffle la lueur de la lune. L'explosion couvre le fracas du fer et du bois qui volent en éclats, les hurlements, les cris des hommes écrasés ou brûlés. Sa chaleur se répand dans la nuit froide, enrobe les quatre hommes qui frissonnent quand même, hébétés, éblouis par la lumière de ce soleil éphémère.

Les wagons qui se sont effondrés en contrebas se sont détachés du reste du convoi, dont une partie se trouve immobilisée à l'intérieur du tunnel. Des gémissements montent de toutes parts. Mais des voix s'élèvent, autoritaires, précises, sûres d'elles-mêmes. Les hommes surpris dans leur sommeil par la catastrophe sont des soldats et ils réagissent en soldats. Leurs souliers martèlent le remblai, les ordres fusent :

« *Raus! Schnell!*

– Tirons-nous », dit Vincent.

Il se précipite vers la voiture, suivi d'Henri et de Gus.

Simon ne les suit pas. Adossé à son arbre, il attend encore.

Une flamme immense jaillit des restes de la locomotive. Le pont, les wagons immobilisés, le bois, la route, tout devient rouge. Et Simon regarde. Il le voulait, son Allemand, il l'a. « Il faut tuer, disait-il. C'est la loi. ». Eh bien, il a tué. Deux soldats qui s'étaient extirpés, indemnes, d'un wagon couché sur la route à 500 mètres de lui, et qui s'étaient mis à courir dans sa direction, ont été rejoints par le brasier et se sont enflammés comme des torches. Les bras ouverts, ils courent toujours, hurlant sous la lune.

Vincent, lui aussi, hurle :

« Simon! Simon! »

Simon ne l'entend pas. Il n'entend que ces cris de bêtes, ces cris insoutenables qui lui martèlent le crâne.

« Tuer. Il faut tuer. »

Les deux soldats se rapprochent en zigzag. Simon, à présent, les voit distinctement. Il aperçoit leur visage noirci, leurs joues boursouflées par des cloques. Leurs cheveux ont pris feu.

« Simon! Simon! »

Instinctivement, il recule. Les deux soldats sont tout près de lui. Le premier s'écroule, face contre terre. Le second titube encore, tourne sur lui-même puis s'élance en avant. Il hurle, hurle à n'en plus finir.

Et Simon hurle à son tour.

On y voit toujours comme en plein jour. Là-haut, des soldats montrent du doigt la camionnette.

Simon recule. Un pas, deux pas.

« Non, dit-il, non... »

La terreur l'envahit tout entier. Son hurlement laisse la place à des gémissements semblables à ceux d'un enfant torturé par un cauchemar. Le deuxième soldat s'est écroulé presque à ses pieds. De petites flammes semblent sortir de son dos.

« Non! » répète Simon.

La main devant les yeux, il pivote. Il tend les bras, écarte les branches qui le retiennent. Il ne sait plus où il est, il n'a plus la notion de rien. Tout se mêle dans sa tête : les appels de Vincent, les voix allemandes qui, là-haut, se répondent, et tout d'un coup, très nettes, les rafales de mitrailleuse.

Il n'a plus qu'une idée : courir, disparaître, fuir cette abomination.

Entre deux rafales lui parviennent des détonations isolées : les fusils se sont mis de la partie.

Courir. Courir encore. Ne pas se retourner.

Vincent l'appelle une dernière fois.

« Simon! Simon! Sim... »

Sa voix s'est brisée net. Des dizaines, des centaines de coups de feu emplissent la nuit. D'autres cris, d'autres voix.

Est-ce Henri? Est-ce Gus qui appelle au secours?

La camionnette a démarré.

« Laisse-le! Il est mort! »

Des coups de feu, encore, des ordres rauques. Et une voix, la dernière.

« Vite! »

Un halètement, le bruit d'une respiration oppressée, sifflante, une plainte déchirante : celle d'un homme qui meurt.

Courir. Sauver sa peau. Et sauver les autres! Magda, Hélène, Franck.

Simon est sorti du bois. La lune éclaire la terre froide. Il se retourne. Très loin, là-bas, des soldats entourent la voiture. Il reprend haleine; des larmes brouillent sa vue et coulent sur ses joues. Il renifle, s'essuie les lèvres. Les étoiles tressaillent au-dessus de lui, le froid pétrifie sa sueur et fait claquer ses dents. Il se détourne à nouveau, reprend sa course à travers champs, trébuche sur une motte, s'affale de tout son long. Il se relève, de la terre plein la bouche.

Courir. Courir encore.

Il est là, hagard, tremblant de tous ses membres, les yeux creusés par de grands cernes noirs, les lèvres pâles, la barbe naissante. Il a couru jusqu'à ce que ses forces l'abandonnent. Ensuite, il s'est mis à marcher, les bras ballants, comme un homme sans mémoire, traversant des villages endormis et des banlieues aux mornes lumières jaunes, rasant les murs, empruntant des ruelles qui ne menaient nulle part.

Et il est là, enfin, chez lui, après des heures et des heures d'errance, chez lui où Hélène et Magda, mortes d'inquiétude, attendaient en compagnie de Franck le retour des quatre hommes.

Ses pieds lui font mal, ses jambes pèsent des tonnes. L'aube s'est levée depuis longtemps. Il claque toujours des dents, s'adosse contre la porte.

Magda et Hélène se précipitent, le soutiennent. Il ferme les yeux, s'affaisse doucement. Et il dit :

« Tout est fini. »

Hélène et Magda ne posent pas de questions. Elles l'aident à marcher jusqu'au lit, l'allongent avec précaution. Magda lui prend la main, la serre avec violence.

« Il faut fuir », dit Simon.

Franck s'est habillé. Sans un mot, il lui tend un verre d'eau. Hélène lui soutient la tête. Simon boit goulûment, retombe contre les oreillers.

Reprendre ses esprits. Vite. Il n'y a pas une minute à perdre.

« Dors », dit Magda.

Impossible.

« Il faut nous disperser... Tout de suite... Tout est de ma faute... J'ai voulu rester; voir le train dérailler... »

Il parle lentement, d'une voix oppressée, butant sur chaque mot. Mais l'imminence du danger le tient éveillé. Vincent est mort, c'est sûr. Un autre homme a été tué. Lequel? Gus? Henri? Peut-être ont-ils été abattus tous les deux. Mais si l'un des deux est tombé vivant aux mains des Allemands, Simon sait qu'il sera torturé jusqu'à ce qu'il parle. Il sait aussi que lui, dans cette situation, ne résisterait pas.

« Il faut fuir », répète-t-il.

Franck le dévisage, gravement, sans reproche et sans crainte. L'enfant rieur a tout de suite pris conscience du drame. Lui non plus ne pose pas de questions. Le malheur, il connaît. Il fera face.

Hélène et Magda ne pleurent pas. Elles ne veulent pas penser, ne pas imaginer ce qui s'est passé. Il y a longtemps qu'elles se sont préparées au pire.

« Où aller? demande simplement Magda.

– Pars avec Hélène. Va rejoindre ton fils en Normandie. Je prends Franck avec moi. Nous avons tous des papiers, des *ausweis* en règle. Si nous ne perdons pas de temps, nous avons encore une chance.

– Et Luma? demande Franck comme si c'était la chose la plus importante du monde.

– Nous la ramènerons rue Letort, chez le père Catala. »

Simon sourit tristement, tourne la tête vers l'enfant.

« Si j'avais été seul, je l'aurais abandonnée. Mais je ne peux pas te faire ça... »

Il se redresse en gémissant, pose ses pieds sur le sol, se lève avec effort.

« Tu aimes la montagne?
– Je n'y suis jamais allé. »

Simon est si las qu'il ne sent plus sa fatigue. Il passe un bras autour des épaules de Magda, appuie son front contre le sien.

« Où partez-vous? demande-t-elle.
– En Savoie.
– Tu y connais des gens?
– Personne. Mais on m'a parlé il n'y a pas longtemps d'un village situé à près de 2000 mètres d'altitude, difficile d'accès et où personne n'a encore jamais vu un Allemand.
– Comment s'appelle ce village?
– Val-d'Isère. Nous nous y cacherons en attendant la fin de la guerre. Car, pour nous, la guerre est finie. Pour toi aussi, Magda. Pour toi aussi, Hélène.
– Tu veux de l'argent?
– J'en ai assez pour le voyage. Une fois là-bas, je me débrouillerai. »

La voix de Simon, peu à peu, redevient normale. Curieusement, ses souvenirs de la nuit s'estompent. Sans doute reviendront-ils très vite. Mais, pour l'instant, seul le présent compte.

« Ma valise est sous le lit, dit-il à Franck. Mets-y tes affaires. »

Il titube, porte la main à son front. Magda le serre contre elle.

« Ce n'est rien. Pars tout de suite avec Hélène. Surtout ne repassez pas chez vous. Prenez le premier train pour la Normandie. Franck et moi sortirons de l'immeuble un quart d'heure après vous. Je sais qu'il y a un train pour Lyon en fin de matinée. »

Il effleure la joue de Magda, caresse ses cheveux.

« Adieu, chuchote-t-il.
– Adieu. »

Ils sont calmes, presque sereins. L'émotion les submergera tout à l'heure, quand ils prendront réellement conscience de leur séparation.

« Nous nous reverrons, dit Magda.

– Certainement.

– Alors, au revoir.

– Au revoir. »

Magda se détache de Simon, se penche vers Franck.

« Prends soin de lui.

– Ne t'inquiète pas. »

Franck hoche la tête. Il voudrait parler, dire à Magda les mots tendres et doux qu'il ne lui a jamais dits. Il n'y arrive pas. Il passe ses bras autour de son cou, pose un baiser sur sa pommette.

« Bonne chance, l'enfant, dit Magda.

– Bonne chance », répond Franck.

Magda se redresse.

« Ne nous attardons pas.

– Non, murmure Simon. A bientôt.

– A bientôt. »

Il embrasse Hélène, la pousse vers la porte. Magda recule, comme si elle voulait graver pour toujours dans sa mémoire les traits de celui qu'elle aime et à qui elle doit la vie. Dernier sourire, dernier geste de la main. La porte se referme, les pas des deux femmes décroissent dans le couloir, puis dans l'escalier.

« Dépêche-toi d'empaqueter tes affaires, dit Simon.

– Ce sera vite fait. Je n'ai pas grand-chose.

– Quoi qu'il arrive, je veillerai sur toi. Tu ne dois pas avoir peur.

– Je n'ai pas peur », dit Franck.

Couchée au pied du lit, Luma gémit doucement.

SIMON se tourne et se retourne dans son lit. Il tousse, geint, tressaille brusquement, serre son oreiller à deux mains. Sa tête éclate, de la sueur coule sur son front. Deux soldats allemands courent dans la neige. Le feu qui les embrase illumine la nuit. Ils se cambrent, tombent à genoux, se roulent par terre, saisissent des poignées de neige dont ils se couvrent le visage. Ils crient; pourtant, aucun son ne sort de leur bouche. Silence. Mais d'autres hommes rient, plaisantent, reluquent les filles aux gros souliers qui montent dans le train. Gare de Lyon, 11 h 35. Bientôt Mardi gras. Des jeunes gens bien mis et au visage lisse se faufilent sur le quai entre les soldats allemands et les policiers en civil qui les observent d'un air détaché. Est-ce encore la guerre? Hier, des hommes sont morts brûlés vifs; d'autres ont été écrasés sans avoir eu le temps de se réveiller pour prendre conscience de ce qui leur arrivait; des patriotes ont été déchiquetés à coups de mitrailleuse et les gosses de riches partent pour les sports d'hiver. C'est la guerre, et c'est la vie.

Simon s'apaise, se retourne encore, se retrouve à plat ventre, les bras sous l'oreiller. La neige à nouveau, la douce neige qui tombe, paisible, recouvrant tout : le soldat emmitouflé dans sa capote dont il a relevé le col jusqu'aux oreilles, le mirador qui ressemble à un château d'eau et, en bas, la longue file de morts vivants qui se traîne entre les barbelés. Simon geint encore : cette femme qui trébuche et qui s'effondre, mêlant ses larmes à la neige, c'est Anna.

« Simon, murmure-t-elle, mon petit Simon... »

Un homme se penche avec peine, tente de la relever.

« Nous le reverrons. Très bientôt. »

C'est Abraham Falkenstein.

Les *kapos* gueulent, les fouets s'abattent. « Liperté, ékalité, fraternité. » Le drapeau rouge frappé d'un cercle blanc et d'une croix gammée noire flotte sous le ciel gris.

Cauchemar, rêves mêlés qui reviennent toutes les nuits. « Tuer, il faut tuer. C'est la loi. » Les souvenirs s'entrechoquent. Meurtres et rires confondus, angoisse, délivrance. Certains rêves ne sont qu'une copie conforme de la réalité. Simon téléphone au père Pascal, juste avant de prendre le train.

« L'orphelin s'est évadé.

– Je pars à sa recherche. »

Tout est dit. Le réseau est grillé, chacun se disperse. Voyage jusqu'à Lyon. Les gardes mobiles contrôlent les passagers au hasard.

« Papiers, s'il vous plaît? »

Simon Fincelet, veuf de Mireille Germain, emmène son fils malade à la montagne. Le garde mobile s'est gratté les moustaches. Rien à signaler. Donc, l'alerte n'a pas été donnée, le survivant (Gus? Henri?) n'a pas parlé. A moins qu'il n'ait mentionné que le nom de Simon Falkenstein? Ou à moins, alors, qu'il n'y ait pas eu de survivant? Qui peut le dire? Simon le saura-t-il un jour?

Correspondance pour Chambéry, une nuit dans la salle d'attente, nouveaux contrôles. 6 h 35 : départ pour Bourg-Saint-Maurice. Dernier contrôle avant de monter dans la micheline rouge et jaune.

« Vous avez l'air bien jeune, pour avoir un fils de l'âge de cet enfant... »

Simon sourit, caresse ses abdominaux.

« Faites comme moi : le sport, ça conserve. »

Le policier sourit et lui rend ses papiers. Simon soupire. Une fois encore, Franck et lui sont passés au travers.

Bourg-Saint-Maurice, enfin, et la neige, la vraie, la neige que Franck n'a jamais vue que sur les trottoirs ou sur les toits de la Butte, et les montagnes dont on distingue, sous le ciel bleu, les moindres replis. La paix, l'air froid qui revigore. L'anxiété s'estompe, la guerre est loin. Jamais elle ne montera aussi haut.

Dernière étape à bord d'un vieux car bringuebalant et poussif. Le chauffeur rigole.

« Cramponnez-vous, ça va chavirer. »

Simon a passé un bras autour des épaules de Franck. Le nez collé à la vitre, l'enfant contemple les sapins blanc et noir, les rochers qui semblent vaciller et, tout en bas, le lit d'un petit ruisseau couvert de neige.

« C'est beau », dit-il.

La vérité sort de sa bouche. La vie est un mélange de malheur et de joie, et l'une chasse l'autre. Le monde est là, immuable, dans toute sa splendeur, cadeau offert à ceux qui savent le voir. Mais le malheur est têtu. Il rôde comme un animal affamé, avec sa langue pendante et ses yeux qui luisent dans la nuit. Une petite fille serre contre elle sa poupée de chiffon, un enfant juif que des Français emmènent à la mort a laissé tomber au milieu de la rue un bateau à voile à la quille peinte en rouge. Le bruit sec d'une culasse qu'on rabat résonne dans le silence du matin.

« Halte ou je tire! »

La neige à nouveau, et les soldats allemands qui avaient sans doute une famille, des parents, une femme, des enfants, les soldats transformés en torches qui hurlent, hurlent comme Simon qui s'éveille en sursaut, rejette ses couvertures, se lève d'un bond et, le cœur battant, respire à pleins poumons l'air glacé du dehors.

Tout est calme. Les montagnes sont presque bleues sous les étoiles. La lueur de la lune flotte entre les mélèzes, frôle les toits des maisons de bois. Bientôt le jour. Val-d'Isère s'éveillera paisiblement, comme tous les matins. On entendra des bruits de voix, des rires dans les rues verglacées. Des jeunes filles aux fins cheveux blonds chausseront leurs skis avant de glisser sur les pentes avec un petit froissement doux.

La guerre? Quelle guerre? Ici, le temps s'est arrêté. Les seuls Allemands de Val-d'Isère logent à l'hôtel des Glaciers, où Simon a pris pension pour la somme modique de 150 francs par jour. Ce sont trois vieux douaniers mélancoliques et polis qui attendent la défaite avec philosophie. L'un d'eux a même dit à Simon, en lui offrant un verre :

« Une fois Hitler kaput, che reste ici. Il y a un choli cimetière itéal pour le krand repos...

– Bonne sieste, pépé », a répondu Simon en lui tapotant le bras.

La guerre, pourtant, n'est pas loin. A quelques dizaines de kilomètres de Val-d'Isère, des maquisards se battent. Simon aurait pu les rejoindre. Mais il est las. La guerre, il l'a faite : et il n'en veut plus.

Les jours s'écoulent. Simon gagne sa vie comme il peut : il travaille pour le compte de la société d'exploitation du téléphérique de Solaise. Contrôleur : c'est son nouveau métier. Il poinçonne les tickets au pied du téléphérique. De temps en temps, d'ailleurs, il ne les poinçonne pas, ce qui lui a permis de se faire très vite des amis. Bien sûr, au bout de deux ou trois descentes, il dit au skieur ou à la skieuse qu'il a laissé monter gratis :

« Eh là, votre ticket! »

L'autre le lui tend en clignant de l'œil : il faut bien faire semblant. Mais ce qu'il ne sait pas, c'est que, au lieu de jeter le ticket dans la caisse prévue à cet effet après l'avoir poinçonné, Simon le fourre dans sa poche. Le soir venu, il revend sa provision au barman du Bar du Soleil qui, lui, les cède à moitié prix à ses clients.

Ce barman s'appelle Serge. Originaire de Rumilly, une petite ville de Haute-Savoie proche d'Annecy, il a échappé au S.T.O. grâce à un certificat délivré par un médecin complaisant. Simon et lui se sont tout de suite reconnus. Mais Simon n'a pas poussé la confiance jusqu'à révéler à son nouvel ami sa véritable identité et celle de Franck. Le soir où il lui a présenté l'enfant, il a clamé à haute et intelligible voix :

« Tu bois quelque chose, petit?

– Oui, papa », a répondu Franck.

Le tour était joué. Tous les habitants de Val-d'Isère connaissent à présent Simon Fincelet, ce contrôleur pas comme les autres, et son fils Franck.

Franck a trouvé une place de chasseur dans un hôtel qui, jusqu'à présent, s'en était fort bien passé. Miracle du charme et de la persuasion; et puis Franck ne coûte pas bien cher à ses patrons. Il fait tout : il porte les bagages des clients, n'hésite pas, à l'heure de la plonge, à tremper ses mains dans l'eau de vaisselle ou, tôt le matin, à faire des kilomètres à pied pour aller chercher du fromage dans les fermes des environs. La patronne, une jeune femme un peu forte aux joues tannées par l'air de la montagne, s'est entichée de lui. « Mon petit Franck » par-ci, « mon petit Franck » par-là. Franck est aux ordres, toujours souriant, toujours gai. Il n'est pas payé;

juste logé-nourri. Pour les extra, il se débrouille. Il faut dire qu'il sait s'y prendre. Les jours de marché, lorsque les gens du cru viennent boire un verre, Franck, de service au bar, n'hésite pas à interpeller ceux qui ont oublié de lui laisser quelque chose.

« C'est à vous, les dix sous de pourboire qui restent sur la table?

– Quels dix sous?

– Ben... Ceux-là », répond Franck en leur montrant la table vide.

La plupart du temps, le consommateur sourit et dépose quelques pièces dans la paume de l'enfant.

Franck a appris à faire du ski. Il n'a eu aucun mal. Aussi agile qu'un funambule, il a tout de suite fait corps avec les planches. Il est vrai qu'il a eu un professeur de choix : un jeune garçon prénommé Henri qui, quelques années plus tard, deviendra champion olympique. Franck est passé rapidement du chasse-neige au christiania. En quinze jours, à raison d'une heure et demie par jour, car il consacre à sa nouvelle passion les moments de repos que lui accorde sa patronne, il est devenu un skieur tout à fait convenable. A tel point que Simon, jaloux, lui a dit un soir :

« C'est facile, le ski, il suffit de se laisser glisser.

– Alors viens faire une descente avec moi.

– Une autre fois. Mais tu ne perds rien pour attendre. »

Simon a esquivé plusieurs fois le défi. Un dimanche après-midi, il n'a pas pu y échapper. Franck l'avait accompagné chez un fermier, moniteur à la retraite. L'homme les reçut avec effusion. Après la saucisse d'âne et le jambon, il sortit un petit vin blanc bien frappé. Une heure plus tard, Simon avait l'impression que la montagne avait viré au mauve. Il faisait beau. Le fermier proposa à Simon et à Franck une petite descente du Solaise.

« Juste pour digérer. Ça aide à éliminer le mauvais sang. Vous verrez. C'est tout bon. »

Impossible de se défiler. Entre deux hoquets, Simon répondit :

« Avec joie. »

Le fermier l'accompagna chez Scaraffioti, le meilleur loueur de skis de la station. Après avoir pris le téléphérique, épreuve que Simon passa tant bien que mal en s'obstinant à regarder en l'air, les deux hommes et l'enfant se retrouvèrent sur les hauteurs du Solaise. Franck avait essayé de dissuader Simon. Le Solaise, il connaissait; pour un débutant, c'était raide. Simon l'avait interrompu d'un rot.

« A vaincre sans baril, on triomphe sans boire.

– Eh bien, on va voir. »

Le fermier s'élança le premier, suivi de Franck. Simon se balança un instant d'avant en arrière, s'agrippa à ses bâtons et s'élança à son tour. C'était parti. Il glissait. Au début, la piste était large. Simon glissait de plus en plus vite. Il tomba une première fois en heurtant une bosse. Un ski à droite, un ski à gauche; le grand écart. De la neige partout, dans le cou, dans la bouche, dans les chaussettes. Des bosses, il y en avait beaucoup d'autres. Simon tomba cinq fois avant d'arriver au mur, un à-pic de 100 mètres parsemé de bosses de 2 mètres de haut. Franck et le fermier l'avaient attendu.

« Essaie de me suivre, lui dit l'enfant. Tu fais comme moi : tu dérapes.

– Sûr, dit Simon.

– On y va?

– On y va. »

Simon tomba sept fois. La neige lui mordait le cou, des larmes d'épuisement lui montaient aux yeux. Au début du Rogoney, la piste devenait moins ardue. Mais la nuit tombait, la neige gelait. Simon tomba huit nouvelles fois. Son pantalon se retroussa, il s'écorcha le mollet jusqu'au sang. Il tomba une neuvième fois, ce qui faisait vingt et une chutes en tout. C'était trop pour un seul homme. Poussant un grand cri de rage, il déchaussa ses skis et poursuivit sa descente à pied, grelottant, le visage bleu, complètement dessoulé, transi et transformé en vieillard par les courbatures.

Il était plus de sept heures du soir lorsqu'il parvint enfin à son hôtel. Franck et Serge l'attendaient avec un grog. Simon le but d'un trait.

« Le ski, c'est terminé, dit-il. Ter-mi-né. On n'a pas idée de monter au sommet des montagnes pour redescendre.

– Ce n'est pas difficile, dit Franck. Il suffit de garder les skis parallèles, de ne pas faire de fautes de carres, de garder les genoux souples, de...

– Je ne peux pas penser à mille choses à la fois! Je ne suis pas un intellectuel!

– Un quoi?

– Un intellectuel. Ta mère rêvait que tu en deviennes un.

– Qu'est-ce que c'est?

– C'est quelqu'un qui pense pour les autres et qui est incapable de penser pour lui.

– Et c'est ça que tu veux que je sois plus tard? J'ai déjà du mal à penser pour moi, alors si, en plus, je dois penser pour les autres!

– N'aie pas peur! Tu travailles trop mal, à l'école. Mais c'est une bonne activité. Ils vivent par personnes interposées, les intellectuels. Ce qu'ils veulent, c'est faire le bonheur des autres par la seule force de leur pensée.

– Alors les Allemands, eux, ce ne sont pas des intellectuels!

– Il y en a certainement quelques-uns, mais on ne les entend guère en ce moment! Et puis, tout dépend du point de vue où l'on se place. Le bonheur des uns n'est pas toujours celui des autres!

– Si j'ai bien compris, conclut Franck, un peu dépassé, le bonheur des autres, c'est comme la charité chrétienne dont me parlait le père Pascal.

– C'est-à-dire?

– Ça commence par soi-même. »

Ainsi passent les jours. Même si les cauchemars, la nuit, reviennent en force, le calme fait son chemin. On espère que la neige ne fondra jamais, qu'elle sera toujours là, rassurante. Mais la Terre tourne, l'air se réchauffe. Sous la neige apparaissent des touffes d'herbe jaune et les skis, de plus en plus souvent, butent sur des cailloux. Et la guerre, dont ne parviennent à Val-d'Isère que des échos feutrés, continue. Le maquis situé à quelques dizaines de kilomètres de là a été anéanti après une résistance héroïque. Les S.S. n'ont fait aucun prisonnier. Attentats, combats, représailles, le cycle infernal n'a pas cessé. Avril 1944. Cédant à la pression allemande, le gouvernement de Vichy ou ce qu'il en reste a publié un décret interdisant toutes les zones frontalières du pays aux hommes et aux femmes ne pouvant justifier d'attaches familiales dans ces zones ou n'y habitant pas depuis plusieurs années. Comme tout le monde, Simon a appris la nouvelle par les journaux. Val-d'Isère est concerné par le décret. Impossible d'y rester plus longtemps. L'errance de Simon et de l'enfant va donc reprendre.

D'ailleurs, la saison s'achève. La station va se vider.

« Fous partez? a dit le vieux douanier allemand à Simon en lui offrant à boire pour la dernière fois. C'est tommache. Che fais m'ennuyer.

– Il vous reste le cimetière et le grand repos, a répondu Simon en levant son verre.

– *Ach*... Pas encore.... Pas encore. Bonne chance, monzieur. Pientôt, ce sera la paix.

– Bonne chance, camarade.

– *Prosit.*

– *Shalom* », a dit Simon.

Le vieil homme, les yeux humides, s'est détourné.

Simon est passé chercher Franck. Ils sont partis pour le Bar du Soleil, où Serge leur avait donné rendez-vous. Le barman est, lui aussi, touché par le décret. Il va repartir chez lui, à Rumilly.

« Pourquoi ne viendrais-tu pas avec moi en compagnie de ton fils? Mes parents sont du coin. Nous trouverons toujours un endroit où vous loger. »

Simon a accepté. Rumilly ou ailleurs, quelle importance pourvu que cette maudite guerre finisse?

Ce soir, il fera ses adieux à Val-d'Isère et aux deux mois et demi qu'il y a passés, à cette parenthèse presque heureuse qui a permis à l'homme traqué qu'il était devenu de retrouver un second souffle.

Franck et lui marchent entre les maisons de bois, main dans la main. De temps en temps, machinalement, comme autrefois, Franck esquisse un pas de marelle.

« Attention, tu vas glisser.

– Tu me rattraperas. »

Il rit. Mais son rire a quelque chose de forcé. Il se tait, baisse le nez.

« On est bien, ici. Pourquoi partir?

– C'est la loi.

– Encore! s'écrie Franck. Tu parles comme Onésime.

– Bientôt, toutes ces lois seront abolies. Alors nous rentrerons chez nous.

– A Paris?

– A Paris. Et tu retourneras à l'école.

– Pourquoi?
– Parce que c'est la loi.
– On devrait l'abolir, celle-là aussi », dit Franck en riant, cette fois de bon cœur.
Ils pénètrent au Bar du Soleil. Serge, de derrière le comptoir, leur fait signe. Comparé à ses clients, aux skieurs bronzés et aux jeunes filles de bonne famille au visage rendu gras par les crèmes, qui ont réussi à échapper à une guerre qui les aura autant marqués qu'un léger coup de vent dans leurs cheveux, il est blême. Depuis son arrivée à Val-d'Isère, le barman aux yeux bleus et au visage poupin n'a presque jamais mis le nez dehors. Le soleil, il l'a vu à travers les vitres. Pour lui aussi, c'est le dernier soir. La saison est finie, la guerre reprend ses droits et chacun va rentrer chez soi. Dernière soirée, soirée de gala. Mario, le patron du Soleil, a décidé de bien faire les choses. Toute la gentry de Val-d'Isère s'est donné rendez-vous dans son établissement. On rit, on parle fort, on boit beaucoup. A des dizaines de kilomètres de là, les maquisards massacrés pourrissent sous la terre. Ce soir, qui s'en soucie? Il faut danser, plaisanter, passer d'un groupe à l'autre, serrer des mains, baiser des joues.
Simon s'y emploie. Tout le monde, ici, le connaît. Vous pensez, un contrôleur qui ne contrôle pas... De mémoire d'Avallin, on n'a jamais vu ça. Les jeunes filles se lèvent, passent leurs bras autour de son cou, l'entraînent sur la piste. Un jeune homme aux dents éclatantes propose un ban.
« Pour Simon, hip hip hip...
– Hourra! »
Un autre, qui lui ressemble comme un frère, s'écrie :
« Je bois à Simon, grâce à qui la société du téléphérique de Solaise va déposer son bilan! »
Les rires fusent.

« Merci, dit Simon en s'inclinant comme une vedette de music-hall. Merci. »

Tout d'un coup, le micro crachote.

« Silence, s'il vous plaît... »

C'est Mario, le patron.

« Voici à présent celui que vous attendez tous. Est-il irlandais? Vient-il d'une autre planète où la joie serait de rigueur? Qui peut le dire? Voici le fantaisiste que s'arrachent toutes les cours d'Europe, voici le chanteur au charme meurtrier, voici « O'Dett »! »

Personne ne l'écoute. Les rires reprennent de plus belle, on trinque encore, on parle toujours aussi fort. Sur l'estrade, le pianiste s'est assis devant son piano droit. O'Dett fait son entrée. Regard de chien battu, cheveux plaqués sur des oreilles larges, nœud papillon. Il sourit, inspire un grand coup. Le piano attaque, O'Dett chante.

Que chante-t-il? Tout le monde s'en fout. Sa voix s'éraille. Il se dandine en roulant des prunelles, imite les danseurs de claquettes, singe les nègres de Broadway. Un désastre.

Mais O'Dett a la tête dure. Les bides, il connaît. Il en a vu d'autres. Ce public dissipé et indifférent, il va le mater.

Il rectifie son nœud papillon, s'essuie le front, fait signe au pianiste.

« Un, deux, trois... »

Alors s'élève une mélodie subtile et douce, timide, tout d'abord, presque feutrée, comme si le pianiste, pour ne pas déranger, jouait en sourdine, pour lui seul. Les gens, petit à petit, se taisent. La mélodie s'amplifie. O'Dett se redresse. Et sans rouler des prunelles, sans imiter les danseurs de claquettes ou les nègres de Broadway, il chante :

Si tu vas à Paris,
Dis bonjour aux amis

Et dis-leur que mon cœur
Leur est toujours fidèle.

Si tu vois mon quartier
Plus beau qu'le monde entier
Si tu vois rue Lepic ma concierge Sylvie
Dis-leur qu'un jour viendra
Peut-être demain, on ne sait pas
Où je pourrai revoir tout cela pour la vie.

Le piano fait des arabesques, multiplie les accords. O'Dett, à présent, parle.

« Voilà ce qu'un pauvre type disait à tous ces copains qui partaient, et lui, lui seul qui restait dans sa province. Il regrettait les beaux jours, ses vingt ans, ses amours, il regrettait le temps trop court de ses nuits de prince. Et sur le quai de la gare, il chantait aux copains :

Si tu vas à Paris... »

Le silence s'est instauré dans la salle. Plus de chahut, plus de rires. Les skieurs et les jeunes filles de bonne famille se sont levés. Balançant la tête, ils reprennent :

Dis bonjour aux amis
Et dis-leur que mon cœur
Leur est toujours fidèle.

Simon chante d'une voix grave. Franck fredonne lui aussi, en frappant doucement dans ses mains. Au deuxième couplet, un lapsus lui vient aux lèvres.

Si tu vois rue Letort ma concierge Sylvie...

Simon se retourne. Il prend l'enfant par les

épaules, le serre contre lui. Et tous les deux poursuivent :

Dis-leur qu'un jour viendra
Demain, peut-être, on ne sait pas,
Où je pourrai revoir tout cela pour la vie.

O'Dett sourit. Il ne chante plus. Il se contente d'encourager l'assistance en battant la mesure. Le piano se calme, laissant les voix trouver leur harmonie et la mélodie nostalgique qui, en cet instant, symbolise l'espérance, s'épanouit en cette nuit d'avril.

« Vous reprendrez bien un peu de tarte », dit Mme Terrieux.

Simon se renverse sur sa chaise, tâte son ventre avec une moue de femme enceinte.

« Merci, non, je ne peux plus.

– Si, une dernière part.

– Une dernière alors. Minuscule.

– Allons, allons... Et toi, Franck?

– Moi, j'veux bien. »

Il saisit son assiette à deux mains, s'apprête à la tendre à la maîtresse de maison. Il a encore la bouche pleine et du sucre autour des lèvres. Il se ravise tout d'un coup parce qu'il est poli, lâche son assiette, se renverse lui aussi sur sa chaise, tâte son ventre à son tour.

« Une toute petite... »

Mme Terrieux n'est dupe de rien. Elle lui sert un énorme morceau qu'il regarde avec les yeux d'un chat devant qui on vient de déposer un lapin.

« Tu vas faire des cauchemars, lui dit Simon.

– Pourquoi?

– L'indigestion réveille les monstres.

– Qu'ils viennent », dit Franck en mordant dans sa tarte.

Tout le monde éclate de rire. Mme Terrieux se rassied en face de son mari. C'est une petite femme boulotte aux cheveux bleutés. Elle appelle son mari « papa » et lui l'appelle « maman ». Elle s'occupe de lui comme d'un enfant, s'inquiète toujours de ce qu'il a dans son assiette.

« Encore un peu, papa?

– Non, merci.

– Si. Il faut que tu manges. Ça t'empêchera de boire. »

Il secoue la tête, lève les yeux au ciel.

« Elle est jalouse, dit-il. Elle croit que je la trompe avec le marc de Savoie. Il faut être libérale, maman. Un homme peut avoir deux amours dans sa vie. »

Couple uni, sans histoires, lié par une vieille complicité, et qui coule une retraite paisible à Rumilly, ville elle aussi paisible et sans histoires. Ils connaissent tout le monde. Mme Terrieux tenait autrefois un petit commerce de frivolités dans la rue Montpezat, les Champs-Elysées de la ville. Son mari a fait toute sa carrière à Rumilly, où il a fini chef du bureau de poste. Il aurait souhaité que Serge, son fils unique, suive ses traces et devienne fonctionnaire. Ce fut leur seul litige : Serge n'aimait pas les études et il avait la bougeotte. Passer sa vie derrière un guichet, très peu pour lui. Il voulait des contacts, des confidences, des aventures. Il est devenu barman comme d'autres deviennent explorateur : pour voir du pays. Du pays, il en a vu : Evian, Aix-les-Bains, Val-d'Isère. Et il en verra d'autres.

« Sauf l'Allemagne », dit-il.

D'où son refus de partir pour le S.T.O. Son père l'a approuvé : travailler pour l'ennemi quand on est fils de postier, ce n'est pas convenable.

« Je préfère te voir derrière un comptoir que dans une usine d'armement. »

De toute façon, il lui a toujours tout pardonné. Et puis barman, c'est un métier amusant. M. Terrieux, lui, a toujours refoulé sa fantaisie. Le désir de sécurité, chez lui, l'a emporté sur le reste. Ses parents et les parents de ses parents étaient de Rumilly. Bien sûr il aurait pu partir, fourrer trois paires de chaussettes dans une valise en carton et prendre un bateau pour l'Amérique du Sud. Fils d'instituteur, petit-fils de métayer, il aurait pu tourner le dos à la douce France, aux sapins et aux montagnes de son pays, devenir éleveur en Patagonie, épouser une demi-mondaine d'origine anglaise à qui il aurait fait des enfants robustes qui auraient passé leur vie à cheval. Sans doute en rêve-t-il encore, au coin du feu, après le dîner, lorsqu'il fait semblant de lire son journal après avoir chaussé ses pantoufles, tandis que sa femme tricote en face de lui en commentant les nouvelles de la guerre. Mais il a fait son choix et il s'y est tenu. Sa cave est pleine de bonnes bouteilles, il attend la mort sans impatience. S'il a renoncé à l'aventure, s'il chausse tous les soirs ses lunettes en demi-cercle avant d'ouvrir des livres cent fois ouverts et cent fois relus, il a trouvé la paix. De temps en temps, il enlève ses lunettes, tousse, regarde sa femme.

« Oui? dit-elle en laissant tomber son tricot.

– Ecoute :

De grâce, éloignez-vous, madame, il dort.
C'est étonnant comme les pas de femmes
Résonnent au cerveau des pauvres malheureux.
L'espoir luit comme un caillou au fond d'un creux.
Ah, quand refleuriront les roses de septembre?

– C'est joli. De qui est-ce?

– D'un ivrogne notoire.

– Ah!... Comment s'appelait-il?

– Paul Verlaine.

– C'est du propre... »

Elle rit en penchant la tête sur son épaule et à son rire répond celui de son mari.

Ainsi sont-ils : tranquilles et bons. Lorsque Serge a frappé à leur porte en compagnie de Simon et de Franck, ils n'ont pas posé de questions. Serge leur a dit :

« Je vous amène des amis déracinés. Il faudrait les loger quelques jours. »

M. Terrieux a répondu en les faisant entrer :

« Qu'ils soient les bienvenus. Les amis de mon fils sont mes amis.

– Vous coucherez dans la chambre du haut », a précisé Mme Terrieux.

Il y a cinq jours de cela. Pour Franck et Simon, ces cinq jours ont été de vraies vacances. Il faisait beau. Aussi oisifs qu'eux, Serge leur a fait découvrir la région à vélo. Ils s'arrêtaient dans toutes les fermes, buvaient chaque fois le canon de l'amitié accompagné d'un morceau de tomme. Toujours aussi vif, Franck les semait dans les côtes. Simon, lui, restait en arrière. Le remords le rongeait. Il avait menti à Serge, il avait menti à ses parents, les mettant dans une situation dangereuse. Ceux qui hébergent un homme traqué sont ses complices. Si on l'arrête chez les Terrieux, qu'adviendra-t-il d'eux? Pourquoi cette femme et cet homme si sages, si généreux, paieraient-ils pour lui? Pendant trois jours, Simon a retourné cette question dans sa tête. A présent, sa décision est prise : il faut tout leur avouer et s'en aller, le plus vite possible.

« Mon cher Simon, dit M. Terrieux, vous allez me faire le plaisir, en dépit des protestations de ma femme, de goûter à ce petit marc de Savoie. Il a été mis en bouteille par mon père, avant l'autre guerre. Comme moi, il se fait vieux.

– Papa! s'écrie Mme Terrieux.

– Fous-moi la paix, répond doucement l'ancien postier.

– Très bien, très bien. Mais ne viens pas ensuite te plaindre de tes maux d'estomac ou des douleurs qui t'empêchent de remuer tes orteils.

– Qu'ils viennent, les monstres! crie Franck.

– Je les attends, murmure M. Terrieux en se levant pour aller chercher les verres dans le buffet.

– Comme tu voudras », glousse sa femme en s'essuyant, d'un air pincé, le rebord de la bouche.

M. Terrieux débouche la bouteille, sert Simon, puis son fils, puis lui-même. Il se rassied, lève son verre.

« A votre petite famille, dit-il à Simon en plissant les yeux. A la prospérité des Fincelet. »

Simon soutient son regard. Il boit une gorgée minuscule, fait claquer sa langue.

« Délicieux. Votre père était un expert.

– J'espère que votre fils dira la même chose de vous. »

Silence. Serge se dandine sur sa chaise sans comprendre ce qui se passe. Mme Terrieux s'agite, empile les assiettes vides les unes sur les autres.

« Cul sec, dit M. Terrieux. Et je vous en sers un autre.

– Cul sec », répond Simon.

Il boit d'un trait, secoue la tête comme un canard qui s'ébroue. Il a des picotements dans les yeux, le sang lui monte aux joues.

« Monsieur Terrieux...

– Oui?

– Il faut que je vous avoue quelque chose. Je...

– Encore un petit verre?

– Volontiers. Euh... Merci... Pas trop. Voilà... Monsieur Terrieux, je ne m'appelle pas Simon Fincelet.

– Ah!... En quoi cela me concerne-t-il?

– Cela vous concerne au plus haut point, vous et votre famille. Je suis juif, monsieur Terrieux. Je m'appelle Simon Falkenstein. Franck n'est pas mon fils. Il est le fils de la femme avec qui je vivais. Elle est morte. Le même jour, mes parents ont été victimes de la grande rafle du Vélodrome d'Hiver. Je ne sais pas ce qu'ils sont devenus. Oui, un autre verre. Merci... En 1940, j'avais déserté et usurpé l'identité d'un mort. J'estimais que cette guerre n'était pas la mienne.

– Et tu as changé d'avis depuis...

– Oui, répond Simon sans relever le passage du « vous » au « tu », ni le changement subit qui s'est opéré dans la voix et le comportement de son hôte.

– Je me suis engagé dans la lutte, monsieur Terrieux. Pendant presque deux ans, tout s'est bien passé. Nous fabriquions de faux papiers, nous distribuions des tracts, nous aidions des hommes pourchassés à s'enfuir. Une activité de taupe, en quelque sorte. Et puis nous avons visé trop haut. Nous avons voulu faire dérailler un train. Nous y sommes parvenus. Mais je suis le seul rescapé de cette aventure; du moins le seul qui ne soit pas tombé aux mains de l'ennemi. Je me suis réfugié à Val-d'Isère pour attendre la fin de la guerre.

– Tu aurais pu reprendre le combat.

– Je n'en veux plus, monsieur Terrieux. J'ai vu deux soldats allemands mourir sous mes yeux. Brûlés vifs. Mes amis ont été tués. L'un d'eux a peut-être été capturé et torturé. Je ne veux plus entendre parler de tout cela, monsieur Terrieux. Je ne souhaite qu'une chose : que la guerre finisse. De toute façon, je suis probablement grillé et recherché. Voilà ce que je voulais vous dire. Je ne peux plus rester ici. Je refuse de vous compromettre plus longtemps.

– C'est tout à ton honneur.

– Je n'aime pas la mort, monsieur Terrieux. Je ne veux plus de morts. »

Simon se tait. Serge le regarde avec stupéfaction. Mme Terrieux a reposé sur la nappe les couteaux qu'elle tenait en éventail dans sa main. Franck rassemble d'un geste machinal les miettes de sa tarte et les porte à sa bouche. M. Terrieux se sert une dernière fois.

« Tu aurais dû me dire tout cela plus tôt, petit.

– Je suis désolé. Je... J'ai passé cinq jours magnifiques, reposants. Je...

– Je ne parle pas de cela. Simplement, tu as perdu du temps. Et il ne faut jamais laisser le temps jouer contre soi. Surtout dans ta position. »

L'ancien postier se redresse. L'expression de ses traits se modifie : la bonté tranquille qui les adoucissait a disparu au profit d'une détermination et d'une autorité inattendues chez un homme aussi paisible.

« Tu as bien fait de me parler. Et tu as eu de la chance d'aboutir ici. Je vais vous sortir de là, toi et l'enfant.

– Toi? demande Mme Terrieux en reprenant ses couteaux.

– Moi, répond M. Terrieux après avoir une nouvelle fois vidé son verre. Je connais le chef de la Résistance locale. Il vous aidera. »

Serge siffle en fronçant les sourcils. Mme Terrieux triture les manches de ses couteaux.

« Qu'est-ce que c'est que cette histoire? Et pourrais-je connaître le nom de ce soi-disant chef de la Résistance locale?

– Non », répond l'ancien postier.

« Salut, Jean, dit M. Terrieux.

– Salut, Louis.

– Jean, je t'amène deux personnes : un homme et un enfant. L'homme est un patriote, l'enfant est son

fils. Occupe-toi d'eux. Il faut leur trouver une planque. Celle d'Aix-les-Bains fera l'affaire.
– Oui, Louis.
– L'homme est fatigué. Il a besoin de repos. Mais il se remettra. Alors il nous rejoindra.
– Entendu.
– Je file. A bientôt.
– A bientôt, Louis.
– Simon, au revoir. Tu m'as dit que tu n'aimais pas la mort. Moi non plus, je ne l'aime pas. Mais elle se soucie peu d'être aimée. Souviens-toi de cela.
– Oui, monsieur. Je ne sais comment vous remercier.
– Alors ne me remercie pas.
– Monsieur Terrieux?
– Oui?
– Une dernière question.
– Je t'écoute, petit.
– Le chef de la Résistance locale... C'est vous? »
M. Terrieux sourit, secoue la tête.
« Hélas! non... Ce n'est pas moi. »
Il désigne Jean d'un geste du menton.
« Ce n'est pas lui non plus. D'ailleurs, ce chef n'existe peut-être pas...
– Mais vous êtes...
– Je suis membre du réseau, oui. Un membre modeste, comme tous les autres. Mais je suis vieux. Alors on m'écoute. »
Il caresse la tête de Franck qui le dévore du regard, serre la main de Simon.
« Que veux-tu, Simon... Quand on a passé sa vie derrière un guichet ou les pieds dans des charentaises, on a parfois envie d'un peu d'animation. N'est-ce pas, Jean?
– C'est une façon de voir les choses.
– C'est la mienne. Allez, au revoir.
– Au revoir. »
Le vieil homme remet son manteau, noue son

écharpe autour de son cou, pousse la porte de l'hôtel du Cheval Blanc, dont Jean est le propriétaire, et s'en va les mains dans les poches, à petits pas, en fredonnant pour lui-même :

Les mains de femmes,
Je le proclame,
Sont des bijoux
Qui rendent fous.

La planque est située en plein centre d'Aix-les-Bains, au quatrième étage d'un immeuble de pierre. Deux pièces principales, une cuisine et, luxe suprême, une salle de bain qui jouxte une petite chambre qui devait jadis servir de lingerie. Les deux pièces principales sont reliées, à l'extérieur, par un grand balcon, lequel frôle un autre immeuble.

« En cas de coup dur, dit Jean, vous aurez toujours la possibilité de sauter d'un balcon à l'autre et de vous enfuir par l'autre immeuble. »

Assis dans un fauteuil, sa valise à ses pieds, Simon le dévisage : « Monsieur Jean » est très grand. Il a la figure blême et la bouche un peu molle. Cet aspect alangui contraste avec la dureté de ses yeux très bleus, presque fixes. Il parle peu, d'une voix sèche, sans réplique.

« Sauter d'un balcon à l'autre? lui dit Simon. Nous allons nous rompre le cou.

– C'est un risque à prendre, rétorque « Monsieur Jean ». Bien. Je vous laisse. Mes amis ont besoin de la voiture ce soir. Faites-vous le plus discrets possible, ne sortez qu'en cas de nécessité. Je reprendrai contact avec vous. Au revoir.

– Au revoir. Et merci.

– Pas de quoi. Et souviens-toi : le combat n'est pas terminé. On n'abandonne pas en route. »

Simon lève la main d'un geste fataliste. Sans la lui

serrer, « Monsieur Jean » sort en refermant vivement la porte.

« Il ne me plaît pas, celui-là, murmure Franck.

– A moi non plus, dit Simon. Mais on ne peut pas avoir que des amis sympathiques. »

Suivent trois jours de bonheur. Simon et l'enfant ont vite oublié le regard de « Monsieur Jean ». Ils ont également oublié ses consignes. Peut-on passer sa vie entre quatre murs alors qu'on a l'impression que tout danger est écarté, et qu'en plus il fait beau dehors? Le matin, Simon et Franck sortent en catimini. Ils descendent à pied l'avenue Marlioz et se promènent longuement au bord du lac. Franck s'extasie pour un rien, admire les canards qui, avant d'amerrir, rasent l'eau en battant des ailes, laissant derrière eux de grands sillons d'écume qui s'estompent aussitôt.

« Ils peuvent s'aligner, ceux du bois de Boulogne. »

De vieilles dames tassées dans des manteaux étriqués leur jettent des miettes qu'elles extirpent de sachets en papier. Mais les canards n'ont que faire de cette manne. Le printemps est là et les canes sont bien plus intéressantes que les croûtons.

Les cauchemars de Simon sont moins fréquents. Franck le fait rire par ses facéties, son insouciance. Il se détend petit à petit, jouit du temps qui passe, des paysages ou des portraits que dessinent les nuages dans le ciel, de la brise légère qui, parfois, ride l'eau du lac et fait frémir les arbres.

Trois jours de paix.

Les derniers.

Tout arriva à l'aube du quatrième jour. Simon dormait encore. Il rêvait de tonnerre et d'éclairs, de grands coups sourds qui ébranlaient la terre. Il s'éveilla en sursaut, se dressa sur son lit. Des bruits de bottes martelaient les escaliers de l'immeuble. A l'étage en dessous, une jeune fille poussa un cri strident. Deux voix lui répondirent :

« *Raus! Schnell!* »

Simon sauta à bas de son lit, réveilla brutalement Franck qui dormait dans la pièce à côté, lui ordonna de s'habiller. Les yeux gonflés, les cheveux ébouriffés, Franck se vêtit à toute allure. Simon en fit autant.

« Vite, petit. Sinon nous sommes morts. »

Ils se précipitèrent sur le balcon, se penchèrent, regardèrent en bas : au milieu de la chaussée, un camion allemand semblait les attendre. Tout autour, des soldats casqués, mitraillette à la main, bouclaient l'immeuble. Deux ou trois civils et quelques miliciens aux joues glabres complétaient le tout. Simon se souvint du conseil de « Monsieur Jean ». Sauter sur le balcon d'à côté et risquer d'aller se fracasser sur l'asphalte ou la bâche du camion? Il secoua la tête, prit Franck par le bras.

« Il va falloir faire quelques acrobaties. Tu vois le balcon qui est en bas?

– Oui.

– Je saute le premier et tu me suis. »

On frappait à la porte. « Police allemande! » gueulait quelqu'un.

« Ferme les yeux! » dit Simon.

Il enjamba la rambarde du balcon, s'accrocha au fer forgé, se laissa pendre dans le vide. Il ne lui restait plus qu'à lâcher prise en donnant un coup de reins pour se retrouver, deux mètres plus bas, sur le balcon du troisième étage. Il amortit le choc en pliant les genoux et en posant ses mains par terre.

« A toi! »

Franck était déjà pendu aux grilles au-dessus de lui. Il grimaçait, fermait les yeux.

« Ne regarde pas. Saute! »

Franck ouvrit les doigts, se cambra. Simon le rattrapa en ouvrant les bras. Ils tombèrent tous les deux à la renverse, se relevèrent. Des impacts de balles balayèrent le mur en faisant voler en éclats de petits morceaux de plâtre. Un dixième de seconde plus tard, ils entendirent le son d'une rafale de pistolet mitrailleur.

« On remet ça, dit Simon. Même chose. »

Il passa le premier. Franck le suivit rapidement. Cette fois, tout se passa très vite. Il y eut une seconde rafale qui les manqua, comme la première.

La descente était quand même trop risquée. Ainsi pendus dans le vide, ils offraient aux tireurs une cible idéale. Les fenêtres du second étage étaient grandes ouvertes. Personne dans l'appartement. Simon n'eut pas le temps de se demander où étaient passés ses occupants. Franck et lui sortirent sur le palier sans rencontrer quiconque. Au troisième, les hurlements s'amplifiaient.

« Allez! Dehors! *Raus!* »

Au quatrième, chez eux, on enfonçait la porte. « Une seule chose à faire, se dit Simon : descendre par les escaliers. » Il prit la main de Franck.

« A la grâce de Dieu », chuchota-t-il.

Ils arrivèrent sur le palier du premier étage. Un homme en civil les arrêta.

« Où allez-vous? » leur demanda-t-il dans un excellent français.

Simon lui sourit, lui montra l'enfant.

« Nous venons du quatrième. Tout va bien pour nous. J'ai vu le chef. Il nous a laissés partir. »

Il eut l'impression que son cœur allait percer ses côtes. Mais il avait parlé avec assurance, d'une voix très claire. L'homme s'écarta et leur fit signe qu'ils pouvaient continuer. Simon reprit sa marche. Doucement, très doucement. La sueur coulait dans son dos. Franck respirait par petits coups, comme un enfant terrifié par un film au suspense insupportable.

« Encore quelques marches, souffla Simon. Ne panique pas.

– Je ne panique pas », répondit Franck.

Mais sa main moite dans la paume de Simon était plus éloquente que tout.

Ils traversèrent le vestibule, l'air aussi naturel que possible. Sur le pas de la porte, deux miliciens les attendaient. L'un était jeune. Il avait des joues rondes et des yeux de jeune fille. L'autre, plus âgé, portait des galons sur l'épaule.

« Vos papiers », dit-il.

Nouveaux tressautements du cœur qui s'affole, gorge sèche. Simon arbora de nouveau son sourire le plus aimable.

« J'ai vu vos chefs là-haut. Ils nous ont laissés partir. Tout est arrangé pour n... »

Il n'acheva pas. Une gifle magistrale le projeta contre la porte.

« Vous avez peut-être vu les chefs là-haut, mais, nous, on vous a vus sauter d'un balcon à l'autre. Alors vous allez être bien gentils et remonter avec nous. »

Cette fois, c'était cuit. Simon serra violemment la main de Franck, pivota et remonta. Au troisième, ils croisèrent une famille, des Juifs, sûrement, qui, résignés, attendaient qu'on leur dise ce qu'il fallait faire. Le milicien galonné appuyait son revolver contre le dos de Simon.

« Plus vite. »

Ils se retrouvèrent au quatrième étage, dans leur appartement. Le milicien gradé poussa violemment Simon, lui fit un croc-en-jambe. Simon s'affala sur le tapis et reçut un premier coup de pied dans les côtes. Le milicien aux yeux de jeune fille souriait méchamment. Les deux hommes le frappèrent à tour de rôle, dans les parties molles du thorax. Simon gémissait, se protégeait la tête avec ses mains.

« Alors, comme ça, tu as vu nos chefs. Eh bien, tu vas les revoir. Mais tu ne seras guère présentable. »

Ils frappaient, frappaient toujours, sous le regard épouvanté de Franck. L'enfant n'hésita que quelques secondes. Il respira un grand coup, se précipita sur le palier et beugla :

« Au secours! A l'assassin! »

Les pieds des miliciens, qui s'apprêtaient à cogner de nouveau, restèrent en suspens. Le jeune homme se précipita vers Franck, le prit au collet, le ramena sans ménagements dans l'appartement.

« Encore un mot et je te coupe la langue, petit métèque.

– Métèque vous-même!

– Répète!

– Ça suffit! »

Un homme venait d'entrer. Il portait un imperméable de cuir noir, un chapeau de feutre gris et de petites lunettes cerclées de fer. D'un geste, il ordonna aux deux miliciens de sortir.

« *Raus, Französe* », murmura-t-il.

Puis, à Simon qui se relevait péniblement :

« Ne faites pas de pêtisses. Et surtout ne tentez plus de fous éfater. Si vous marchez troit, il ne fous sera fait aucun mal. Allez... »

Franck et Simon n'avaient plus qu'à suivre le mouvement. Ils redescendirent. Simon marchait avec peine. Mais il n'avait rien de cassé. Les miliciens connaissaient leur affaire : ils n'avaient frappé que là où il fallait.

Ils se retrouvèrent dans la rue, en compagnie de deux jeunes gens qu'on avait eux aussi frappés et de la famille juive, composée des parents et d'une jeune fille qui n'avait pas quinze ans. Belle victoire pour les forces d'occupation et leurs alliés.

Devant l'immeuble, des badauds hochaient la tête. Les soldats allemands les dispersèrent.

« Il n'y a rien à voir. Circulez.

– A moins que vous ne vouliez, vous aussi, faire un petit voyage en camion », dit un milicien en ricanant.

Les badauds s'en allèrent sans un mot. Les personnes arrêtées furent poussées dans le camion à coups de crosse. Simon se retrouva au fond du véhicule, près de Franck.

« Tu n'as pas trop mal? demanda l'enfant.

– Non. Seulement quand je ris. »

Une tristesse affreuse lui broyait le cœur.

« Nous sommes faits comme des rats », dit-il.

La bâche du camion se baissa comme un rideau, les plongeant dans le noir.

La jeune fille s'appelle Anna, comme la mère de Simon. Elle a de grands yeux sombres, un long nez délicat et busqué. Les travaux domestiques ont déjà usé ses mains, durci ses ongles et ses paumes. Mais la douceur de sa voix, son calme et son absence de peur étonnent chez une adolescente âgée de quinze ans à peine. Elle seule, dans la prison de la caserne de Chambéry où on a parqué les prisonniers, a retrouvé tout de suite son énergie. La porte à peine fermée à double tour par un soldat allemand, elle s'est employée à rendre presque habitable cet endroit sordide et suintant meublé de dix petits lits de fer et d'une table bancale au-dessus de laquelle pendouille une ampoule qui diffuse une lumière blafarde. Elle a installé ses parents, les a rassurés, cajolés.

« Ne vous inquiétez pas. Tant que nous serons ensemble, il ne nous arrivera rien.

– Tu crois ? a répondu sa mère, une vieille femme de haute taille amaigrie par des années de vie difficile et au visage rendu grisâtre par l'anxiété.

– J'en suis certaine. »

Debout au pied d'un lit, voûté dans un manteau trop grand, son père fixait sans mot dire le mur de ciment où les bidasses qui avaient jadis, avant la guerre, passé là leurs jours d'arrêts, avaient laissé des traces de leur ennui que personne n'avait pris la peine d'effacer. « La quille, bordel... L'adjudant Ménéré est un enfoiré... Sylvie, je taime. »

Anna l'a aidé à enlever son manteau, l'a forcé à s'asseoir.

« Je vais faire ton lit. Et puis tu te reposeras. Toi non plus, ne t'inquiète pas. »

Simon la regarde. Il sait qu'elle ment, qu'elle n'a aucune illusion sur le sort qui les attend, que l'espoir qu'elle distille ne servira à rien. Mais l'espérance a-t-elle jamais servi à quelque chose? Il voudrait se lever, s'approcher des deux vieux Juifs, leur dire qu'il faut se préparer au pire, ne pas se boucher les yeux, que depuis l'Inquisition rien n'a changé. Il a envie de leur parler des pogroms que lui a racontés sa mère, de la rafle du Vel' d'hiv', des Français au baudrier impeccable qui ont vendu leur âme pour ne pas désobéir aux ordres. A quoi bon? Les deux Juifs et leur fille connaissent tout cela aussi bien que lui. Ils se mentent simplement à eux-mêmes, comme tout le monde lorsque la fin est proche.

Anna a trouvé un vieux balai oublié par les bidasses. Elle nettoie la salle, pousse la poussière dans un coin. Assis sur un lit dont l'odeur lui rappelle celle du dortoir de l'orphelinat de Saint-Pierre-des-Corps, Franck l'observe.

Les deux jeunes gens au visage tuméfié se sont étendus. Le regard vide, ils ne disent rien, déjà rongés par les regrets, la terreur de la mort violente à laquelle ils n'échapperont pas puisqu'on a trouvé des armes dans le petit appartement qu'ils occupaient à Aix-les-Bains, l'amertume et l'incrédulité de ceux dont la vie va être fauchée en pleine vigueur, alors que tout leur était promis. Ils ne verront jamais l'été 44, les moissons et les villes en liesse, la victoire et le retour de la gaieté, ils ne reverront plus celles qu'ils aimaient. L'un d'eux se retourne, fixe les grilles de la porte. Une larme, silencieusement, coule sur sa joue.

Au fond de la salle sont étendus trois autres prisonniers qui sont sans doute là depuis longtemps. Pantalons déchirés, chemises en loques. Lorsque les nouveaux arrivants ont été introduits dans la salle, ils n'ont pris la peine ni de se lever, ni de leur adresser la parole. Ils ne bougent pas. Peut-être dorment-ils.

Dehors, il fait beau. Un rayon de soleil entre par l'ouverture minuscule qui sert de fenêtre, joue avec les grains de poussière. Il doit être midi. Il y a six heures que Franck, Simon, les deux jeunes gens, le couple et leur fille ont été arrêtés.

Tout d'un coup, des bruits de bottes résonnent dans le couloir. Un soldat allemand introduit une énorme clef dans la serrure, ouvre la porte, désigne les nouveaux arrivants.

« *Raus.* »

Un autre soldat pointe son arme dans leur direction. Les prisonniers sortent l'un après l'autre. Quelques pas dans le couloir. Les deux soldats les font entrer dans une grande pièce nue où les attendent un officier allemand et l'homme aux petites lunettes cerclées de fer qui, tout à l'heure, à Aix-les-Bains, a ordonné d'un geste dédaigneux aux deux miliciens qui frappaient Simon de s'arrêter.

Alignés face à eux, contre le mur, les prisonniers attendent. Simon a pris la main de Franck, Anna soutient sa mère. Les deux jeunes gens, très droits, ont fermé les yeux.

Silence. Un silence tendu, oppressant. Lentement, l'homme aux lunettes de fer, qui a gardé son chapeau gris sur la tête, s'avance vers les prisonniers, les examine l'un après l'autre. Il s'attarde sur les deux jeunes gens, glisse rapidement sur Anna et Franck, dévisage Simon avec insistance, comme un maquignon étudiant un cheval dont il veut faire baisser le prix. Puis il recule. Les mains derrière le dos, jambes écartées, il dit d'une voix traînante, sans se soucier de son accent :

« Je n'ai pas de temps à perdre. Notre visite au 21 de l'avenue Marlioz n'est pas le fait du hasard. Que les Juifs sortent des rangs. Il m'est infiniment agréable qu'ils se dénoncent eux-mêmes. Dépêchons. »

Les parents d'Anna se regardent.

« Allons », murmure l'homme.

Les deux vieux et leur fille font un pas en avant.

« Très bien. Madame, monsieur, mademoiselle, vous nous avez évité bien des désagréments. Je vous remercie. Votre cas est réglé. Vous pouvez sortir. Rassurez-vous : vous n'aurez plus affaire à moi. »

Deux gestes de l'index. Les soldats encadrent les trois Juifs, les conduisent vers la porte. L'homme au chapeau gris sourit, se dresse sur la pointe des pieds.

« Vous voyez comme c'est simple. Il n'y a jamais de problèmes avec ces gens-là. Il vous suffira de faire la même chose qu'eux. Pourquoi essayer de nous cacher la vérité? Je suis un civil, un homme tranquille. Mais les méthodes de mon ami en uniforme sont loin d'être aussi douces que les miennes. Et je dois reconnaître qu'elles donnent souvent de meilleurs résultats. Vous, monsieur. D'après vos papiers, carte d'identité et livret de famille, vous vous nommez Simon Fincelet. Cet enfant, prénommé Franck, serait votre fils. Vous vous prétendez représentant de commerce. Est-ce exact? »

Simon avale sa salive, accentue sa pression sur la main de Franck.

« Tout à fait exact. »

L'Allemand se dresse de nouveau sur la pointe des pieds, retombe et recommence plusieurs fois son manège, comme un homme excédé ou perplexe.

« Tout à fait exact... Vous avez une curieuse notion de l'exactitude, monsieur... Fincelet. Vous avez également un type physique qui ne rappelle en rien la morphologie d'un descendant de paysans beaucerons ou auvergnats. En plus, vos papiers sont faux. Autre chose : ce matin, vous avez tenté de vous enfuir au risque de vous rompre le cou. Pour un homme qui n'a rien à se reprocher, c'est un comportement inattendu. D'un autre côté, vous habitiez un appartement dont les occupants changent bien souvent et qui appartient à un personnage que nous surveillons depuis longtemps. Tout cela est étrange, monsieur Fincelet. Quant à cet enfant...

– C'est mon fils, dit Simon.

– Pourquoi pas, monsieur Fincelet? Vous lui êtes donc attaché...

– Oui.

– Je vous envie. L'amour paternel est un cadeau de la Providence. Il serait vraiment dommage que ce charmant garçon tombe sur quelqu'un qui, lui, n'aime pas les enfants. Vous me comprenez? Alors montrez-vous raisonnable. Quant à moi, je vais me montrer magnanime. Je vous donne deux heures pour réfléchir. A présent... »

L'homme au chapeau gris enlève ses lunettes, les essuie avec un mouchoir qu'il a sorti de sa poche. Elles ont laissé des marques rouges sur son nez et le long de ses tempes. Privés un instant de leurs verres, ses yeux glauques ont diminué de volume. Ses paupières s'agitent. Il remet ses lunettes, s'avance d'un pas.

« A présent, nous allons passer aux choses sérieuses. Monsieur Fincelet, regardez bien ces deux jeunes gens. Ils avaient toute la vie devant eux. Ils auraient pu attendre sagement la victoire totale de l'Allemagne pour pouvoir mener ensuite une existence paisible, faire des projets, se marier, avoir des enfants aussi beaux que votre fils. Mais ils n'ont pas été raisonnables. Ils ont eu tort, monsieur Fincelet. Pour eux, il est trop tard. Comprenez-vous? Alors réfléchissez bien. *Raus.* »

Les soldats emmènent Simon et Franck. Les deux jeunes gens sont toujours adossés au mur. Celui qui pleurait tout à l'heure tremble de tous ses membres.

Que faire? Que raconter? Simon réfléchit très vite. Il avait dans sa poche des bulletins de salaire de Val-d'Isère que les Allemands lui ont pris avec ses papiers. C'est un bon point. A voix basse, Franck et lui se sont mis d'accord.

« Comme je ne trouvais pas de travail à Paris, je t'ai emmené avec moi à la montagne. Ta mère est morte depuis longtemps. C'est tout ce qu'il y a à dire.

– C'est pas compliqué. »

Les voyant chuchoter, un des trois hommes qui se trouvaient déjà là à leur arrivée s'est approché d'eux.

« Ça va mal pour vous, on dirait.

– Pas trop, a répondu Simon.

– Vous aussi, vous êtes comme nous?

– Nous sommes dans la même pièce que vous, oui.

– Vous avez été pris il y a longtemps?

– Ce matin, à l'aube.

– Je suis résistant », souffle l'homme.

Assis sur son lit, les mains entre les genoux, Simon lève la tête.

« Grand bien te fasse, dit-il.

– Et toi?

– Je suis représentant de commerce et poinçonneur de tickets à Val-d'Isère.

– Nous sommes tous dans le même pétrin, dit

l'homme. Tu peux avoir confiance. Nous avons des amis. Beaucoup d'amis.

– Garde-les. Moi, j'ai mon fils. »

L'homme n'insiste pas. Il hausse les épaules, retourne s'allonger sur son lit.

Simon se lève. Il prend un escabeau posé devant la table, l'appuie contre le mur, sous la lucarne, monte dessus et regarde dehors. Le soleil brille. Au milieu de la cour, des soldats traînent les pieds dans la poussière. L'un d'eux balaie les papiers gras en sifflotant une chanson sentimentale. Au fond, près des cuisines, le mur contre lequel on entasse les poubelles est criblé d'impacts de balles.

Soudain le soldat au balai se tait, tout en continuant à balayer. Simon prend appui des deux mains sur le rebord de la lucarne. Deux silhouettes traversent lentement la cour, les mains derrière le dos. Simon écarquille les yeux. Ces silhouettes, ce sont les deux jeunes gens arrêtés en même temps que lui. On ne distingue pas l'expression de leurs traits. Ils avancent la tête basse, sans remuer les bras. Derrière eux marchent, pistolet mitrailleur à la hanche, deux soldats accompagnés d'un sous-officier.

Simon voudrait descendre de son escabeau, retourner vers son lit, se boucher les oreilles. Il ne peut pas. Il reste là, fasciné, horrifié.

Le cortège est arrivé près des cuisines. Les deux jeunes gens s'adossent contre le mur, comme tout à l'heure dans la salle d'interrogation. On ne leur bande pas les yeux. Le sous-officier soupèse son ventre. Peut-être sort-il tout juste de table. Un signe bref aux deux soldats qui, les jambes écartées, arment leur pistolet mitrailleur. Le sous-officier lève la main, l'abaisse avec nonchalance. A quelques mètres à peine de leurs victimes, les soldats tirent au jugé, en visant les pieds. Le canon de leur arme remonte d'un coup sec tandis que l'écho des deux rafales se répercute contre la façade des cuisines, comme si des douilles étaient tombées dans les poubelles.

« Qu'est-ce qui se passe? crie Franck.

– Rien, dit Simon. Un exercice. »

La poitrine cisaillée, les corps des deux jeunes gens se tendent brusquement puis s'affaissent, le visage dans la poussière. Le sous-officier extirpe son pistolet de son étui, s'approche d'eux, tend le bras et leur tire à chacun une balle dans la tête.

Deux nouvelles détonations. Debout près de la porte, serrés contre les autres, Anna et ses parents sursautent. Les trois autres prisonniers, toujours allongés sur leur lit, ne manifestent aucune émotion.

Lentement, Simon descend de son escabeau. Il se tient immobile quelques instants au milieu de la pièce. Puis, les yeux exorbités, fixant Franck dont les lèvres frémissent, il se casse en deux et, les mains sur l'estomac, vomit un long filet de salive et de bile.

« Monsieur Fincelet, j'espère que vous avez bien réfléchi. Expliquez-moi d'abord comment vous avez atterri dans l'appartement d'un nommé Jean Béraud, dont nous venons d'apprendre qu'il est actuellement en fuite.

– C'est tout simple. J'avais terminé ma saison à Val-d'Isère et j'avais décidé d'aller tenter ma chance à Aix-les-Bains. Dans le car, j'ai rencontré un certain André avec qui j'ai sympathisé. Il m'a dit que ce... ce...

– Béraud.

– C'est ça... Béraud pouvait me trouver du travail dans la région. Il m'a donné son adresse. M. Béraud, qui devait s'absenter, m'a prêté son appartement pour quelques jours. Voilà.

– Dans ce cas, monsieur Fincelet, pourquoi avez-vous cherché, vous et votre fils, à vous enfuir?

– J'ai eu peur. Je ne suis pas très... Comment dire? Très courageux.

– Comme la plupart de vos compatriotes. Enfin, compatriotes... si on en croit votre carte d'identité et votre livret de famille... Le seul ennui, monsieur Fincelet, c'est que nous avons téléphoné à la Préfecture de la Seine, où il semblerait que votre carte d'identité a été établie. Il se trouve que le numéro qui figure sur votre carte n'a pas encore été attribué. Vous allez me trouver maladivement pointilleux, monsieur Fincelet. Mais j'avoue que le fait de me trouver en présence d'un homme ayant en sa possession une carte d'identité qui n'existe pas encore me trouble beaucoup. Et comme tout homme pacifique, je déteste être troublé. En conséquence, je vous propose ceci : nous allons continuer cet interrogatoire, mais sans vous. Votre... fils... sera peut-être plus loquace. D'autant qu'il aura affaire à une personne qui, tout en ayant un cœur d'or, a été traumatisée dans sa jeunesse et a... comment dites-vous en français? une sainte horreur des enfants aux cheveux noirs. A moins, bien entendu, que vous acceptiez enfin de nous dire qui vous êtes et ce que vous faisiez dans cet appartement du 21, avenue Marlioz, à Aix-les-Bains. Vous avez quinze secondes. »

L'homme aux petites lunettes arrondit le bras, retrousse le poignet de sa chemise, regarde son bracelet-montre.

« Plus que dix secondes, monsieur Fincelet. »

Simon chancelle. Serré contre lui, Franck renifle. Il lui entoure la taille de ses bras, pose sa tête contre sa poitrine. Ni l'un ni l'autre ne sont capables de parler.

Cinq secondes.

La porte s'ouvre. L'officier allemand qui assistait

au premier interrogatoire entre, enlève sa casquette d'un air excédé, l'accroche à l'unique portemanteau de la pièce.

« *Schnell*, dit-il.

– Les quinze secondes sont passées, monsieur Fincelet, murmure l'homme au chapeau gris en remettant sa main dans sa poche. Vous pouvez dire adieu à votre fils. »

Simon s'est mis à genoux. Ses paumes pressent ses tempes avec violence, ses oreilles lui font mal. Il a la langue desséchée. Une phrase lui revient en mémoire; celle que son père lui a écrite, il y a deux ans, avant de partir pour les camps de la mort : « Souviens-toi que tu t'appelles Simon Falkenstein. »

Il repousse Franck qui s'accroche à lui et s'écroule, le front contre le sol. Il hurle :

« Non! Ce n'est pas mon fils! Ne lui faites pas de mal! Ce n'est pas mon fils!

– Et vous, monsieur Fincelet?

– Je suis juif! Oui, je suis juif!

– Eh bien, voilà. Vous voyez que ce n'est pas si difficile que ça...

– Je suis juif », répète Simon entre deux sanglots.

Il pleure comme il n'a jamais pleuré, sauf lorsqu'il s'est retrouvé seul dans l'appartement de ses parents le matin de la rafle du Vel' d'hiv', sans retenue, le dos secoué par d'incontrôlables soubresauts. Franck se penche vers lui, le prend par les épaules.

« Faut pas pleurer, papa. Je suis là.

– Tais-toi. Mais tais-toi...

– Non! crie Franck en se redressant. Je ne me tairai pas! C'est pas vrai, ce qu'il vous a dit. Il voulait me sauver, c'est tout. Je suis son fils! Et moi aussi je suis juif, vous entendez! Je suis juif! juif! juif! »

Franck a lancé ces trois mots comme un défi. L'homme aux lunettes sourit.

« C'est beau, l'amour filial. Vous ne trouvez pas, *Standartenführer*?

– Sublime », dit l'officier.

Simon s'est relevé. Il prend Franck dans ses bras, le serre contre lui à l'étouffer.

« Pourquoi? Mais pourquoi?

– Je ne veux pas te quitter, répond Franck, en larmes lui aussi. Je ne veux pas! »

L'OFFICIER S.S. s'appelle Brunner : deux syllabes rogues qui sonnent comme un rot et jurent avec le nom si frais du camp qu'il commande : Drancy.

Camp de transit, antichambre des fours crématoires, camp de « triage ».

C'est là, en France, non loin de Paris, que sont provisoirement rassemblés, avant d'être dirigés vers l'Allemagne, les Juifs français victimes des rafles. Il s'agit en fait d'une véritable ville, d'une reproduction sinistre des ghettos de jadis. Dans ses hauts bâtiments qui cernent une cour où des gamins jouent sur une pelouse pelée, rien ne manque : serrurerie, infirmerie, salon de coiffure, atelier de couture. Il y a même un réfectoire pour les enfants et on y sert souvent des petits pois. Surveillés par des hommes en armes, les vieillards errent par petits groupes entre les escaliers numérotés. Les journées s'étirent, languissantes, sous le soleil ou sous la pluie, pour les pensionnaires qui ont la chance de ne pas être entassés dans les chambrées du bloc I. Bloc maudit, que nul n'a le droit d'approcher sous peine de subir le sort de ceux qui, résignés, attendent le prochain convoi à destination du pays dont nul ne revient. Le soir, après le travail, chacun regagne son bloc, s'allonge sur sa paillasse en écrasant les punaises. Le chef d'escalier désigne deux hommes pour aller chercher aux cuisines les énormes gamelles que les cuisinières, sous la surveillance des internés membres de la police du camp, auront remplies à coups de louches. Les prisonniers, quatre-vingts par chambrée, feront la queue. Ils mangeront en silence. Puis ils s'endormiront, épuisés, à la lueur d'une ampoule bleutée qui reste allumée en permanence.

Morne camp, sur lequel veille le commandant Brunner. Triste existence pour un homme qui rêvait de coups d'éclat et d'actes héroïques. Pauvre Brunner. Le soleil de Crète aurait pu tanner sa peau, la neige russe réveiller son courage. Il aurait pu, face aux vagues de l'Atlantique, attendre les Alliés de pied ferme ou traquer, entre les sapins noirs des montagnes de France, les maquisards qui se battent les armes à la main. *Ach*... Tout cela est bien désolant. Qu'a-t-il fait au Führer pour se retrouver parmi ces Juifs puants qui se grattent les côtes en soulevant leur chemise, parmi ces enfants qui pleurent et ces femmes qui laissent traîner derrière elles les pans de leurs haillons ?

D'autant que les rumeurs se précisent et que l'optimisme officiel cache de réelles inquiétudes. Sur le front de l'Est, les armées allemandes reculent. On parle de plus en plus de l'ouverture d'un second front à l'Ouest, d'un débarquement possible des Alliés sur les côtes françaises. Pris en tenaille, que vont devenir les bâtisseurs du Grand Reich ? Et que va-t-il devenir, lui, Brunner, responsable de la déportation de milliers d'hommes, de femmes et d'enfants ?

Qu'importe. Les ordres sont les ordres et un officier les exécute : les Juifs doivent être exterminés. Comme des animaux de boucherie, on les trie avant de les envoyer à l'abattoir. C'est un travail comme un autre. Et c'est le sien.

Pauvre Brunner. Il était jadis d'une férocité digne

de ses chefs. Aujourd'hui, il est las. Tous ces cris, ces gémissements, ces plaintes, ces appels à la pitié... Quelle désagréable cacophonie doit supporter cet amateur de Mozart et de Brahms... Ces Juifs sont incorrigibles. Ils nient, ils mentent, s'enferrent dans des contradictions pathétiques. Il faut quand même les écouter, essayer de déceler le faux du vrai. Car, une fois encore, les consignes sont les consignes et le commandant Brunner est un serviteur modèle de ceux qui ont entrepris de nettoyer l'Europe de ses sous-hommes. Les Juifs reconnus seront déportés en priorité. Les autres, les douteux, ou ceux qui peuvent servir ici à quelque chose, resteront quelque temps sous son autorité.

Ces deux-là, par exemple : cet enfant aux cheveux noirs qui remue les genoux comme s'il avait une envie irrépressible d'aller au « Château Rouge », les toilettes du camp, et qui se serre contre cet homme maigre qu'il appelle « papa ». Que penser d'eux? Leur dossier est un véritable casse-tête. Simon dit Fincelet, et Franck, son fils. A Chambéry, ils ont avoué être juifs. A présent, ils nient. Et ils ont des preuves, disent-ils : des preuves irréfutables. S'il ne tenait qu'à lui, le commandant Brunner expédierait tous les pensionnaires de Drancy, Juifs reconnus ou douteux, vers les fours crématoires. Ne sont-ils pas français? Qu'a-t-il à faire de la vie de ces paysans? Qu'a-t-il à faire aussi de celle des deux interprètes, bien juifs ceux-là, qui se tiennent près de lui, de chaque côté de son bureau, et qui, grâce à leur connaissance de la langue allemande, ont pu, jusqu'à présent, sauver leur peau?

Brunner fait craquer ses doigts. Interprètes ou pas, ils ne perdent rien pour attendre. A la fin, ils y passeront, comme les autres. Ce sont les ordres. Pourtant, le commandant s'est habitué à eux. Surtout au petit gros que les privations, par miracle, n'ont pas réussi à faire mincir. Un drôle de zèbre;

toujours à se tirer la peau du cou au niveau de la pomme d'Adam en ayant l'air de se foutre du monde. Brunner raffole de sa voix fluette. Il parle un allemand correct; mais de temps en temps, par jeu, semble-t-il, ou par inconscience, il ne peut pas s'empêcher d'y glisser quelques mots de yiddish. Plusieurs fois par jour, Brunner se tourne vers lui.

« Comment t'appelles-tu, déjà?

– Léon, mon commandant. C'est un nom bien de chez nous, comme vous pouvez le constater. »

Ach... Ces Juifs... Il y en a qui trouvent encore le moyen de rigoler. Mais lui, Brunner, ne rit jamais. Sauf quand il a bu et qu'il se retrouve seul, la nuit, dans sa chambre, devant sa bouteille de cognac vide. Tiens, s'il en prenait une petite gorgée? Avec dignité, bien sûr. Il ouvre un tiroir, en sort une flasque d'armagnac et une jolie timbale en argent qu'il a volée dans la poche d'un Juif. Il se sert une lampée, renverse la tête en fermant les yeux, fait discrètement claquer sa langue. Une douce chaleur se répand dans son estomac. Ça va mieux. Pour un peu, il tendrait la flasque à Léon. Mais un officier S.S., même las, garde son quant-à-soi.

Reprenons.

« A Chambéry, vous avez affirmé être juif. Votre fils a confirmé vos déclarations. Maintenant vous dites que vous n'êtes pas juif du tout. Alors que faites-vous ici? »

Il a parlé en allemand d'une voix monocorde, en examinant les initiales gravées sur sa timbale. Léon, comme d'habitude, pince entre deux doigts la peau de son cou grassouillet, se racle la gorge et traduit :

« T'as dit qu' t'étais juif, maintenant tu dis qu' tu l'es pas. Faudrait savoir. Un conseil, mon gars. Ici, vaut mieux être *goy*. Alors, si tu peux le prouver, ne perds pas de temps. »

Brunner hoche la tête, sûr que ses paroles ont été bien répétées. Simon s'avance d'un pas. Il est sale, ses cheveux collent à son front. Depuis combien de semaines ne s'est-il pas lavé? Il ne s'en souvient plus. Pendant des jours et des jours, il n'a cessé de transpirer : dans la salle d'arrêt de Chambéry où Franck et lui, comme les autres, se morfondaient en attendant leur départ vers une destination qu'ils ne connaissaient pas encore, dans le train aux rideaux baissés qui les a conduits jusqu'à Paris, enfin dans le camion à l'écœurante odeur d'essence qui a stoppé dans la cour de Drancy où les inévitables gendarmes français, placides, comme toujours, les ont encadrés et les ont emmenés à la fouille. Pour puer, il pue. Mais qui s'en soucie? Qui ne pue pas, ici, dans ce dépotoir de la misère humaine, à part le commandant Brunner?

Nouvelle rasade pour l'officier. Léon lorgne la flasque, passe sa langue sur ses lèvres.

« J'ai menti, dit Simon très vite. J'étais terrorisé. J'ai vu deux résistants être exécutés sous mes yeux au pistolet mitrailleur. Je n'ai pas tenu le coup. J'ai préféré être déporté que fusillé. »

Léon se penche vers le commandant Brunner. S'il comprenait l'allemand, Simon pourrait entendre ceci :

« Je jure, monsieur l'officier, que je n'ai rien à voir avec les gens qui sont là. Je suis un Français honnête, travailleur et qui méprise la politique. Mais je tiens à la vie, comme tout le monde. Et je tiens par-dessus tout à celle de mon fils. J'avoue que je n'ai pas dit la vérité. C'était par lâcheté. J'ai vu des morts, beaucoup de morts. Des terroristes, des innocents mitraillés par mégarde, des soldats allemands. Je ne comprends rien à la guerre, je... »

Brunner, d'un geste, interrompt son interprète.

Ach... Cet armagnac lui pique le palais. Que lui arrive-t-il aujourd'hui? Va-t-il sombrer, comme cela lui arrive au moins deux fois par semaine, dans cet état étrange où rien n'a plus d'importance? Il n'aurait pas dû boire de si bonne heure. Une douleur discrète s'insinue entre ses yeux, sa langue devient pâteuse. *Mein Führer*, qu'ai-je fait pour être là, assis derrière ce bureau, devant ces deux pouilleux que je pourrais coller contre un mur avant le déjeuner?

Mais on ne fusille pas, à Drancy. On trie. Combien de prisonniers interrogés chaque jour, répartis entre les différents blocs, affectés aux divers ateliers? Quelle monotonie, *mein Führer*... La mort elle-même sue l'ennui, aujourd'hui.

« Léon?

– Mon commandant?

– Y a-t-il d'autres Juifs à interroger?

– Quarante, mon commandant. Dont dix pour vous, dix pour le capitaine von Schlafenbach, dix pour le capitaine Hermann, dix pour...

– *Ach*... Qu'a dit celui-là, déjà?

– Il dit qu'il n'est pas juif, mon commandant.

– Poursuivez. »

Simon ne comprend rien à cette conversation. Mais il a retrouvé son instinct de conservation. Toujours serré contre lui, Franck le regarde. La crasse zèbre son front de grandes rainures noires, de la morve séchée s'étale au-dessus de sa bouche. Le temps du désespoir est passé. A Chambéry, Simon et l'enfant se sont tout dit. Rien, désormais, ne pourra les séparer. Pendant le voyage par le train, à Paris, gare de Lyon, à l'aube, lorsqu'ils sont sortis, en compagnie de la file de Juifs qui faisaient partie de la fournée, par une porte dérobée pour monter, sans même voir le ciel, dans un camion bâché, l'enfant tenait la main de Simon. Il lui parlait, riait, essayait de le distraire.

Simon se racle la gorge, fait un autre pas en avant. Non, le malheur n'est pas irrémédiable. Il lui arrive de reculer de façon furtive, comme un animal sauvage surpris par une résistance inattendue. Rien n'est jamais perdu.

« Raconte ta salade, dit Léon.

– J'ai fait une saison à Val-d'Isère, comme poinçonneur de tickets. Mes bulletins de salaire le prouvent. J'ai emmené mon fils avec moi parce que je ne pouvais pas le laisser seul à Paris, livré à lui-même. Les Allemands, à Chambéry, ont prétendu que ma carte d'identité était fausse, que le numéro qu'elle porte n'avait pas encore été attribué. J'étais affolé. Mais j'affirme que cette carte d'identité n'est pas un faux. Je m'appelle Simon Fincelet. J'ai fait la campagne de 1940, j'ai été démobilisé et j'ai repris mes activités sans me lancer dans je ne sais quelle aventure... »

Au fur et à mesure qu'il parle, Simon reprend confiance en lui. A Chambéry, il s'est laissé intimider : le spectacle de la mort des deux jeunes gens l'avait bouleversé. A présent, il a retrouvé ses esprits. Sa carte d'identité est authentique. Il le sait bien, puisqu'il l'a volée dans la poche d'un mort et qu'elle est toute cornée, maculée de taches de doigts, méconnaissable, déchirée à ses extrémités comme un document qu'on transporte dans sa poche depuis des années.

« Une dernière chose. Je suis circoncis, c'est vrai. Je l'ai été pour des raisons médicales. Je me suis déchiré deux fois le frein et je vous garantis que ça fait mal. Mieux vaut, dans ce cas, se faire opérer. Mais mon fils, lui, n'est pas circoncis. »

Léon le regarde furtivement. Il se penche à nouveau vers le commandant qui hésite encore à avaler une troisième rasade d'armagnac, traduit les paroles de Simon. Le commandant débouche la flasque, se sert d'une main dont il réprime le tremblement. Il boit, sourit.

« Je voudrais bien voir ça.

– Quoi, mon commandant?

– Le prépuce de cet enfant.

– Le commandant demande au petit de baisser culotte.

– J'ai honte, dit Franck.

– Dépêche-toi », répond Léon.

Franck jette un coup d'œil à Simon, qui hoche la tête. Il défait les boutons du pantalon usé jusqu'à la corde qu'il porte depuis des mois, lève les mains vers le plafond. Le pantalon tombe.

« M'sieur, vous direz à l'officier que je ne le referai pas deux fois. »

Franck a les joues rouges. Les coudes écartés, le commandant Brunner se dresse sur sa chaise. *Ach*... Il ressent, au fond de son estomac, une brûlure qu'il connaît bien.

« Quelle heure est-il, Léon?

– Midi cinq, mon commandant.

– Alors dépêchons. »

Franck s'est rhabillé.

« Je suis catholique, dit-il. Même qu'avant la guerre il fallait, pendant les vacances, quand on partait à la campagne, aller faire signer à la sacristie, par le curé, une carte qui prouvait qu'on était bien allé à la messe. Les prières, je les connais toutes. Je peux les réciter.

– N'en fais pas trop, petit, souffle Léon.

– Qu'est-ce qu'il dit? demande Brunner en se renversant contre le dossier de sa chaise et en passant une main sur son front.

– Il dit qu'il a été enfant de chœur et qu'il est prêt à servir la messe à l'aumônerie du camp si on le lui demande. »

Brunner s'esclaffe, tousse, se lève avec maladresse.

« *Raus*, dit-il. Nous reprendrons cet interrogatoire plus tard. Bloc 7. Qu'on leur trouve une occupation. Gardez leur dossier sous le coude. Il y a des cas plus urgents. »

Brunner soupire. Mauvaise journée. Tant pis. Demain, il sera vif, alerte et cruel, comme autrefois. Léon, lui aussi, soupire. Deux hommes en sursis. Demain, peut-être, le commandant Brunner aura oublié leur existence. Combien d'hommes, de femmes et d'enfants Léon a-t-il ainsi sauvés? Combien d'entre eux a-t-il réussi à placer dans les différents ateliers où ils travaillent discrètement et se font oublier? Mais combien, aussi, l'ont regardé avec des yeux suppliants alors qu'il ne pouvait rien pour eux parce que tout était clair, limpide, évident et que le commandant Brunner, l'ignoble commandant Brunner, était dans un jour faste?

Léon fixe Simon d'un œil froid. Le second interprète est resté impassible pendant tout l'interrogatoire. Léon prend le dossier Fincelet, le passe rapidement sous le nez du commandant, le range dans une armoire, derrière le bureau. Il se retourne, fixe à nouveau Simon.

« Bloc 7, dit-il. Tu as déjà exercé un métier manuel?

– J'ai été apprenti tailleur, répond Simon d'un ton détaché.

– Et l'enfant?

– Il apprendra.

– Un conseil : rasez les murs. A la moindre agitation, cachez-vous. Si un officier allemand entre dans l'atelier de couture, mettez-vous au garde-à-vous et restez-y. Vous avez une chance : une toute petite chance. »

Simon ne répond pas. Il prend Franck par la main, pivote, marche vers la porte.

Léon se penche une dernière fois vers Brunner.

« Aux suivants, mon commandant?

– Cet après-midi, Léon. J'ai faim. »

Brunner se lève. Il est pâle. Deux catholiques ont

peut-être été embarqués pour Drancy par erreur? Et après? Qu'ils restent là. Ils sont peut-être juifs? On verra plus tard; de toute façon, ils seront déportés un jour ou l'autre, comme tous les occupants du camp. Alors pourquoi se faire du souci?

« A tout à l'heure, Léon.

– A tout à l'heure, mon commandant. »

13 août 1944

FRANCK dort. Des punaises, avec prudence, grimpent le long de ses joues. Il ne sursaute pas, ne fronce même pas le nez. Il dort à poings fermés, comme tous les enfants harassés. Affalés sur les paillasses de la chambrée, les hommes et les femmes ronflent. Dehors, le ciel est noir. Des éclairs illuminent parfois les miradors où les sentinelles luttent contre le sommeil devant leur mitrailleuse; le tonnerre fait frémir les vitres. Bientôt la pluie, la bonne pluie qui lavera les toits et nourrira l'herbe jaune de la cour. Pleut-il ailleurs, dans les champs moissonnés et sur les tentes kaki des libérateurs alliés qui, jour après jour, progressent à travers la France? Drancy, oubliée du monde, sera bientôt cernée par l'averse. Des femmes geignent en se retournant sur leur grabat, des nourrissons vagissent. Le commandant Brunner rêve-t-il lui aussi? Quelles images le hantent? Revoit-il la longue file d'enfants dont le plus jeune, porté par sa mère, avait à peine six mois, qu'il a envoyés à la mort à l'aube du 31 juillet? Nombre d'entre eux venaient des orphelinats de la région parisienne. Réveillés à cinq heures du matin, ils ont traversé la cour en silence, les plus grands tenant les autres par la main, surveillés par seulement cinq ou six soldats allemands et encadrés par la police juive du camp. Les gendarmes français, eux, escortaient les adultes de ce dernier convoi. Dans deux jours, Paris sera libéré. Trop tard. Ces enfants, ces femmes, ces hommes auront été les dernières victimes juives françaises de la barbarie nazie.

Franck dort et Simon veille sur lui. Il essaie de chasser les punaises qui rampent sous ses cheveux. Tous les événements de ces dernières années lui reviennent en mémoire. Pourquoi vivre? se demande-t-il. Ne vaudrait-il pas mieux accepter l'inévitable? Pourquoi résister à ceux qui veulent votre mort? Il sent encore sur ses manches l'odeur de l'atelier de couture du vieux Victor, ce vieillard sage qui a réussi, grâce à son habileté, à échapper aux convois à destination de l'Allemagne. Cet homme sait ce que le terme « survivre » veut dire. N'est-il pas devenu le tailleur attitré du commandant Brunner qui lui apporte ses vestes à retailler, comme s'il voulait, pour racheter la fonction qu'on lui a assignée et qu'il méprise, ne jamais avoir un pli de travers?

Victor a pris Simon et Franck sous sa protection. Il s'est vite rendu compte que ce « père » et ce « fils » ne connaissaient rien à la couture. Il les a quand même embauchés. Grâce à lui, ils ont pu se faire oublier.

Mais, même protégée, la vie, à Drancy, est dure. Il y a toujours ces barbelés, ces miradors et l'angoisse permanente de faire partie de la « prochaine fournée ».

« J'en ai assez, a dit un jour Franck à Simon. Regarde les oiseaux. Ils peuvent voler. Nous, nous sommes en cage. »

Le vieux Victor, qui avait entendu, s'est approché d'eux et a dit :

« Vous me faites penser à une histoire que me racontait le rabbin de mon village. Sa petite-fille était venue le voir en larmes : « Grand-père, une

« camarade du village chrétien m'a affirmé que
« chez nous les Juifs on ne parle que d'argent, que
« même à table le jour du shabat on ne parle que
« de ça. Je me suis fâchée, je lui ai dit que c'était
« faux. Et je lui ai demandé de quoi on parlait, chez
« eux. Elle m'a dit que chez elle on parlait beau-
« coup de charité, de tolérance. Dis-moi, grand-
« père, que dois-je lui dire si je la revois? » Le
rabbin s'était gratté la barbe un court instant et
sans hésiter avait répondu : « Tu lui diras que les
« hommes parlent de ce qui leur manque le plus! »
Et ici, ce qui manque le plus, c'est la liberté. »

Franck se recroqueville, glisse ses mains entre ses genoux. Le tonnerre s'est tu, la nuit est redevenue noire. Il pleut. Au plafond, la lampe bleue tremble à peine. Franck ouvre les yeux. En une seconde, il reconnaît la chambrée, l'odeur des corps alanguis et de leurs oripeaux. Il se redresse, se jette contre Simon.

« Quand est-ce qu'on sortira d'ici? Quand?

– Bientôt », dit Simon.

Il le berce sans hâte tout en lui donnant de petites tapes dans le dos.

« Dors. »

A côté d'eux, un vieil homme parle dans son sommeil.

« Laissez-moi vivre. Laissez-moi v... »

Il se tait. Une rafale de vent entre par la fenêtre ouverte, répandant dans la pièce une odeur de papier brûlé. En dépit de l'orage, les Allemands, profitant de la nuit, font flamber leurs archives.

18 août

La dame est blonde. Avec ses grands yeux bleus et ses joues rondes, elle ressemble à une Allemande.

Le soleil rend plus blanc encore son uniforme d'infirmière et son tablier frappé d'une grande croix rouge. Elle parle un français rocailleux, en roulant les « r ». Debout, derrière une table posée au milieu de la cour, elle plonge la main dans de grandes caisses, en sort des tubes de lait concentré, les distribue aux enfants aux traits tirés qui font sagement la queue devant elle.

« Tiens, dit-elle. Ne bois pas trop vite. Cela te ferait mal.

– De quel pays venez-vous? demande l'un d'eux.

– De Suède. »

L'horreur est terminée, les portes de Drancy sont ouvertes. La Croix-Rouge suédoise a investi le camp. Hébétés, clignant des yeux, certains tenant une vieille valise à la main, les hommes qui ont échappé à l'enfer s'en vont à petits pas vers la liberté. La guerre n'est pas finie. Il faudra de longs mois, encore, pour écraser l'Allemagne. Mais la France est presque libérée et le camp de Drancy, officiellement, n'existe plus. Les Allemands sont partis hier, le commandant Brunner en tête, emmenant avec eux cinquante et un otages, dont quatre femmes et un enfant de douze ans. Dernière abomination, dernier crime. Rien ne sera oublié, rien ne sera pardonné. Mais, pour l'heure, les détenus marchent vers les portes. Des membres de la Croix-Rouge suédoise soutiennent les plus faibles. Tous ont dans leur poche un visa de sortie, seul papier officiel qui leur permettra par la suite de prouver leur identité, et 1000 francs en billets.

Simon et Franck se tiennent par la main. Ils n'y croient pas encore. Ils ont pourtant, comme les autres, touché leurs 1000 francs et leur visa de sortie. Père et fils, ils le sont désormais pour toujours. Leur visa indique : « Simon et Franck Fincelet. » Le soleil chauffe leur visage, leur fait oublier leurs vêtements trop grands, les frissons, qui, de temps en temps, les forcent à s'arrêter, les relents d'angoisse qu'ils ne peuvent réprimer. Tout cela est derrière eux. Ils franchissent les grilles, passent entre les miradors déserts.

« Regarde, dit Franck.

– Je rêve », répond Simon.

Non, il ne rêve pas. A la sortie du camp, droits sur leur siège, leur fouet posé à côté d'eux, des cochers attendent. Devant eux, harnachés entre les limons des fiacres, leurs chevaux soufflent doucement et frappent le sol de leurs sabots. Il y a là cent fiacres alignés comme pour la parade. Tous viennent de Paris. Apprenant que Drancy avait été libéré, les cochers sont partis chercher les détenus pour les ramener chez eux. 5000 F la course. Un pactole! Les rescapés n'en croient pas leurs yeux. La plupart d'entre eux, timidement, les contournent et s'en vont à pied, leur valise ou leur balluchon sur le dos, comme des apatrides, lorsqu'ils apprennent le prix de la course.

« On en prend un? demande Simon.

– Et comment! » dit Franck.

Ils se hissent sur les sièges de velours et de cuir. Le cheval part au trot, sous le ciel bleu.

Le cocher, un gros homme couperosé, se penche vers eux.

« Où allons-nous, mes seigneurs?

– En Amérique, répond Franck.

– A quel endroit, exactement? »

Pour la première fois depuis trois mois, Franck éclate de rire.

« A la porte Montmartre, dit-il. Et en vitesse!

– C'est parti, dit le cocher. Ça fera 5000 F. »

Simon et Franck haussent les épaules. Ils n'ont pas l'argent. Ils paieront plus tard...

Dans le ciel, le soleil brille. Mais est-ce le soleil, ou bien le cœur du monde, qui se remet à battre?

Ils sont là, tous, au milieu de la rue : l'adjudant Riboton qui fait de grands moulinets avec sa canne, le père Catala entouré de sa femme et de son fils, Véret le charcutier, la concierge du 21, rue Letort qui en a craché son berlingot et Luma, qui, ivre de joie, fait de grands bonds devant Franck, tourne autour de lui, saute encore, lui lèche les joues et le cou. La fleuriste tend à Simon un énorme bouquet. D'autres gens accourent : la droguiste, le papetier, un agent de ville qui demande les raisons de cet attroupement.

« Ce n'est rien, dit le père Catala en ébouriffant les cheveux de Franck. Ce sont des amis qui rentrent d'un camp de concentration.

– Dans ce cas... » murmure l'agent de ville.

Il pose la main sur la visière de son képi, claque des talons.

« Bienvenue à Paris. »

Le soleil, toujours, les cris de bonheur. Paris sent encore la poudre. Mais cette odeur se dilue, s'évapore comme un mauvais souvenir. Franck rit, embrasse le museau de Luma qui jappe de plus belle, serre la main de l'adjudant Riboton dont l'œil unique est rempli de larmes.

« On a gagné la guerre! crie le vieil homme. Ils sont partis! Et vous êtes revenus!

– Mais dans quel état! dit la charcutière. On va vous soigner, les enfants.

– Je vais chercher des bonbons, glousse la concierge. Le sucre, ça retape.

– Ça s'arrose! beugle le père Catala. J'offre une tournée générale. »

Sa femme s'interpose.

« Tu n'y penses pas! De l'alcool alors que Simon est si faible. Regarde-le. Il n'a plus que la peau sur les os!

– Mais si, mais si... Un p'tit coup pour le fils prodigue. »

Soudain, un grand cri retentit au bout de la rue.

« Franck!

– Amstrong! »

Amstrong accourt. Pleurant de joie, il tombe dans les bras de Franck. Franck le secoue par les épaules, recule, le contemple.

« Qu'est-ce que tu deviens, gaulliste?

– J'ai redoublé. Et toi?

– Je suis allé à la campagne, j'ai été arrêté avec Simon et déporté. Mais tout s'est bien passé. »

Rires encore, attendrissement des femmes, exclamations des hommes. Les rires s'apaisent, les exclamations retombent. Alors une voix qui mue, une voix calme et placide se fait entendre.

« Pardon, m'sieurs dames... S'il vous plaît... Excusez-moi... Laissez-moi passer... Merci... »

L'Italien a les yeux vairons : l'un vert, l'autre marron. Il est grand et il est gros. La joue sur l'épaule gauche, il s'avance vers Franck, lui tend la main.

« Ça va, Franck?

– Ça va, Luciano.

– Eh bien, je suis content. Très content. Il faudra que tu viennes goûter chez moi, maintenant que la guerre est finie.

– Je viendrai, dit Franck.
– Je t'attends. »

Luciano s'écarte, rejoint le groupe qui entoure Simon et l'enfant. Simon a levé la tête : les volets de l'appartement du 21, rue Letort sont fermés. Il passe un bras autour des épaules de Franck.

« Je vous présente mon fils, dit-il : Franck Fincelet. »

Il ferme les yeux un instant. Et il les revoit, tous, Anna, Abraham, le vrai Simon Fincelet au sourire si triste, Magda, Gus, Henri, Vincent, Hélène, M. Terrieux, Léon l'interprète qui leur a sauvé la vie, le vieux Victor, ceux qui sont peut-être encore vivants et puis ceux qui sont morts. Il ouvre les yeux, se voûte subitement.

« Nous allons rentrer chez nous, dit-il à l'enfant.
– Avec Luma?
– Bien sûr.
– Et qu'est-ce qu'on fera?
– On sera heureux. »

TABLE

DU MÊME AUTEUR

Aux Éditions J.-C. Lattès :

UN SAC DE BILLES, *récit.*
ANNA ET SON ORCHESTRE, *roman.*
BABY-FOOT, *roman.*
LA VIEILLE DAME DE DJERBA, *roman.*
TENDRE ÉTÉ, *roman.*

Aux Éditions Ramsay :

LE CAVALIER DE LA TERRE PROMISE, *roman.*

IMPRIMÉ EN FRANCE PAR BRODARD ET TAUPIN
58, rue Jean Bleuzen - Vanves - Usine de La Flèche.
LIBRAIRIE GÉNÉRALE FRANÇAISE - 14, rue de l'Ancienne-Comédie - Paris.

ISBN : 2 - 253 - 03933 - 0 30/6219/7